Benito Pérez Galdós

Episodios nacionales III
La campaña del Maestrazgo

Barcelona **2024**
Linkgua-ediciones.com

Créditos

Título original: Episodios nacionales III. La campaña del Maestrazgo.

© 2024, Red ediciones S.L.

e-mail: info@Linkgua-ediciones.com

Diseño de cubierta: Michel Mallard.

ISBN tapa dura: 978-84-1126-439-6.
ISBN rústica: 978-84-9007-297-4.
ISBN ebook: 978-84-9007-213-4.

Sumario

Créditos _____ **4**

Brevísima presentación_____ **9**
   La obra_____9

I _____ **11**

II _____ **17**

III_____ **23**

IV_____ **29**

V _____ **34**

VI_____ **40**

VII _____ **46**

VIII _____ **53**

IX_____ **59**

X _____ **66**

XI_____ **72**

XII _____ **79**

XIII _____ **85**

XIV _____ **93**

XV _____ **99**

XVI _____ 105

XVII _____ 112

XVIII _____ 119

XIX _____ 126

XX _____ 132

XXI _____ 137

XXII _____ 144

XXIII _____ 151

XXIV _____ 158

XXV _____ 166

XXVI _____ 172

XXVII _____ 178

XXVIII _____ 184

XXIX _____ 189

XXX _____ 197

XXXI _____ 203

Libros a la carta _____ 211

Brevísima presentación

La obra

Vergara es la séptima novela de la tercera serie de los *Episodios Nacionales* de Benito Pérez Galdós.

La primera guerra Carlista se encuentra aparentemente enquistada. Pero la realidad es que las disensiones en el campo carlista están minando la fuerza del dubitativo general Maroto, lo cual es aprovechado por el general Espartero, que enviará a nuestro héroe, don Fernando Calpena, a negociar una paz que no deje en muy mal lugar a su contrincante. Sus buenas artes para la intermediación van a llevarle, convenientemente disfrazado, a adentrarse en territorio carlista con la idea de comprobar la disponibilidad de los mandamases carlistas a un posible final negociado de la contienda. Lo cierto es que a esas alturas de la guerra, los hechos demostraban que el bando carlista iba a tenerlo muy difícil para vencer. Y más tratándose de la parte norteña del territorio faccioso, totalmente rodeado por las tropas cristinas. Vergara fue la villa guipuzcoana que vio unido para siempre su nombre al convenio entre los generales Espartero y Maroto, que puso fin en 1839 a los seis sangrientos años durante los que transcurrió la primera guerra Carlista.

Por otro lado, nuestro protagonista tiene un encuentro con Zoilo Arratia, el marido de Aura y rival en el amor por ella, con quien acabará trabando una amistad que lo llevará a la búsqueda de su antigua enamorada.

I

En la derecha margen del Ebro y a cinco leguas de la por tantos títulos esclarecida Zaragoza, existe la villa de *Julióbriga*, fundación de romanos, según dicen libros y rezan lápidas desenterradas, la cual, en tiempos remotos, mudó aquel nombre sonoro por el de *Fuentes de Ebro*, con que la designaron cien generaciones aragonesas. No por los hechos históricos que ilustran esta villa (pues en lo antiguo dicen que fue *lugar de moros*, y algún chinazo le tocó en la guerra de la Independencia y en los dos inmortales *sitios*); no por la fertilidad de su término, regado por el Canal Imperial; no por las estameñas que fabrican sus tejedores, ni por las excelentes lechugas que crían sus huertas, ni tampoco por su gótica iglesia parroquial, donde yacen, en desmoronados sepulcros, multitud de condes de Fuentes que rabiaron o hicieron rabiar al pueblo, aparece este en la primera página de la presente relación, sino por la fama del *parador de Viscarrués*, situado en la plaza junto a la llamada *casa del Rey*, el cual gozaba de gran crédito y favor entre los arrieros y trajinantes que comunicaban a Zaragoza con el Reino de Valencia. Asimismo confluían allí los trayectos peoniles y carromateros de la parte de Alcañiz, del Maestrazgo y Vinaroz, de la tierra baja de Teruel, Híjar y la cuenca del río Martín. Los barqueros del Canal Imperial, así como todo el personal de fontanería, eran también fieles parroquianos de Viscarrués, el cual daba excelente trato a las caballerías primero, a las personas después, y poseía un amplio local con cuadras extensas, donde podían acomodarse, entre animales y arrieros, como unos treinta pares. En el piso alto no faltaban aposentos *para señores*, algunos hasta con camas, otros bien acondicionados de mullidos jergones. Era la cocina monumental, con el hogar guarnecido de poyos, y por uno y otro lado mesas largas, donde podían tomar el pienso hasta veinte parroquianos. Servía Viscarrués un Cariñena superior, sin competencia en cuatro leguas a la redonda, y para todo pasto un tintillo de Contamina que en lo de alegrar corazones y cabezas parecía hermano de la jota. Uno y otra procedían de la misma cepa.

Los más de los días Viscarrués y su familia no tenían manos para servir a la mucha y diversa gente que en el parador se juntaba. Uno de los criados, llamado *Guasa* (verdadero apellido, no apodo), natural de Jaca, y más vivo que el azogue, hacía milagros de ubicuidad y diligencia. Pero llegó un día;

11

mejor dicho, llegaron tres días, en que ni el ventero con sus hijas y su mujer, ni Guasa con toda su agilidad ratonil, pudieron atender al golpe de personas y acémilas que se metieron por aquellas puertas con hambre y sed, pidiendo vino, cebada, carne y un montón de paja para dormir. Furioso Viscarrués por no disponer de cuádruple local, se tiraba de los pelos, y su mujer del moño; Guasa andaba de coronilla; la *parroquia* se impacientaba; todos pedían a un tiempo su remedio. Con gran trabajo y a puñados les iban acomodando aquí y allí, metiendo ocho en cada cuarto de arriba, estibando a otros en las cuadras, por grupos, por series, por manadas: y para dar de comer se ponían los platos en el suelo, por no haber ya mesas, los jarros de vino pasaban de boca en boca, sin vasos; los guisados iban a la rueda en grandes fuentes, chorreando salsa, y no se oían más que voces airadas del que pedía su parte, del que, no contento con la primera ración, pedía la segunda. Aquí esgrimían cucharas, allá repicaban en los vasos con toque de cuchillos. El vino abundante suplía las escaseces del comer, y si en una parte echaban maldiciones a Viscarrués, en otra le vitoreaban como al primer posadero del mundo. «Hay que dispensar en días como este», decía él, rascándose la cabeza, luego los brazos, levantándose después la faja que se le caía. A Guasa colmábanle de injurias, que le excitaban a un enojo risueño; y era tal su sofocación, que regaba con honrado sudor los manjares que servía.

Fue a causa de tan desmedida aglomeración la coincidencia de dos caravanas de pasajeros, la una que venía de Oriente huyendo de la guerra, la otra de Occidente que hacia la guerra iba. Componían la primera familias neutrales o que querían serlo, algunos lisiados y enfermos; la segunda constaba, principalmente, de la oficialidad y clases de una columna enviada del Norte para incorporarse a la brigada de Borso di Carminati. La guerra mata y resucita; destruye y crea. La sangre que no se derrama en los combates, circula con más vigor, y nutre partes desmedradas del organismo social, mientras otras perecen. Viscarrués, que se estableció sin un cuarto en 1830, se retiró el 46 con el riñón bien cubierto. Sus hijos siguieron carrera en Zaragoza. Traspasado el parador a Guasa, este se hizo también rico, y en 1860 poseía casas en la Almunia, un café en Cariñena, y suyos eran los coches de la estación de Calatayud, y los que hacían el servicio a Paracuellos de Jiloca. Volviendo a lo que se refiere, debe decirse que aquel tumulto del parador de Fuentes de Ebro pertenece a las cronologías del año 37, que hasta en los mesones había de ser año de confusión y trapisondas: el mes era *Febrerillo loco*. Un solo dato pudo arrancar el historiógrafo a la empedernida memoria de Mateo Guasa: era que aquel día fue el primero del año en que se agregaron al cocido las habas verdes.

Y que estaban muy buenas, como declararon todos, con excepción de una señora, ribereña de Navarra, que sostuvo la superioridad de las habas de tierra de Cintruénigo... A esto observó uno, después de empinar el codo, que mejor que las habas le sabían a él las hembras de la Ribera, y buena muestra del género era *lo presente*, cuya gentileza y hermosura a todos cautivaban... Replicó ella con donaire que no era ensalada más que para un solo y único dueño, el cual no admitía bromas. Pronto se corrió entre los individuos de aquel jovial grupo que la tal moza era casada, y que iba a la guerra con su marido, sargento recientemente ascendido a alférez, el cual se alojaba también allí, y había salido a ocupaciones del servicio. Entrando en conversación la hermosa mujer, en quien habrá reconocido el lector a Salomé Ulibarri, les dio cuenta, con abundosa y pintoresca verbosidad, de los prodigios de Luchana y Banderas, y de las proezas que allí había realizado Baldomero Galán, su esposo, secundando las disposiciones del otro Baldomero. El empleo de alférez era recompensa mezquina para servicios tan eminentes... Despertada en el auditorio la curiosidad, se prolongó el relato de lo de Bilbao bastante tiempo, tan gustosos ellos de oír a la historiadora, como esta de pregonar tan lucidas hazañas. Emprendieron después los otros historia fresca de lo del Maestrazgo, que habían visto; pero a lo mejor de ella, solicitada de otra parte la atención de Saloma, se apartó de la mesa. Mirando casualmente hacia la escalera del parador, vio que por ella descendía un caballero anciano en compañía de dos mozos, al parecer de su servidumbre, el cual, renegando con agrias voces de no encontrar alojamiento adecuado a su categoría, avanzó hacia la calle cogido al brazo de un criado. Tanto el fláccido rostro del noble señor, como su desmayado cuerpo y su deslucida y polvorienta ropa, declaraban el cansancio de un largo camino. Fue tras él Saloma, y viéndole parado en medio del portal, se le puso delante en actitud de quien intenta dar una sorpresa; mas no hizo el buen señor ademán de conocerla. Impaciente y desconcertada la moza, además movida de grande compasión hacia el caballero, le tocó suavemente en el brazo, diciéndole: «¿Pero es posible que no me conozca o no quiera conocerme el señor don Beltrán de Urdaneta?»

«¡Saloma... hija... Chica! —exclamó el prócer abriendo los brazos—. ¿Tú por aquí?... *Maña*, te he conocido por la voz... ¿No sabes? ¡Ay, me estoy quedando ciego!... Salgamos un poquito afuera, para que con la luz de la calle pueda ver tu hermosura.

—¿Pero a dónde va por aquí tan descarriadico, señor?

—Hija... Es largo de contar —replicó Don Beltrán, sacando un pesado suspiro de las honduras de su pecho—. Me muero de fatiga, de hambre... y ese bruto de posadero no quiere alojarme... No puedo ya con mi cuerpo... Ni con mi alma.

—Todo lo de arriba está lleno... En cada aposento siete personas... Como sardinas. Tampoco yo tengo cuarto.

—Déjame, déjame que te mire... —dijo el prócer acercando su rostro al de ella, embobado, sobreponiendo su afición estética a las tristezas del desamparo en que se veía—. Sí, sí: te reconozco... ¡Qué linda eres! Si no fuera sacrilegio suponer que Dios se equivoca, le preguntaría por qué no te hizo nacer en posición elevada. Habrías sido una gran mujer, una gran dama, una...»

Más atenta a proporcionar al noble señor el reparo que necesitaba que a sus delicados galanteos, le dijo que urgía disponerle al instante la mejor comida que se pudiese. Enganchándole del brazo, le condujo hacia la cocina, dando voces al paso, en requerimiento de Guasa y de los demás servidores de la posada. «¡Qué desconsiderados sois! —dijo al propio Viscarrués—. ¿Pero no conocéis al señor, el primer noble de Aragón? No sabéis tratar más que con animales.» Disculpose el ventero, alegando que no había conocido al señor don Beltrán, y se apresuraron amo y criados a ofrecerle cuanto tenían. A ratos ayudando a servirle, a ratos sentada frente a él viéndole comer y beber con gana, nuevamente le interrogó Saloma sobre su viaje, movida no tan solo de la mujeril curiosidad, sino del interés afectuoso y desinteresado que el ilustre viejo le inspiraba. «¿Va el señor a Zaragoza, o viene de allí?

—Vengo, hija, vengo... He salido de Cintruénigo con ánimo de no volver más allá. Un rapto de cólera, de orgullo, de dignidad más bien... Yo soy así:

no tolero que nadie me humille; y las impertinencias y groserías de Rodrigo y de *Doña Urraca* han sido tales, que no he tenido alma para tolerarlas más tiempo. Salí del caserón de Idiáquez como un colegial que se escapa. A la falta de libertad, al despotismo de *Doña Urraca* y de su hijo, prefiero la vagancia, la miseria, la muerte misma... No más, no más...

—Supe que el señor había ido a Medina de Pomar.

—Y no encontré ¡ay de mí! la acogida que esperaba... Ya no hay hijos, quiero decir, hijos buenos. Esa raza concluyó. Con estas malditas guerras entre hermanos, parece que ha venido al suelo toda ley de humanidad, y hasta los sagrados fueros del parentesco y de la sangre... Al hablar de estas cosas, se me atraviesa aquí en el pecho un bulto, una cosa dura y lacerante que no me deja comer ni respirar... Espérate a que pase... Ya pasa... Te contaré en dos palabras que al volver de Mena, donde, lo repito, encontré más egoísmo que piedad, desconsideraciones que me han llegado al alma, recibiéronme los Idiáquez de un modo muy desapacible. Los morros de *Doña Urraca* se extendían cuarta y media fuera de las líneas borriquiles de su rostro, y mi esclarecido nieto no hacía más que contrariar mis hábitos y rodearme de estrecheces indecorosas. ¿La causa de esto? Es muy sencilla. Sabrás que entre mi nuera y Doña María Tirgo habían concertado la boda de Rodrigo con una rica heredera de La Guardia. Celebráronse vistas. No sé lo que pasó, pues yo me hallaba en Mena; solo supe, antes de salir de allí, que de improviso y con algo de estruendo se vino a tierra todo aquel tinglado de la boda.

—¿Y le echaron al señor la culpa?

—Naturalmente: yo soy el gato, el niño enredador causante de todas las roturas de platos y demás averías que ocurren en la casa. No hay quien le quite de la cabeza a Juana Teresa que por intrigas mías se deshizo el bodorrio. Y yo te aseguro que no he tenido arte ni parte en ello. Declaro ingenuamente, eso sí, que me alegré y me alegro del percance, festejándolo como justicia de Dios y castigo de la conducta inhumana de los Idiáquez con este pobre viejo. Pero nada más, nada más... Cansado al fin de la reglamentación de colegio a que pretendían sujetarme, me vi en el duro caso de preferir la miseria a la esclavitud, y la libertad al vivir triste, al régimen conventual de la casa de Cintruénigo. La imagen de *Doña Urraca* se me ha hecho tan odiosa, que por no verla me iría descalzo y pidiendo limosna a la más lejana región del mundo. Créelo, chica. Soy noble: no tolero la humillación. En cualquier estado sabré conservar mi dignidad.»

Con pena y lástima muy vivas oyó Saloma el relato de don Beltrán, no atreviéndose a contradecirle ni a proponerle la vuelta al hogar abandonado, porque el respeto a tan gran caballero y a su desgracia la cohibía. Atenta al alivio de su necesidad, le dijo que pues era totalmente imposible recabar de Viscarrués un buen aposento, no había más remedio que acomodar al señor en la cuadra. Ella respondía de arreglarle en aquel humilde lugar un lecho abrigado y cómodo, combinando los haces de paja y las buenas mantas que ella traía, de tal modo que no echara de menos los infames camastros de la posada. Accedió a esto don Beltrán con expresiones de gratitud, muy conmovido, sonándose fuerte, y añadió que pues Jesucristo Nuestro Señor nos había dado ejemplo de humildad naciendo en un pesebre, bien podía sin desdoro un noble, que nada tenía de divino, dormir y hasta terminar su existencia en montones de paja, al abrigo de gentes sencillas y de rústicos animales.

II

«Ya sé —dijo después el prócer a la guapa moza, plegando los ojos para verla mejor—, que al fin te has casado con Baldomero. No ha sido poca suerte para ese bruto. ¡Vaya una hembra que se lleva!

—Sí, señor... ¿Pero usía no sabe que es alférez?

—¡Qué me dices!... ¡Alférez! ¡Hola, hola!... ¡Todo un oficial del ejército! Siempre fue arrojadísimo, con una cabeza más dura que el mármol, y un corazón insensible al miedo... Vaya: ¿y está aquí, en la columna que ha llegado del Norte?

—¡Y que no se alegrará poco de ver a Vuecencia! No tardará en venir.»

A uno de los mozos de Urdaneta, que en otra mesa comían, ordenó Saloma que saliese a buscar a Galán por las calles del pueblo, y a darle conocimiento de la presencia de su antiguo amo. Nacido en Fuenmayor y recriado en Cintruénigo, Baldomero había servido a don Beltrán antes de entrar en el militar servicio. Seis años comió el pan de Idiáquez y Urdaneta, ya en el empleo de ayuda de cámara, ya en el ejercicio de montería, o en otros menesteres de la casa. Bien quisto de sus amos, dejó en la familia memoria de leal y honrado, aunque muy duro de mollera. Andando el tiempo, ya soldado distinguido, sargento después, siempre que su batallón pasaba por Cintruénigo, visitaba a los señores. Allí conoció a Saloma, que, rodando de aquí para allá con borrascosa y turbada vida, después del fusilamiento de su padre en Miranda de Arga, fue a parar a casa de una tía materna, que tenía en arrendamiento tierras de Idiáquez y vivía en una torre próxima al palacio señorial. Toda esta parte de la historia de Galán y Saloma es algo oscura, y no ofrece bastante interés para que se emprendan, por esclarecerla, investigaciones muy minuciosas.

Volviendo al relato, se dirá que don Beltrán manifestó a su amiga que no iba, no, a la ventura por aquellos derroteros, pues le guiaba un fin concerniente a sus intereses y al remedio inmediato de su actual posición lastimosa. «Ya te lo explicaré cuando esté más sosegado —agregó recobrando algo de su animación—, pues supongo que iremos juntos largo trecho. Por de pronto, solo te digo que salí de Cintruénigo con recursos muy inferiores a lo que exige mi categoría, que tendré que resignarme a ciertas privaciones... Mi principal inquietud es que me corten el paso las tropas de Cabrera o las partidas que, sueltas y desmandadas infestan toda la tierra de Teruel. Otro temor me quita el sueño, y es que los dos únicos chicos que he podido traerme, Tomé, el de *la Chata*, y Francisquillo Maestre, no puedan seguir en mi compañía más allá de Híjar, por el peligro de que les coja la facción. Tú les conoces: dos chicarrones de diecinueve años, que no manejarían mal el chopo, y de uno de ellos sospecho que lo cogería de buena gana, por dar gusto al dedo. En fin, si les pierdo, ya sea por medrosos, ya por atrevidos, tendré que ir solo, encomendándome a Dios y a la Virgen, pues no puedo abandonar mi empresa, única solución decorosa para los pocos días que me restan de vida.»

En esto entró Baldomero, que derechamente, morrión en mano, se fue a besar la de don Beltrán, y poco le faltó para hincar una rodilla en tierra. Sincero, nacido del corazón era su acatamiento, pues amaba al anciano; y cuando este abrió sus brazos para expresarle con un buen apretón su enhorabuena y el regocijo de verle oficial, Galán hizo pucheros, y algunas lágrimas bajaron a humedecer su bigote de moco, imitación del de Espartero.

«Bien, hijo, bien, adelante... Capitán, será ya como tenerlo en la mano. Date prisa a ganar empleos, porque antes de morirme quisiera ver a Saloma hecha una señora coronela.»

Era Baldomero Galán un mocetón en quien la estampa no desmerecía del apellido, alto, garboso, mejor formado de cuerpo que de facciones, pues su nariz excedía un tanto de la medida proporcional, y sus ojos, hermosos y grandes, bizcaban un poco, resultando una desmedida fiereza de expresión. Indomable en la guerra, fiel a sus deberes cual ninguno, pronto a dar la vida cien veces por el honor de su bandera, en la vida doméstica era un angelón, y su esposa no tenía que hacer el menor esfuerzo para dominarle. Hízole sentar don Beltrán a su izquierda: le sirvió vino, después de obsequiarle con un puro. Fumando los dos, el pobre viejo, gozoso de tener a quien contar sus infortunios, hizo segunda edición de lo que ya había referido a Saloma, recargando amargura en las acusaciones contra su nieto y nuera. Suspiraba Galán al compás de los suspiros de su antiguo señor; y no acertando con la mejor fórmula de consuelo, se ofreció a prestarle en su viaje toda la ayuda que el servicio le permitiera. «Tanto Saloma como yo, señor don Beltrán, estamos a la disposición de usía para lo que guste mandarnos, y le cuidaremos y asistiremos como a un padre.» Urdaneta le apeó el tratamiento, pues del chicarrón que tuvo a su servicio al señor alférez que delante veía, había distancia social muy grande: agradeciendo al matrimonio sus ofrecimientos, manifestó que deseaba recogerse. «Véase —dijo a Galán, mientras corría Saloma en busca de las mantas—, cómo Dios no abandona a los buenos. Solo y triste venía yo por esos caminos, agobiado del peso de mis desdichas, afligido al propio tiempo por mi ceguera que crece de día en día, y cuando menos lo esperaba, me salen al encuentro dos amigos cariñosos, dos almas caritativas que me consuelan, que me alientan... ¡Qué hermoso es encontrar en nuestro camino la gratitud! Tú y tu mujer me debéis algunos beneficios; también los prodigué yo al buen Adrián Ulibarri, padre de Saloma, y ahora me veo recompensado por vosotros... ¡Ah! si me pierdo, que me busquen entre los humildes, que son siempre los agradecidos y generosos.»

Irguiéndose, como si al restaurar las fuerzas de su cuerpo recobrase también vigor y esperanza su espíritu, emprendió, asido del brazo de Galán, el camino de la cuadra. Parándose a cada instante, decía: «No, no: Urdaneta no puede ni debe terminar sus días en la humillación. Oye, *Mero*: ¿será fácil penetrar en tierra de Teruel hasta Mora de Rubielos, siquiera hasta los montes de Gúdar?

—Señor, *las hordas de Cabrera* son dueñas de casi todo el país —replicó Galán, que hablando de guerra solía emplear las fórmulas usuales de la prensa patriótica, de las proclamas y órdenes generales en campaña—; y mientras no consigamos limpiar de *enemigos fratricidas* todo el territorio de esta Comandancia general, no le aconsejo a nadie que penetre, señor... A menos que lleve un salvoconducto en regla, expedido por el *obcecado Pretendiente*.

—Ya, ya lo pensaremos, pues entre los cabecillas facciosos no me faltan amigos.»

En esto, Saloma escogía el rincón más abrigado de la cuadra, el mejor defendido contra las corrientes de aire y las patadas de los mulos, para armar en él un mullido nidal donde descansase el noble viejo. Fue robando puñaditos de paja en este y el otro montón; apartó toda la basura; hizo mudar de sitio a un gallo con varias gallinas, y la obra quedó terminada pronto a satisfacción del que debía disfrutarla. Todas las mantas que tenía las aplicó a la comodidad de Don Beltrán, unas debajo, otras encima de su cuerpo. Mientras *Mero* le quitaba las botas, envolviéndole los pies en la manta de Tomé, Saloma le liaba a la cabeza una ancho pañuelo de seda, despojándole antes de su levitón y dejándole en mangas de camisa. Ofrecía el aristócrata una extraña figura, de la que él mismo se reía, cuando se tendió de largo a largo sobre la paja. Con refajos y ropa suya improvisó Saloma una almohada, y no pareciéndole bastante, propuso que ella se acomodaría sentada junto a la pared, formando como cabecera del improvisado lecho, y sobre sus rodillas se apoyaría la almohada, sosteniéndola en alto de modo que no se hundiese la cabeza de don Beltrán. Para completar la obra, se convino en que Galán pasaría la noche a los pies del señor, para contener el frío por aquella parte, mientras por la otra sostenía el calor el gentil cuerpo de Saloma. Hallábase Urdaneta algo acatarrado, y estornudaba constantemente; mas no sintiendo otra molestia real que el frío, procuraba agazaparse bien, y en medio de las mantas recobró su buen temple y jovialidad, dando por excelente tal situación y creyéndola un especialísimo favor de Dios en aquellos tristes días. «Paréceme, hijos míos, que no debo quejarme —les dijo risueño—, ¿pues qué más puedo ambicionar que este tranquilo reposo, este abrigo que me habéis dado, y, sobre todo, el calor de vuestra compañía cariñosa? Os veo como a dos ángeles que Dios me envía para asistirme. Y es como si con vuestra presencia me dijera: "Ya ves, Beltrán mío, que no te abandono". En verdad os aseguro, que no cambiaría este lecho por el del Papa o el Emperador de Rusia. Aquí se está muy bien, con un guardián y calentador por la cabeza y otro por los pies... y esta sencillez, y esta libertad... Vamos, que estoy contentísimo, y ahora me permito despreciar todos los cuartos de fonda, con sus camas frías y sucias, y su soledad triste... Bien, bien: *Mero* y Saloma, mis buenos amigos, sed caritativos hasta el fin; y pues el sueño se ha declarado mi enemigo, contadme alguna cosita para engañar el tiempo.»

Reclinado a los pies del señor, Galán habló largamente de la campaña del Centro, a la cual se daría gran impulso para exterminar de golpe a *los satélites del oscurantismo*. No lejos de ellos había otros grupos; y a medida que avanzaba la noche, fueron entrando en la cuadra más huéspedes, y se formaron entre paja y dornajos montones de humanidad que producían extraños ruidos: aquí conversaciones y disputas vehementes, allá un roncar estruendoso.

«*Mero*, hijo mío —dijo al alférez don Beltrán, de cuya persona no asomaba entre las mantas más que la nariz—, por alguna palabra que llega a mis oídos de lo que hablan esos tres hombres que están a tus pies, entiendo que son de Rubielos. Acércate y pregúntales si conocen a Juan Luco, rico propietario en término de Mora, alcalde que era de esta villa hace dos años.» Poco después se aproximó un hombre, de estatura más que alta gigantesca, vestido a estilo aragonés neto, con su pañizuelo en la cabeza, faja morada y muy caída, mal envuelto en una manta, como herido o enfermo, un brazo en cabestrillo, la faz atezada, ruda, huraña. De su andar no debía decirse que era cojo, sino que cojeaba, y uno de sus pies, envuelto en un lío de trapos, abultaba como la pata de un elefante. Sus primeras palabras, al acercarse al grupo, fueron torpes, balbucientes: «El señor alférez me manda... que le diga... Gran señor, yo no veo dónde está su Ilustrísima, ni sé quién dimonios es... ¡Otra!... Ya le veo como enterrao en el panizo...

—Siéntate... tú eres de Teruel: no puedes negarlo —dijo don Beltrán sin moverse, no enseñando de su persona más que los ojos sin vista y la nariz sin olfato—. Descansa, que, por las trazas, bien lo necesitas.» Con lentitud y ayes de dolor fue doblando su corpachón el aragonés hasta hundir la paja con sus asentaderas, no lejos del puesto de Galán, y cuando halló postura cómoda, dijo que de Teruel mismamente no era, sino de Cuatro Dineros, barrio de Montalbán, y que conocía todo el país entre Ademuz y Puerto de Beceite como la palma de su mano.

«¡Ah —exclamó Saloma prontamente—, si ya te conocemos! Yo bien decía: conozco a este bruto. Tú eres Joreas, el que hace dos años trajinaba con mulas desde Vinaroz a Tudela... Y después te fuiste a la facción, y de la facción vienes ahora, puerco.

—Con perdón de la señá tinienta y de la compañía, digo que lo de puerco no es razón, y sí lo es que me llamo Tanasio Joreas. Como hombre honrado y cabal, no niego haber estuvido en la faición a las órdenes del *Serrador* primero, del *Royo de Nogueruelas* dispués, porque sentía de mi natural que debíamos ensalzar los divinos derechos del Rey don Carlos... Pero aquí me tienen harto de desengaños, con más balazos en mi cuerpo que pelos en la cabeza, muerto de hambre, con mi casa y familia perdidas, porque una de mis masadas la arrasó el liberal, otra el legítimo... Mis hijos muertos, todo hecho cenizas, y yo poco menos que cadavérico. Lo que no me ha quitado el neto, me lo ha quitado la usurpadora; y al fin, cansado de pelear, y de sufrir, y de ver espantos, y de pisar tripas de cristianos, dije: «No más derechos legítimos ni no legítimos, no más, no más», y me escapé, y huyendo de la tremolina vengo por trochas y atajos en busca de un terreno donde haiga paz, donde los hombres sean cristianos, no carniceros... Yo he sido malo; yo he sido, como tantos, lo que dice la señora, faicioso y peleador y verdugo de mi natural; pero ya le he tomado asco al matadero. Me llamo *Joreas el escarmentado*, y voy a Zaragoza en busca de un pedazo de pan que yo pueda meter en la boca sin que, al mascarlo, me parezca que lo han amasado con sangre.»

Callaban todos los oyentes, entristecidos por las lúgubres palabras del escarmentado, y al fin rompió el silencio don Beltrán, diciendo: «Pobre Joreas, tu arrepentimiento es de celebrar, y ojalá se convencieran todos como tú y siguieran tu camino... Pero vamos a lo que me importa. Conocerás a Juan Luco.

—De los mejores hombres de Aragón... Sí, señor... gran presona... Y con muchas talegas. Suyas eran las dos masadas de Rubielos, y en Mosqueruela y Forniche Bajo tenía más de mil cabezas... hombre cabal, buen amigo y padre del pobre...

—Hablas como si Luco no existiera. Explícate: ¿ha muerto?

—Señor, no se enfade conmigo, que yo no he sido más que destrumento. A la vuelta de Manzanera nos salió con catorce hombres armados de escopetas... Le cogió la partida de Peinado, donde yo iba, y no tuvimos más remedio que afusilarle... Señor, puede creérmelo: como Dios es mi padre le digo que le digo la verdad... Fue que cuando me mandaron tirarle y le tiré, las lágrimas me corrían... Yo decía para mí: perdóneme, Don Juan, que no soy más que destrumento...

III

—¡Qué horror! —exclamó don Beltrán, haciendo sonar la paja con el estremecimiento de todo su cuerpo—. Bandido, quítate de mi presencia... No, no te vayas: da más explicaciones...

—Bandido no, señor... Yo lloraba... Es la guerra, señor, la guerra. Aluego que le enterramos fuimos a quemarle la masada de Cabra de Mora.

—¿Y la incendiasteis?

—No pudo ser, señor, porque... la habían quemado ya los cristinos el día antes, llevándose dos yeguas. Fue la columna del coronel Buil, uno muy perro, que fusiló en Concud a mi hijo Agustín.

—Ojo por ojo y diente por diente. Los hijos de Luco vengarán a su padre.

—No, señor. ¿Les conoce Vocencia?

—Sí, y sé que son valientes.

—Eran.

—¿También han muerto?

—No me eche a mí la culpa, sino al Nogueras, el más bruto que hay en la Usurpación.

—¿Luego eran carlistas?

—Bruno sí, señor: desde el tiempo de Carnicer se alistó en las sacras banderas. Luego andaba con el *Fraile Esperanza* y con el *Organista de Teruel*. No tenía trato con su padre ni con su hermano Cinto, el cual seguía la bandera puerca de Isabel... Por esto dicen que esta guerra se ha vuelto tan farisea o faricida.

—Fratricida, que quiere decir guerra entre hermanos.

—Y entre padres e hijos, y maridos y mujeres. Cinto Luco, casado en Aliaga con la hija mayor de Crescencio Marlofa, salió con los urbanos de la villa y un destacamento de tropa. Don Ramón, el propio don Ramón, les deshizo... Escapó Cinto con su mujer y el chico menor de Marlofa, y se escondieron los tres en una cueva de Peñarroya de los Pinares, donde, descubiertos por el cura Lorente...

—¿También fusilados? ¡Qué villanía!

—No, señor... les pusieron en cueros, sin distinguir... vamos, que a la chica le quitaron hasta la camisa, y luego les alancearon...

—Cállate, por Dios... Vete, vete a expiar tus delitos.

—Es la guerra, señor. Yo no tuve culpa, ni estuve en eso... Me lo contaron.»

Habíanse agregado otros dos al grupo, recostándose junto a Joreas. Por las trazas eran sus compañeros, como él, escarmentados o arrepentidos.

«Yo le vi —dijo uno de ellos, joven y de palabra fácil y correcta, revelando mejor educación y origen social que sus compañeros—, y desde aquel día me escapé con otros seis de la partida de Lorente, y nos agregamos a Forcadell. Nos teníamos por guerrilleros, no por bandidos.

—No sigáis —dijo don Beltrán, que no sentía ya frío, sino un calor sofocante, y sacó los brazos fuera de las mantas—; no sigáis, por Dios, pues también vais a decirme que el hijo menor de mi queridísimo Juan Luco, el pequeño, mi ahijado, Francisquín, ha perecido también en esa guerra de cafres.

—Francisquín fue pasado por las armas en la acción de Liria —afirmó Joreas.

—Tú no sabes de eso —dijo prontamente el segundo escarmentado—. Yo estuve en Liria, y puedo contarlo.

—Mi parecer —dijo *Mero*—, es que todas esas historias fratricidas deben quedarse para mañana.

—Lo mismo pienso —manifestó Saloma—. El señor necesita descanso, y no se le han de contar tragedias, sino chascarrillos y donaires.

—Gracias, hijos míos; pero la ocasión es trágica: no podemos sustraernos a estos horrores... Que sigan: usted, joven, infórmeme de lo de Liria y de la suerte de mi ahijado Francisco Luco. ¿Es usted de este país?

—Eustaquio de la Pertusa, natural de Binéfar, en tierra baja de Huesca, para servir a usted; estudiante de Teología y Cánones hasta febrero del 35; después ayudante de Cabañero, alférez en la columna de Pertegaz, y, al fin, escarmentado y desengañado. Pues el 29 de marzo... Recuerdo bien la fecha, porque eran mis días: San Eustaquio, obispo... Sorprendimos la plaza de Liria. Don Ramón recorría el llano de Valencia recogiendo mozos, dinero y caballos. Pertegaz fue el encargado de la sorpresa. Antes de romper el día nos llegamos callandito a las puertas de la ciudad, defendida por nacionales. Abrieron ellos confiados, sin tener noticia de que estábamos en acecho, y fácil nos fue entrar, despachando en la primera embestida siete, después nueve, y cogiendo veintisiete prisioneros, con algunos vecinos del pueblo.

Saqueamos no más que dos horas; y al salir, don Ramón, que acampado estaba en Puebla de Balbona, nos mandó ir a Chiva con los prisioneros.

—¿Y entre ellos estaba el pobre Francisquín?... ¡ay!

—Sí señor. Yo le conocía del Seminario de Huesca, donde juntos estudiábamos Teología, y por el camino de Chiva hablamos, y le dije que tuviera paciencia, que de fusilarles, lo haríamos previa confesión, según costumbre y ley de nuestro ejército, con lo que, si se perdía el cuerpo, se ganaba el alma, que es lo principal.

—Grandísimo perro... la hipocresía de tu ferocidad me causa horror — exclamó Don Beltrán sin poder contenerse—. ¡Pobre Francisquín! Sigue, sigue.

—Pues en Chiva se mandó confesar a los prisioneros, que para estos casos lleva cada partida, por pequeña que sea, su capellán... y...

—Basta. ¿Tendrás valor para referir que hiciste fuego sobre tu pobre amigo, tu compañero de estudios teológicos?... ¡Bonita Teología aprendiste, mal hombre, mal subdiácono, si lo eres, mal español!... Si vives tranquilo será porque no tienes conciencia, porque no sabes lo que es Dios, aunque mil veces le hayas nombrado estudiando cosas que no has entendido... No me levanto —agregó el señor excitadísimo, retirando su abrigo y removiéndose sobre la paja—, no me levanto y te doy un par de pescozones, porque creería deshonradas mis manos de caballero poniéndolas en la cara de un bandido.

—¡Eh! sepa el vejete —dijo el otro levantándose de un brinco—, que mi cara no han de tocarla manos nobles y plebeyas. Y si es usted una senectud y no puede hacer la prueba, destaque alguno de estos, y salgamos afuera.

—El que sale afuera bailando, con una patada que voy yo a darte ahora mismo, eres tú, so deslenguado —dijo con fosca serenidad Baldomero, disponiéndose a ejecutar lo que decía, como la cosa más natural del mundo.»

Don Eustaquio se engalló también; pero Joreas y el otro le contuvieron diciéndole: «Guarda, hijo, que es tiniente.

—Y sepan —añadió Galán— que si los señores escarmentados no guardan el respeto debido a las personas, aquí no faltará quien les dé la última mano del escarmiento.

—También aquí fusilamos —dijo Saloma iracunda—. ¿Pues qué creen estos? ¿Que somos de manteca?»

El tercero, que aún no había dicho nada, y era inclinado a la paz y enemigo de pendencias en tal sitio, tiró del brazo del teólogo don Eustaquio para apartarle, ayudándole también Joreas, que venía de la guerra con el cansancio y aborrecimiento de toda querella homicida. Terminó el lance de buena manera; alejáronse los dos más levantiscos; solo quedó en el corrillo de don Beltrán el tercero, que se declaró escarmentado incondicionalmente, con propósito firme de no volver a las andadas; y aproximándose, como deseoso de ganar confianza, hizo la siguiente manifestación: «Yo soy de Ablitas, señor don Beltrán de Urdaneta, y con nombrarle ya está dicho que le conocí desde que le vi meterse en la paja. Conozco también a Saloma Ulibarri y a Baldomero Galán, y a todos me recomiendo para que no me estimen en menos de lo que soy por esta locura de haber ido a la facción.»

Maravilláronse todos de aquel encuentro, y el primero que rompió a reconocerle fue Baldomero, que le dijo:

«¡Ajo! ¿no eres tú Vicente Sancho, hijo de José Sancho? Desde que te vi me chocó el cariz tuyo, y dije: "Yo conozco a este pícaro".

—El mismo soy. A todos les conocí; pero no quería dar la cara, por vergüenza.

—¡Vaya con Sanchico! —dijo Urdaneta—. Hombre, me alegro de que seas tú de allá... Oye: ¿no era tu abuelo Bartolomé Sancho albéitar en Monteagudo?

—Sí, señor... Pues verán... Son estos dos amigos el uno muy bruto, y el otro, el *Epístola*, que así le llamamos aunque no tiene las órdenes, muy vivo de sangre... No quisieron ofender al señor don Beltrán; y como les pidió que refirieran, empezaron a contar, poniendo las cosas como fueron, que harto malas son ellas, sin que tenga la culpa el que cuenta con natural.

—Cierto: yo me acaloré —dijo el prócer—. Si a ellos se les ha pasado el enfado, que vuelvan y acaben de contarme lo de Chiva.

—Yo le enteraré mejor que ellos —dijo Sanchico—. Yo estuve también en Liria y Chiva; formé en el cuadro de los fusilamientos, y puedo asegurar que no matamos a Francisquín. En el camino de Chiva se nos perdió, bien porque lograra escapar, bien porque algún amigo le amparase. Matamos a los prisioneros en el patio de un convento, después de desnudarles. Luego, los que tenían gusto para estas cosas y mala entraña, se entretenían en quemarles los bigotes cadavéricos y en pegarles cuchilladas...

—¡Qué espanto! ¡No puedo oír esto! —murmuró don Beltrán—... ¿De modo que el pobre Francisquín...?

—Bien pudo ser que estuviera entre los que quedaron para otro día. Nosotros seguimos con don Ramón, que dio una batalla al general Palarea, en la cual no salimos bien. Nos retiramos ordenadamente hacia Liria. Sé que en Villar del arzobispo fusilaron *el sobrante* de Chiva, menos unos cuantos que fueron llevados prisioneros a Beceite y de allí a Cantavieja. Tengo por muy probable que entre esos esté Francisquín Luco.

—Dime, Sanchico —preguntó Baldomero—. ¿Estuviste tú en lo de Alcotas? Porque allí pasaron por las armas a un primo mío, cabo primero en el regimiento de Ceuta.

—Aquel día estaba yo en Torrijas, a donde se nos mandó para pegar fuego al pueblo, después de fusilar al alcalde porque no suministró las raciones que se le pidieron. Al volver al Cuartel general supe lo de Alcotas. Fue que a don Ramón le llevaron el soplo de que estaban allí los de Ceuta... Corre allá: los de Ceuta habían salido del pueblo; les sigue, les alcanza, les envuelve.

—Capitularon cuando se les concluyeron los cartuchos... Así lo oí... Y el tigre les dio palabra de respetar las vidas.

—Pues el no cumplir fue porque el padre Escorihuela llevó el cuento de que los de Ceuta habían hecho el entierro de Cabrera, en chanza, cantándole responsos por las calles de Alcotas, y que en la iglesia hicieron burla de los santos. Como don Ramón tenía el alma requemada por lo de su madre, les mandó fusilar. Eran ciento cuarenta y cinco.

—Les confesarían antes —dijo Urdaneta, que había recobrado su actitud de momia egipcia, y adormecía su pensamiento en una resignación filosófica no exenta de humorismo.

—El mismo padre Escorihuela que le contó al general las picardías de los capitulados, se puso a confesarles deprisa y corriendo. Pero como don Ramón quería llegar de día a Manzanera y no sobraba el tiempo, no confesaron más que los oficiales... los soldados no.

—Dime tú, Sanchico —preguntó don Beltrán inmóvil—. Cuando pasaban esas cosas, ¿no caían del cielo rayos y centellas que hicieran polvo a ese padre Estercolera, o como quiera que se llame?

—De eso de caer rayos nada sé: yo no estaba presente, señor. Mi partida se incorporó a Quílez, que nos llevó a tierra de Monreal, cerca de Daroca, donde derrotamos a los Voluntarios de Soria, mandados por Valdés.

—¿Y a cuántos fusilasteis?

—Cayeron treinta y tres Oficiales y diez miñones.

—Bien, hijo, bien. ¿Y hay todavía humanidad, género humano quiero decir, en esa condenada tierra?

—Fuera de los que combaten, señor, por ver quién reina, hombres, ninguno hay; mujeres y caballerías, pocas.

—Ahora que hablamos de mujeres: mi amigo y protegido Juan Luco, además de sus tres hijos varones, tenía una hija.

—Que es monja penitente; no sé... De esto le noticiará Joreas, que, como de Rubielos, conoce a toda la familia...»

Diciendo esto, Sanchico miraba con recelo a un hombre que entró a dar pienso a dos caballerías. A la mortecina luz del candilejo que alumbraba la anchurosa cuadra de negro techo festoneado de telarañas, apenas se distinguía el rostro del tal sujeto; pero el chico debía de conocerle y temerle, porque al verle pasar cerca, en dirección de una de las puertas, se tiró boca abajo sobre la paja, haciéndose el dormido. Pasado el susto, el muchacho se incorporó diciendo: «Es mi padre, José Sancho, que anda al servicio de un señor italiano, muy rico y principal. Llegó esta mañana, y cuando le vi no supe dónde meterme, de la vergüenza que me daba... y del miedo, porque mi padre, al saber que yo me había ido a la facción, dijo que si no me mataban en la guerra, me mataría él cuando me encontrase, por haberle deshonrado... que a deshonra le sabe el ver a un hijo suyo debajo de la bandera de Carlos V.»

IV

Ya tenía don Beltrán la palabra en la boca para pedir más referencias de aquel señor extranjero, cuyo nombre y diplomático carácter no le eran desconocidos, cuando se armó un gran tumulto al otro lado de la cuadra. Empezaron peleándose dos, se enredaron luego cuatro, dándose morradas y coces; la querella habría pasado quizás a mayores, si no intervinieran Baldomero Galán y dos sargentos que a la sazón entraron, los cuales, sacudiendo de plano, y deshaciendo a tirones el racimo que formaban los contendientes, restablecieron el orden. A unos les hicieron salir, a otros arrojáronles sobre la paja, y ya no se oyó más que el resoplido de las cóleras sojuzgadas. «Es la de todos los días —dijo Baldomero volviendo al lado de don Beltrán—, la cuestión entre *Cabreristas* y *Nogueristas*. Unos dicen y sostienen que la madre de Cabrera estuvo bien fusilada, como castigo de ese tigre sanguinario, y otros que no, que el haberla matado sin culpa de ella ha traído esta situación tan *fratricida*. Ya les hemos aplacado los humos; y como repitan, se mandará dar un recorrido de palos, para que callen y nos dejen en paz.

—Y ahora, señor, que tenemos algún sosiego —dijo Saloma—, haga por dormirse, que ya es tarde, y todos necesitamos cobrar fuerzas para el ajetreo de mañana.

—Procuraré seguir tu sabio consejo —replicó el anciano, tomando postura cómoda y cubriéndose bien de nariz para abajo—. Pero dudo que pueda coger un buen sueño, pues ahora me doy a cavilar si ese señor italiano será o no será quien yo me figuro: uno que de Madrid y Nápoles fue comisionado al Cuartel de don Carlos para tratar de un arreglo que pusiese fin a estos horrores. No me acuerdo del apellido de ese sujeto, pues ya no hay nombre que quiera guardarse en la jaula deshecha de mi memoria; pero me da el corazón que es el mismo de quien tuve noticia por cierto caballerito que conocí y traté caminando hacia Villarcayo. Lo primero que has de hacer mañana es llegarte a Sancho y sonsacarle todo lo que de su señor quiera decirte: te informas de si va para Zaragoza, o para Levante, pues en este caso me convendría su amistad, que de seguro irá el hombre bien pertrechado de pasaportes. Y no sería malo que tú, tan despabilada y francota, te fueras a él, metiéndote en su cuarto, si es que lo tiene, con el pretexto de saber cuándo se va para ocuparlo yo, y una vez metida le dijeses quién soy, y como me veo en estas estrechuras impropias de mi nobleza...»

Prometiole la hermosa navarra conquistarle al italiano, y a toda la Italia si fuese menester; y en aquel punto, Galán, que había salido a recorrer los alojamientos de los soldados, volvió diciendo que corría por el pueblo el noticón de la muerte de Cabrera. Sobre esto hicieron los tres comentarios prolijos, conviniendo en que si resultaba cierto, sería gran merced de Dios, apiadado al fin de la pobre España. Y ya no pensaron más que en dormir lo que pudiesen, cosa no fácil, por los ruidos que a cada instante en el ancho local se levantaban, así de inquietudes de animales como de personas, y por los feroces ronquidos de algunos durmientes. Pudo vencer don Beltrán la molestia que estos le causaban; y cuando ya iba cogiendo el sueño, le despabilaron las voces de un condenado hombre que, sentado en el suelo, en postura turquesca, junto a la pared, solo, parecía rezar en alta voz con plañidera monotonía desesperante.

«¿No podríamos conseguir —dijo don Beltrán entre suspiros—, que ese demonio de hombre se fuese a rezar a la calle? Si se va por una peseta, dásela, Saloma.

—Es el pobre Muel —dijo condolido Galán—, que de ver morir a tres de sus hijos, fusilados en Alventosa, se ha vuelto loco, y se pasa la vida predicando por estos caminos en canto llano.

—Alventosa... ya sé... Es en tierra de Rubielos. Alguna de las propiedades que vendí a Luco allí están... Creo que fue un espanto la matanza que ordenó y ejecutó ese bribón del cura Lorente.

—Fusiló setenta y siete hombres y un niño de diez años, hijo de un capitán. Eran del regimiento de Extremadura, donde yo he servido. Les cogieron el Royo y Peinado en Arcos; les llevaban prisioneros, y el capellán Lorente propuso fusilarlos. Los dos cabecillas no querían; el clérigo, a fuerza de ruegos y amenazas, consiguió que mataran veintidós. Al siguiente día, en ese pueblo de Alventosa, volvieron a cuestionar sobre si mataban o no a los demás: Lorente, que sí; Peinado y Royo, que no. En un descanso, el capellán mandó destapar un barrilito de aguardiente que llevaba. Bebieron, y con la borrachera, el Royo se puso de parte de Lorente. Salieron los vecinos del pueblo con su párroco a la cabeza, y de rodillas imploraron la vida de los desgraciados prisioneros. Lorente le dijo al párroco: «Confiéselos ahora mismo; y para acabar más pronto, yo empiezo a confesar por una punta y usted por otra.» Negose el cura de Alventosa, y se echó a llorar... El capitán pidió entonces a los cabecillas que no matasen al niño; pero para más crueldad, fusilaron primero a la criatura, por que el padre lo viese, y luego a este y a todos los demás después de desnudarlos... Al ponerse en marcha, Lorente dijo al cura de Alventosa que, so pena de la vida, dejara los cuerpos insepultos para escarmiento de las tropas cristinas que pasasen...

—¿Y no ha habido un hombre honrado, valiente y justiciero —dijo don Beltrán, dando un salto en su lecho—; no ha habido un hombre, un aragonés, que haya cogido a ese vil clérigo, a ese sacrílego, y le haya colgado vivo, por las patas, de la más alta rama de un alcornoque, o del campanario de una iglesia, para que se lo comieran los buitres?... Desconozco a mi raza... Esto no es Aragón. Si yo fuera mozo, créanlo, iría a esa guerra, no para defender ambiciones y derechos de reyes más o menos legítimos, sino para perseguir y castigar tan salvajes crímenes, para vengar a Dios de los ultrajes que unos y otros le infieren; sería implacable con los cobardes asesinos de uno y otro bando, llamáranse Nogueras, llamáranse Cabrera, y vengaría a la madre de este, y a la esposa de Fontiveros, y a todos esos infelices sacrificados con barbarie tan horrenda y estúpida.

—Está muy bien, señor —le dijo Saloma, cogiéndole de los brazos para hacerle acostar—; pero sosiéguese y no se desabrigue, que puede coger una pulmonía.»

No había medio de aplacarle; de rodillas sobre la paja, apoyaba con enérgico ademán su ardiente protesta: «No, no puedo sosegarme oyendo estas cosas. Esto no es Aragón, esto no es mi raza, la raza justiciera por excelencia, fuerte y benigna, guerrera y cristiana, iracunda y generosa... ¡Y ese pobre hombre es víctima de este furor de matanzas! ¡Y ha perdido la razón viendo cómo los hombres se vuelven maestros de las fieras en la crueldad!... Ven acá tú, buen amigo, y hallarás aquí un corazón aragonés compasivo, no más que compasivo, pues que la vejez no permite otra cosa... Ven acá, y nos consolaremos todos los buenos, abominando de los que pisotean la justicia humana y remitiéndolos a la divina.»

El otro infeliz, oyéndose llamado, acudió allá con paso lento. Era un hombre de aventajada estatura, flaco, de tez tan morena, que a la escasa luz de la cuadra parecía negra; el pañizuelo liado a la cabeza; el cuerpo cubierto de un luengo camisón, sin faja; los pies desnudos, negros también, como la cara, como las manos, semejantes a manojos de sarmientos; todo él perfecto plagio de un santón árabe. Al aproximarse, venía rezando en alta voz, y una vez junto al grupo soltó esta terrorífica declamación con duro y ronco acento: «No te salvas, no te escapas, malvado Lorente, aunque te escondas entre pajas, teniendo por guardianes, por los pies a tu Rey y señor, y por la cabeza a la reina de tu Iglesia maldita... No te escapas ya, clérigo de Satanás, serpiente, que mis ejércitos rodean ya toda esta fortaleza, y no hallarás puerta ni hendidura ni resquicio por donde puedas escabullirte... No morirás, no... Con el zumo de unas hierbas que hay en la torre de Pepo, nada más que allí, se te untará todo el cuerpo, y vivirás mil años, ¡mil años! infame Lorente; y en todas las partes de tu persona, pecho, espalda, muslos, barriga y lo demás, te nacerán, por la virtud de aquella hierba, ojos, ¡ojos como los de la cara! que vean, y delante de cada uno de estos ojos se te pondrá un fusilado para que lo estés viendo día y noche... Y horrorizado de lo que ves con tantos ojos, querrás descansar y dormir; pero no podrás, no podrás, porque esos ojos no duermen, ni pestañean, ni lloran, y los tendrás siempre bien abiertos y despabilados, mirando con cada uno de ellos a un fusilado por ti... y así estarás mil años, trescientos sesenta y cinco mil noches y días... Luego se te dejará otros mil años ciego y sordo, para que veas dentro de tu conciencia, y se te quitará la razón para que no puedas arrepentirte ni confesarte... y se te pondrá una lengua venenosa para que blasfemes a todas horas, y se te secará el agua de lágrimas para que no puedas llorar ni afligirte...

—Basta, basta ya —dijo don Beltrán horrorizado—... No tanto, pobre Muel... Es demasiado castigo, infinitamente mayor que la culpa... Perdóname ya.

—Todavía no, todavía no... Otros mil años disparándote a cada minuto por el oído izquierdo un tiro de fusil con bala, la cual, después de retumbar dentro de tu calavera, saldrá por el oído derecho sin matarte...

—No más, no más, Muel... Perdón, perdón.

—Otros mil años...

—No, no... Baldomero, quítame de aquí a ese hombre... Por Dios te lo pido.»

Suavemente le cogió de un brazo Galán y se lo llevó sin que hiciera resistencia, pues su locura era pacífica; inocente en las acciones, desbordada en las palabras. Día y noche se le oía la perorata cadenciosa y lúgubre: arengaba a sus imaginarias tropas, vencía y aprisionaba a Lorente; llevábale arrastrando por valles y montes hasta la torre de Pepo; encerrado allí el vencido monstruo, le imponía los sutiles castigos por series de mil años, hasta que, cansado de inventar horrores, volvía a los de la realidad y a la tragedia de Alventosa. Había sido maestro de escuela y diestro pendolista; no pedía limosna, comía lo que le daban; dormía en despoblado, o bajo techo si se lo permitían, y vagaba en un radio de cinco leguas alrededor de Quinto, su patria. Echado al corral por Galán, volvió este al lado del señor, a punto que Saloma, vencida del cansancio, cerraba los ojos y hacía reverencias. Durmiose al fin, apoyada la cabeza en la pared, y el prócer y Baldomero siguieron charlando en voz baja de cosas de guerra y política hasta que oyeron el diligente estridor de la diana, que, avisando a todos el fin del sueño, fue principio del de don Beltrán, el cual, por añeja costumbre, dormía las mañanas.

V

Cuando el pobre anciano despertó, después de dar a sus huesos algunas horas de plácido reposo, contáronle sus amigos las novedades ocurridas en el parador durante su sueño. Había conseguido Galán reconciliar a Sanchico con su padre Sancho, no sin que este se mostrara largo rato rebelde a las paces, haciéndose el inflexible con desmedida afectación, hasta que, desahogando su severidad en una descarga de bofetadas, lloró el chico, se aplacó el padre, y todo quedó perdonado, a condición de que el joven partiese aquel mismo día para Ablitas y no volviese a separarse de sus tíos. En la ruidosa querella de hijo y padre, salió a relucir que Sanchico se había largado a la facción por contrariedades lastimosas de amor. Entre tirarse al Ebro y hacerse faccioso para que una bala le matase, prefirió esto último. El cuento fue que las balas no se metieron con él, y que el trajín de la guerra le curó de la morriña que le enfermaba el alma. Volvía, pues, mejor de lo que fue, saludable, fuerte, aleccionado del mundo, y habiendo visto sucesos mil, lisonjeros o desgraciados, que servían de grande enseñanza. Por lo demás, su afecto a la causa de don Carlos había sido puramente circunstancial, y lo mismo le importaban a él los derechos del Rey legítimo que la carabina de Ambrosio. Cuando Urdaneta supo que Sancho iba para la Ribera, ordenó que se fuese con él uno de sus criados: se arreglaría solo con Tomé; que los tiempos eran apretados, y había que mirar por la economía.

Pero la gran novedad de aquella mañana fue que la gentil y desenvuelta Saloma logró avistarse con el italiano, sorprendiéndole en su cuarto cuando daba la última mano en su retoque personal. Desempeñado había con extraordinaria agudeza el encargo que le confirió don Beltrán, ganando, si no la confianza, las atenciones de aquel señor. Por las referencias de Saloma y el nombre del criado, se afirmó Urdaneta en que el tal no era otro que el siciliano de que Fernando Calpena le habló, intermediario clandestino entre las dos ramas borbónicas que se disputaban el Trono. Toda la madrugada, hasta que se durmió, había estado el prócer devanándose los sesos por recordar la gracia de aquel sujeto. Su memoria era ya para los nombres un verdadero caos. Mas cuando Saloma le contaba su entrevista, se le metió súbitamente en el cerebro a don Beltrán el perdido nombre, y gritó: «¡Rapella, Rapella! Ya me acuerdo. En la punta de la lengua lo tenía.» Díjole por fin la navarra que el señor extranjero se alegró mucho al saber que en el propio parador se hallaba persona de tan alta alcurnia, a quien conocía de fama por sus amigos de Madrid, y que deseando el honor de tratarle, le invitaba a almorzar.

«¿Ves? —dijo Urdaneta con alborozo, dando pat[a]ditas en el portal para entrar en calor—. Tú me has traído la suerte, pues yo venía con mala pata, y desde que te encontré, todas las cartas me salen buenas.»

Antes de la hora del almuerzo juntáronse el viejo aristócrata y el pintado diplomático en la calle, y cambiando mil finuras, hablaron después cuanto les dio la gana, sin parar hasta que terminó el comistraje. Hizo gala Rapella de su cortesanía, y derrochó sin tasa el énfasis de su especial oratoria familiar. Aseguró a don Beltrán que le conocía por lo que de él le habían hablado sus grandes amigos Bernardino Frías, Luis Córdova, Paco Malpica, Martínez de la Rosa, Quintana y otros. Hablaron luego de Fernando Calpena, mostrándose Rapella muy gozoso de saber que vivía, pues ya le consideraba muerto; y por fin se eternizaron en el comentario de las cosas políticas y militares, la revolución de la Granja, las nuevas Cortes, la situación política en Madrid y en la corte carlista, las intrigas de una y otra parte, Espartero, Cabrera, las expediciones de Gómez, don Basilio y Batanero... El buen giro de la guerra en el Norte, el mal cariz de la misma en el Maestrazgo.

Por más empeño que en ello puso, no pudo el viejo conseguir que Rapella se clareara en lo de las misiones y recados que traía y llevaba de corte en corte. Se escabullía gallardamente de todas las trampas que el otro le armaba con capciosas preguntas. A veces la agudeza de don Beltrán le cogía en contradicción. Dijo primero que iba hacia Vinaroz, donde le aguardaba un barco que debía llevarte a Nápoles; después indicó que el objeto de su viaje en tal dirección era solo avistarse con su íntimo amigo Borso di Carminati, para darle un abrazo y pasar unos días con él. Tenía en el ejército del Centro excelentes amigos, entre ellos su paisano Cialdini, muchacho de gran porvenir, ayudante de Borso. Inútil fue también el empeño que puso don Beltrán en sonsacarle noticias y cuentos de las interioridades del Cuartel de don Carlos... Nada: el siciliano no daba lumbres. Y si no su locuacidad perdía un poco de su finura cuando el otro quería llevarle a cierto terreno, apartándole de los temas que él elegía, siempre vagos, de generalidades y lugares comunes. Por fin llevó la conversación a la persona y hechos de

Cabrera, de quien se mostró admirador, sosteniendo que era ya vulgaridad insigne tenerle por uno de tantos cabecillas, notable solo por su inquietud y ferocidad. Desde que apareció en la guerra, conmoviendo y abrasando el país como fuego del cielo, mostrose gran caudillo, tan buen conocedor del suelo como de los hombres, táctico y estratégico de primera, audaz, incansable, heroico; y por entre estas cualidades apuntaba ya un gran político.

«¡Oh, no tanto! ¿Ya quiere usted hacer de él un Napoleón?

—Un Napoleón de montaña, amigo mío.»

Respecto a las tan cacareadas crueldades del jefe carlista, dijo Rapella que habían sido estrictamente de carácter disciplinario militar hasta que los cristinos derramaron con bárbara torpeza la sangre de María Griñó. El asesinato de una mujer, sin más delito que ser madre de Cabrera, creó nueva ordenanza militar, dando una infernal lógica las horrendas carnicerías consumadas por uno y otro ejército. Fuera de esto, para abrirse camino el travieso bigardón de Tortosa, y pasar en breve tiempo de seminarista pendenciero a caudillo y gobernador de hombres en los campos de batalla, no podía menos de emplear, como resorte de dominio, el terror, la fiereza y la brutalidad. No se había formado dentro de un organismo, sino que tenía que sacar el organismo del caos social, y esto no se hace sino desplegando desde los primeros momentos un genio implacable, aterrador, extraordinaria viveza para aplicar justicias rápidas, de moral severa y primitiva; haciendo sentir el peso de su mano antes de que pudiera discutirse el derecho con que la levantaba. En las guerras civiles, los hombres culminantes nacen así, o no nacen nunca.

No le parecieron mal a Urdaneta estas razones, y como sacara a relucir la especie, muy corriente en aquellos días, de la muerte del famoso guerrero, negola el siciliano, sosteniendo que había, sí, corrido grandísimo peligro en los últimos días de diciembre; pero que estaba vivo, aunque al parecer no muy sano. En septiembre del año anterior habíase unido Cabrera en Utiel a la expedición de Gómez. Juntos recorrieron Cuenca, Albacete, la Mancha, Andalucía y Extremadura... Si las tropas cristinas que les perseguían no pudieron deshacerles, tampoco ellos lograron su intento de sublevar las comarcas que invadían. Un correr continuo; exacciones y rapiñas en ciudades y aldeas; aislados lances de guerra sin plan ni concierto, gloriosos unos para los liberales, como el de Villarrobledo, ventajosos otros para los carlistas, pero sin que de ninguno resultara el aniquilamiento de la expedición, ni tampoco su triunfo; tal fue la obra combinada de Cabrera y Gómez, caracteres antitéticos, de cuya unión no podía resultar nada eficaz. La falta de engranaje entre uno y otro temperamento militar fue marcándose en desavenencias, luego en discordias, y los dos cabecillas, que juntos no podían formar una cabeza, riñeron al fin, a la vuelta de Cáceres, campando cada uno por sus respetos. Cabrera se escabulló fugaz y resbaladizo por el caminito que creyó más seguro para volver a sus riscos y barranqueras del Maestrazgo, donde en su ausencia las cosas de la guerra no iban muy prósperas, y amenazaba desbaratarse lo que él con paciencia, rigor y firme mano organizado había.

Lo primero que intentó al pisar su terreno fue pasar al Cuartel general de don Carlos en el Norte, para dar cuenta a este de la desavenencia con Gómez y proponerle un nuevo plan de campaña en el Centro. Llegose al Ebro, eligiendo el vado de Rincón de Soto como el único que en aquella estación cruda era practicable; pero le salió mal la cuenta, porque fue sorprendido por la columna de Iribarren, que le deshizo, matándole muchos hombres y dispersándole los que quedaron con vida. La suya estuvo en gran peligro. Acribillado de balazos, quedó al amparo de la oscuridad junto a una pared, donde le recogió uno de los suyos, el cabecilla que llamaban *La Diosa*, y le llevó atravesado en una caballería, como un saco, pues montar no podía. Perseguido por las tropas de Iribarren, debió su salvación a un cura que le escondió en el sótano de su casa; allí pasó largos días y noches entre la vida y la muerte, hasta que, mejorado de sus heridas, le trasladaron a un abrupto monte, espesura más propia de lobos que de seres humanos, donde permaneció en escondite, recobrando poco a poco la sangre perdida, y con ella el brío y la ferocidad. De este apartamiento provino la noticia de su muerte, que corrió por toda España, descorazonando a los suyos, y llenando de tristeza y confusión a todo el carlismo de aquende y allende el Ebro; pero ya en los últimos de enero (como unos quince antes de la fecha en que esto se relata) se supo a ciencia cierta que vivía, y que sin reponerse de sus heridas y enfermedades, preparaba nuevas correrías por la Plana de Castellón y riberas del Turia: que en tal hombre la ociosidad era imposible, mientras alguna vida le quedase. Cuando esto narraba el señor Rapella, no podía decir fijamente dónde se hallaba el famoso caudillo; presumía que, medio muerto o medio vivo, recogía sus fuerzas, las reorganizaba, lanzándose al terreno que la Naturaleza parecía haber amoldado a la hechura intelectual y física del que bien podía llamarse, si no el león, el gato montés de la guerra.

«A fe mía —dijo don Beltrán—, que está usted bien informado. Ya cuidará de decir a su amigo Borso que se ande con tiento, pues este mozo no es de los que fácilmente se dejan destruir y aniquilar.»

Por lo que a renglón seguido hablaron, comprendió el buen Urdaneta que en los cálculos de su flamante amigo no entraba el llevarle en su compañía, aunque en ello tuviera gusto, como se dejaba traslucir de lo que manifestó con exquisita urbanidad y palabras equívocas. Delicado en extremo, y muy ducho en artes mundanas, dio a entender don Beltrán que los fines de su viaje exigíanle también ir solo, sin más acompañamiento que el de sus criados; manifestación que puso en gran cuidado al otro, recelando que llevase también misión diplomática, quizás como apoderado o mensajero del patriciado aragonés. Pero no atreviéndose a entrar en explicaciones, cada cual, como de zorro a zorro, se encerró en su discreción, preparándose para continuar su caminata. Don Beltrán partiría con la columna que a la sazón estaba en Fuentes, y a que pertenecía Baldomero; don Aníbal aguardaba otra fuerza que llegaría por la tarde, mandada por un coronel, íntimo amigo suyo.

Apercibiéndose para la partida, preguntó Galán a su antiguo señor que de dónde había sacado el hermoso caballo que traía, el cual, mientras Tomé lo limpiaba en el corral, era objeto de la admiración y curiosidad de todos los allí presentes. Replicó Don Beltrán que había ganado aquella joya en una donosa y feliz apuesta; sin dar pormenores del caso, mandó venir a su presencia a los dos escarmentados Joreas y el *Epístola*, y en un poyo del portalón les interrogó acerca de los hijos supervivientes del desgraciado Juan Luco. De Francisquín nada sabían a ciencia cierta; de su hermana, monja profesa en el Monasterio de Sigena, a cuatro leguas de Sariñena, dio el *Epístola* informes más concretos. Había despuntado Marcela, desde su entrada en religión, por su ciencia grave y su lúcido ingenio; sabía latín, y dándose a la lectura, lo mismo platicaba de teología que enjaretaba versos y prosas en loor de los sagrados Misterios.

«Hace tiempo —dijo don Beltrán—, que a mí llegó la fama, no solo de su santidad, sino de su vivo entendimiento.

VI

—Me contaron —añadió Joreas—, que otra más leída y escrebida no la hubo nunca en aquel sacro monasterio, más antiguo que las Tablas de la Ley, pues lo hicieron en cuantico que empezó la cristiandad, hace unas docenas de miles de años. Oí que Sor Marcela pasmaba a todos con sus latines hablados por gramática, y que a verla iban el arcipreste de Mequinenza, el abad de Veruela y muchos calonges y prestes de Huesca, Tarragona y hasta de Aviñón, que es la Roma de esta parte de Francia.

—Me consta —dijo el *Epístola*—, porque lo he visto y leído en parte, que escribió un lindo poema sobre el milagro de los Corporales de Daroca, y también conozco unas quintillas a la Transfiguración del Señor. Sé que de diversas partes iban personas eruditas a consultar con ella puntos graves de moral, de filosofía o de religión, y que el meollo de sus sentencias era el asombro de cuantos la oían. En el monasterio, con ser ella de las monjas más jóvenes, considerábanla como autoridad, y como a vieja la respetaban. En los principios de la guerra, dicen que llamó a don Ramón para iniciarle a no emplear medios de crueldad, y lo mismo hizo con Nogueras. El general Mina la visitó, y también fueron a platicar con ella en el locutorio Masgoret y Tristany. Pero el año que acaba de pasar, allá por septiembre, si no recuerdo mal, cuando Maroto vino a mandar en Cataluña, que más valía que no viniera, la partida de Llarch de Copons y la de otro cabecilla que llaman *Camas Crúas*, bajaron huidas de la parte de Lérida, donde Gurrea les pegó de firme; tomaron la vuelta de Benabarre y Albalate para pasar el Cinca, y con el furor que traían cometieron mil desmanes, saqueando las aldeas y arrasando cuanto encontraban. Incendiados por estos bárbaros el claustro alto y aposentos capitulares de Sigena, salieron dispersas las señoras monjas, como las abejas cuando les ahúman la colmena. Cada religiosa tiró por su lado, buscando el amparo de otros conventos o de casas honestas; y Sor Marcela, a quien se creyó muerta o extraviada, apareció en una ermita solitaria de la Sierra de los Monegros, vestida con un saco al modo de penitente, el cabello suelto, como pintan a la Magdalena, solo que más corto; los pies descalzos, una cuerda a la cintura; y diz que iba predicando a los pastores y gente rústica para que se apercibiesen a la guerra en nombre de Cristo, peleando contra los dos ejércitos, cristino y carlino, según ella legiones de Satanás, que quieren dominar la tierra y establecer el imperio de la injusticia.

—¡Vaya con la sabia!... —dijo don Beltrán—. Pues no me parece descaminada su locura, o más bien, creo que debajo de ese desvarío se esconde la misma discreción... Y díganme ahora, señores escarmentados: ¿qué tal cariz tiene la monjita? ¿Es su rostro de buen ver? Su facha y apostura, ¿responden a la hermosa raza de los Lucos?

—Señor —dijo el *Epístola* con extremos de admiración—, es mujer de tanta gallardía y belleza, que aun con aquel desavío de penitente, da quince y raya a las señoras más bien aderezadas. Y no diré yo que el empaque de santidad a lo anacoreta, como figura de retablo, la desfavorezca, que más bien me inclino a creer que su traje, al modo de mujer de la Biblia, hace lucir más todo aquel contorno de cuerpo que no tiene semejante, pues no ha visto usted escultura que pueda comparársele.»

En esto se alejó el *Epístola*, llamado por sus amigos, y Joreas hubo de completar las informaciones con un dato, que apuntó en la forma más descarnada y picante: «Este bribón de *Epístola* se calla lo mejor del cuento, señor, y es que, habiendo encontrado sola a la Marcela en un camino junto al Pueyo, la requebró de amores, uniendo a las palabras de solicitación las acciones atrevidas. Pero no contaba con el geniecico de la que él llama estatua de bulto. Arreole Doña Marcela tan fuerte bofetada, que le tiró al suelo, y cuando pataleaba para levantarse, con un madero, que unos dicen era cruz y otros una tranca, le dio tales golpes en la cabeza, que, si no acuden a la defensa del chico los compañeros que por allí cerca andaban, la santa habría dado cuenta del *Epístola* y del mismo *Evangelio*, si así se llamara este pillo.

—¿Qué me cuentas? ¡Sobre la sabiduría, ese tesón, ese poder!... Vamos, que ya rabio por conocer a ese prodigio; y si no tuviera precisión de verla para que me informe de ciertos asuntos de su padre que me interesan como los míos, solo por apreciar sus méritos, y admirarlos en lo que mi corta vista me lo permita, iría en su busca.»

Lo último que dijeron Joreas y el *Epístola*, al despedirse para continuar hacia Zaragoza, fue que la Marcela penitente andaba por aquellos meses en el Desierto de Calanda o en tierra de Alcañiz. Observó Don Beltrán, al quedarse solo reflexionando en lo que veía y oía, que desde que llegó a Fuentes de Ebro todo le anunciaba la entrada en el reino de lo excepcional y maravilloso. Nada era ya común ni vulgar. Personas y cosas traían la impresión de un mundo trágico, el cuño de una poesía ruda y libre, emancipada de toda regla. No sentía más el buen señor que ser tan viejo y andar tan mal de la vista: que si él tuviera treinta años menos y sus ojos bien listos, había de serle muy grato el ver y tocar de cerca un mundo que de modo tan peregrino quebrantaba las rutinas sociales. También le contrariaba mucho su escasez de dineros; mas como los fines de su viaje no eran otros que proveerse del precioso metal, a quien amaba más que a las niñas de sus perdidos ojos, la esperanza de alcanzarlo y poseerlo le alentaba.

Salió en su hermoso caballo, marchando a retaguardia de la columna, y gran parte del camino fue al estribo, si así puede decirse, del carro en que con una señora capitana y otras dos mujeres iba Salomé Ulibarri; y por no desmentir su índole caballeresca y hábitos de sociedad, no cesó de entretener a las cuatro hembras con frases galantes, de refinada gracia sin faltar a la decencia, y a todas festejaba por igual llamándolas hermosas, sin distinguir entre la belleza de la mujer de *Mero* y la fealdad repulsiva de la capitana, entre la desabrida juventud de la tercera y la vejez de la cuarta. Pero como él no veía bien, todas le parecían iguales, y por no haber allí género más noble y elegante, tratábalas como a damas de alta educación. Por dicha, la columna no encontró facciosos en el camino, y el viaje fue de los más felices, fuera de las molestias, del hambre, polvo y frío, que alguna tarde y mañana se dejó sentir, llegando el buen señor bastante molido a la ciudad del *Compromiso*, la noble Caspe.

Constante la fortuna en favorecer al caballero, encontró este en la histórica ciudad a su antiguo amigo don Blas de la Codoñera, que allí era de los más pudientes, propietario de tierras y montes, padre de numerosa familia. Llevole a su casa, y le aposentó como a tan insigne caballero correspondía, tratándole a cuerpo de rey. Mucho agradecieron los asendereados huesos del buen Urdaneta la blandura de aquella cama, tan grande como la Colegiata, y las suculentas comidas y cenas con que le regalaron. Aún estaba la familia de luto por la muerte del hijo mayor, uno de los urbanos que fusiló Cabrera cuando entró a saco la ciudad en mayo del 35. La señora y señoritas de Codoñera no se hallaban exentas de la rudeza baturra: su habla carecía de finura; su educación, perfecta en lo moral y religioso, era muy rudimentaria en lo social. Con todo, don Beltrán se hallaba en tal compañía muy a gusto, y se desvivía por corresponder con su exquisita urbanidad a los obsequios de la hidalga familia. Había sido el don Blas constitucional templado hasta el día funesto de la entrada de Cabrera; pero desde tal fecha se trocó en furibundo *patriota*, enemigo acérrimo del oscurantismo y de las antiguallas que quería traernos don Carlos. En la exacerbación de su sentimiento liberal, que ya era insano, llegaba hasta la impiedad y el volterianismo, abominando de la hipocresía, de la piedad extremada y hasta de las prácticas religiosas, con excepción del culto de la Virgen del Pilar. No pensaba abandonar a Caspe, pues ni él ni su familia tenían miedo; y como volviera Cabrera con su patulea de ladrones y asesinos, don Blas se batiría en la muralla rodeado de sus hijos de ambos sexos: los chicos bien armados de fusiles, las niñas y la señora bien preparadas con piedras y ollas de agua hirviendo. Eran los hijos guapos, aunque abrutados, y tan *liberalicos* como su padre. A todos ellos pidió don Beltrán noticias de la monja de Sigena, y los muchachos, que la habían visto y oído, se dividían en sus opiniones, pues mientras Rafael sostenía que era una mujer estrafalaria y medio loca, que ocultaba con las formas de penitencia sus ganas de corretear por el mundo, Pepe la tenía por hembra superior y de pasmosa virtud, que la distinguía de todas las gentes de nuestra edad, y a los mismos santos la equiparaba. Como expresara Urdaneta el firme propósito de ir en su busca, hízole presente Don Blas el gran peligro a que se exponía viajando por aquellas tierras; expuso el otro lo inexcusable de su determinación, y, hallándose en estas conferencias, trajo uno de los chicos la noticia de que la monja Marcela se hallaba cerca de Alcañiz asistiendo a su hermano Francisco en una grave enfermedad, con lo cual se le avivaron al anciano las ganas de ir a donde su interés le llamaba. De nuevo le pintó el señor de la Codoñera lo arriesgado de tal expedición, maravillándose de que don Beltrán hallase gusto en el trato de una monja *retrógrada* y oscurantista.

«A mí no me hable usted de gente *levítica* —dijo, recalcando esta palabra, que recientemente había adquirido en la tertulia de la botica de Cornejo—.

Tengo declarada la guerra a esas ideas rancias, tan contrarias al *espíritu del siglo.»*

Tampoco le gustaba a don Beltrán la gente levítica; pero sus necesidades le obligaban a emprender aquel viaje, que felizmente no se alargaría más allá de Alcañiz. Todo se presentaba favorable al ilustre aristócrata, pues Borso di Carminati, desde Maella, ordenó que la columna recién venida se incorporase a las fuerzas acantonadas en Alcañiz. Disponiéndose Saloma para seguir a su esposo, se lamentaba de no poder acompañarle en las operaciones, pues había orden deque la impedimenta *faldamentaria* no saliese de los puntos de guarnición. Despidiose a la mañana siguiente don Beltrán de su generoso amigo. Tanto este, como su esposa, e hijos de ambos sexos, vieron salir con pena y lástima al noble anciano; y sospechando que tales calaveradas revelaban falta de seso y desvaríos de la senectud, presagiaban una desgracia. Las señoras le encomendaron a Dios, y lo mismo hizo Don Blas, pues su aborrecimiento de lo levítico no le quita el ser buen cristiano.

Muertas de miedo iban Saloma y las otras militaras, y a cada rato creían oír tiros y ver un nublado de boinas aparecer por los cerros lejanos, lo que no era absurdo, pues días antes había pasado por allí el Royo de Nogueruela en dirección a Graus y Benabarre; tampoco andaban lejos Cabañero, Tena y Maestre. Contrastando con las señoras, Don Beltrán era todo intrepidez y desprecio del peligro; y en su imaginación de viejo, reverdecida en la puerilidad, no veía más que bienandanzas. Habiéndole manifestado Saloma la inquietud con que le veía entrar en el teatro de tan bárbara guerra, le dijo: «Cuando lleguemos a la gran Alcañiz que, entre paréntesis, es patria de mi abuelo materno, don Diego de Paternoy, almirante de Aragón, señor de las casas y encomiendas de Isún de Basa y Usé, etc. te contaré por qué voy a donde voy, y por qué busco a quien busco. Y si ahora supones en mi conducta un desarreglo del sentido, verás luego en ella la misma cordura... Es para mí cuestión de vida o muerte, de dignidad o vilipendio... No creo que nos salgan partidas; y si salen, ya les sacudiremos. También te digo, que si es Cabañero el que nos acomete, no temo nada. Le cuento entre mis mejores amigos, y no había de consentir que me tocaran al pelo de la ropa.»

A la caída de la tarde entraron en la noble Alcañiz, que desde Roma viene fatigando a la Historia, ciudad vieja, como un libro de antigüedades de Aragón y un muestrario de piedras elocuentes. A la luz crepuscular, los esquinazos góticos y mudéjares parecían bastidores de teatro, dispuestos ya, con las candilejas a media luz, para empezar el drama. Resonaban las herraduras de los caballos en el pedernal de las calles levantando chispas, y el ruido de tambores jugaba al escondite, sonando aquí, apagándose allá, en los dobleces de la edificación, y volviendo a retumbar a retaguardia de la tropa. Las plazuelas se unían por pasadizos, y las calles se retorcían unas sobre otras, oscuras, ondulantes. Soldados y algunos viejos se veían discurriendo por las calles; mujeres en algunas puertas... Triste y belicosa parecía la ciudad, como un guerrero herido que se ve forzado a combatir con la mano que le queda.

VII

Metieron a don Beltrán en una casona llamada *Corte* que hace esquina con el Ayuntamiento, gótica, de ojivales porches al exterior, interiormente muy capaz, con ventanas pequeñas, las puertas no muy holgadas. Allí se alojaban oficiales de distintas graduaciones. Al pasar por un gran aposento abovedado, donde había gran chimenea encendida con troncos de encina, a cuyo calorcillo se arrimaban ateridos todos los que entraban de la calle, vio don Beltrán, agrupados en torno a una mesa, a varios oficiales y urbanos de tropa que se engolfaban en el juego, atentos con alma y vida a las manos del banquero y a las cartas que lentamente pasaba. Fuéronsele a Urdaneta los ojos hacia la timba, y subió con ánimo de volver luego, pues vio también que cubrían de manteles las mesas, como si aquella pieza fuese comedor. El cuarto en que le pusieron, juntamente con las militaras, no tenía camas; cada cual se arreglaría con las mantas, alforjas o sacos que llevase. Seis personas debían repartirse el suelo, que venía como a la medida, sin que sobrase ni una cuarta.

El cenar fue más difícil operación; y si no se plantan Saloma y la capitana en la cocina, no les tocara nada de las judías y gachas, que era lo único que había, con pan moreno y algunas raciones de cecina. Pero al fin aplacaron su hambre las afligidas damas; don Beltrán, gozoso y dicharachero, tratando de alegrarlas con sus galanterías y con enfáticos elogios de las miserables viandas que comieron. Observó Saloma que al viejo aristócrata se le iban los ojos a la mesa de los jugadores, y como ya tomaba confianza con él, se permitió decirle: «Señor don Beltrán, noto que mira Vuecencia para el vicio, como si más en él que en nosotros y nuestra conversación tuviera toda el alma. Pues yo le digo que sería muy feo que con sus años y su respetabilidad diera el mal ejemplo de ponerse a tallar o apuntar entre aquellos perdidos. Si así lo hiciera y se dejara vencer de la tentación del juego, que ha sido la causa de su ruina, sepa que me enfado, y no le quiero, ni le cuido, ni le mimo, ni nada.»

Dicho esto a hurtadillas, sin que los demás se enterasen, contestó Urdaneta en la misma forma, reconociendo el buen juicio que tal advertencia revelaba, y ofreció no discrepar ni un punto de lo que su decoro y años le imponían. Si miraba era por observar las caras y ver quién perdía y ganaba. Antes de levantarse de las flacas mesas hizo conocimiento, por mediación de Galán, con dos oficiales muy simpáticos, uno de los cuales se había separado poco antes de la mesa de juego con los bolsillos totalmente vacíos. Informados de que el señor deseaba ver y tratar a la monja Marcela, brindáronse a llevarle hasta su presencia, en el cerro de Santa Lucía, donde a la sazón moraba; ambos la conocían y habían tenido más de una entrevista con tan extraña mujer, platicando de cosas de guerra, filosofía y religión, permitiéndose bromear con ella y echarle requiebros, que Marcela, en la multiplicidad pasmosa de su disposición y en la riqueza de su entendimiento, para todo tenía una palabra feliz y oportuna. No se le cocía el pan a Urdaneta hasta que no llegase la hora de la mañana que los oficiales fijaron para la visita, y pensando en ella se pasó la noche de claro en claro. Un poquito durmió el viejo después de amanecer, levantándose con los huesos doloridos de la dureza de aquellas mal cubiertas tablas. Saloma le preparó un aceptable desayuno, con huevos y chorizo que afanó como pudo en la cocina, y a las nueve ya estaba mi hombre junto a la chimenea esperando a sus flamantes amigos. Solo uno se presentó, por tener el otro servicio extraordinario en el castillo, y sin más espera condujo al anciano hacia la puerta de la ciudad que da al río Guadalope y al grandioso puente. Fría estaba la mañana, los campos escarchados, el aire empañado por una niebla que borraba toda visión a regular distancia. Iba don Beltrán asido al brazo de su criado, necesaria precaución por la cortedad de su vista, que con la niebla era casi ceguera total. Pasado el puente, avanzaron buen trecho por una alameda interminable; y como levantara la bruma, el teniente hizo notar la gallardía de los desnudos álamos del paseo, y mirando hacia atrás, la hermosa vista de la ciudad, coronada por el castillo y ceñida por el Guadalope. Sin enterarse bien, manifestó don Beltrán su admiración, pues no gustaba de dar a entender que veía poco.

«¿Con que es usted aragonés?... Repítame su apellido, pues ya no me acuerdo.

—Estercuel.

—¡Hombre, Estercuel!... ¿Es usted de Ayerbe?

—Sí señor. Mi padre, don Celestino Estercuel, administraba los estados de Ayerbe y de Boltaña; mi tío, don Bernardino Estercuel, canónigo de Jaca...

—Ya, ya... ¿Y usted por dónde me conoce a mí?

—No hay en todo Aragón persona más nombrada y famosa que don Beltrán de Urdaneta, a quien pobres y ricos señalan como el tipo de la grandeza, de la caballerosidad... Era yo muy niño y oía contar casos muy singulares de esplendidez...

—A ver, a ver... ¿qué casos? —dijo don Beltrán, risueño y malicioso, deteniéndose.

—Pues que usted, poseedor de una riqueza incalculable, había mandado traer de París seis perros de caza, los cuales vinieron cuidados y asistidos por cuatro monteros y un mayordomo... Y un día, siendo yo muchacho, vi pasar unos trenes magníficos que iban para Canfranc. ¡Qué sillas de postas, qué caballos, qué galera con provisiones de cama y boca!... Pues mi tío, que entonces era capellán en la casa de Ayerbe, dijo: "Ahí va don Beltrán el Grande con los duques de tal y de cual...".

—¡Ay, hijo mío! —exclamó Urdaneta melancólico, acelerando el paso—. Aquellos eran otros tiempos. ¡Lo que va de ayer a hoy!...

—Y decía mi padre que solo en Mora de Rubielos y en la Sierra de Mosqueruela poseía usted más de diez mil cabezas.

—Sí, sí: muchas cabezas tenía entonces, y ahora creo que ninguna, ni aun la mía propia. Pues en Mora de Rubielos me resta algo, y aun algos, que intento recobrar... Pero hablar de mí es mirar a lo pasado, visión triste; alegremos nuestro espíritu hablando de lo presente, de la juventud, de usted... ¿Qué tal, vamos adelantado en la carrera militar? ¿Siente usted ambición de gloria?...

—No mucha, señor... Un año llevo en esta vida, y le aseguro a usted que deseo la paz, aunque me quede en el grado que tengo. Y esta campaña del Centro no es para despertar verdaderas aficiones a la milicia regular. Aquí todo es cuestión de picardía, astucia y agilidad; todo cuestión de Geografía... Andada, ciencia de los pies. Además, el carácter de cacería feroz que va tomando esta guerra, no es para mi genio. He sido poco afortunado, pues desde que salí a campaña no he visto más que horrores; y desgracias de nuestras armas. Para tener mala pata en todo, me estrené con un acto militar que ha dejado en mi espíritu una sombra lúgubre, algo como una mancha que no puedo borrar: el fusilamiento de la madre de Cabrera.

—¡Qué dolor!... ¡Barbarie inútil, impolítica!

—Empecé mi carrera destinado al regimiento de Bailén, 5.º de Ligeros, que daba guarnición en Tortosa, y mandé el piquete que dio muerte a la infeliz mujer. Cuando al amanecer del 16 de febrero del año pasado se nos dijo que a las diez íbamos a fusilar a María Griñó, no lo creíamos. Los Nacionales negábanse a cumplir la sentencia. Nosotros no podíamos menos de obedecer; pero aún esperábamos que tal atrocidad se aplazara indefinidamente, y aplazarla era como un indulto disimulado. Entre nosotros se decía que el alcalde de Tortosa, Don Miguel de Córdova, protestaba de tal iniquidad, y que quiso inducir al gobernador, general don Gaspar Blanco, a no dar cumplimiento a la bárbara orden. Ello era cosa Nogueras, que ofició al general Mina, y de los allegados de este... Reconocía el gobernador que disponer tal muerte no era propio de caballeros, y que si en algún caso procedía desobediencia, había llegado la hora de poner en el oficio la fórmula: *se acata, pero no se cumple*. Mas el hombre no se atrevió, y su desmayada voluntad y su corazón vacilante nos dieron aquel terrible ultraje de la justicia. Dicen que al resistirse a los ruegos del alcalde y de otras personas calificadas de la población, se echó a llorar... Sus lágrimas fueron de ésas que no producen ningún bien ni evitan los males... Ello es que metimos a Doña María en el calabozo, y la cargamos de grillos, y le llevamos al cura don José María Trench, hombre bueno y compasivo, que también, llorando a moco y baba, fue a interceder con el gobernador, sin conseguir ablandarle. Confesada, mas no comulgada, pues para esto no le dimos tiempo, la llevamos a la barbacana. Por el camino, al paso de la pobre víctima, se agolpaba poca gente, pues la mayoría de los vecinos no se había enterado todavía; de los que vio, se despedía con palabras sencillas y cariñosas, como si para un viaje saliera. No puedo olvidar su figura modesta ni su traje, el mismo que tenía en la prisión: saya de cotolina azul, ya muy usada; jubón de pana verde. Llevaba al cuello un pañuelo oscuro con fleco, y a la cabeza otro, blanco, sin atar las puntas. Era delgada, de mediana estatura, rostro moreno y curtido con arrugas en la frente, el mirar dulce, expresión candorosa. En sus manos atadas llevaba una cruz. Su resignación, la paz de su alma, su tranquilidad sin artificio, nos maravillaban; el no pronunciar palabra ofensiva para nadie, nos colmaba de pena, oprimiéndonos el corazón. La fortaleza con que afrontaba el suplicio hacía más vergonzosa la innoble cobardía con que nosotros, con tanto aparato de fuerza, destruíamos aquella vida que no había hecho daño a nadie. «¿Qué resulta contra ella?» nos preguntábamos, o lo pensábamos, por no atrevernos a decirlo. No resultaba más sino que había dado el ser a Cabrera... Llegados a la barbacana, la hicimos avanzar como a veinte pasos del baluarte... El cura que la asistía, don Joaquín Curto, no se separaba de su lado tan pronto como convenía. La mirada que nos echó María Griñó al entrar en el cuadro no se me olvidará si mil años vivo. ¿Fue de menosprecio, de compasión? De cólera no era, ni tampoco suplicante... No nos pedía que la perdonásemos. Tal vez quiso decirnos que ansiaba terminar pronto, concordando en esto fatalmente con las órdenes que habíamos recibido. Se le vendaron los ojos. Fue preciso, para abreviar, tirarle suavemente del manteo al cura para que se retirara. El pobre señor estaba turbadísimo: le dijo de cerca que rezara el Credo, y luego en voz más alta, alejándose, le anunció que iba a gozar de Dios... Yo tenía que dar la orden de fuego agitando un pañuelo. Me pasó por la mente la idea de no darla, sublevándome en nombre de Cristo. Pero la fuerza de la disciplina, de que no nos damos cuenta, se impuso. Ello es que sonaron los tiros, y cayó la mujer al suelo, de golpe, sin ruido ni contorsiones, como un vestido, como un colgajo de trapos que cae de una percha...

—¡Horrible... y estúpido! —exclamó Don Beltrán—. Si tiene usted más hazañas de estas en su hoja de servicios, no me las cuente. Mi pobre corazón viejo no resiste esas emociones ni aun contadas.

—Tres días estuve enfermo, sin poder apartar de mí la mirada de María Griñó, ni aquel modo de caer al suelo, como un vestido que se desprende de un clavo... El vecindario de Tortosa quiso alborotarse, y tuvimos que contenerle. Los Nacionales trinaban y creían que se habían deshonrado por formar en el cuadro media compañía. Aseguraban que si se les hubiera mandado formar el piquete de fuego, no habrían obedecido... Desde aquel día es para mí esta guerra una nube de plomo posada sobre mis ojos, como un telón a medio echar. Ni sube, ni baja... Ni veo bien la guerra, ni veo la paz... No habrá ya paz en la tierra de España. ¿Sabe usted lo que dijo Cabrera cuando supo la muerte de su madre? Mirando a las cumbres que cercan a Valderrobles, dijo que la sangre subiría hasta las cimas más altas. Y va subiendo, va subiendo... Para no cansar a usted, señor Don Beltrán, le diré que mis campañas desde entonces no han sido más que una cacería infatigable. En multitud de encuentros me he visto, todos encarnizados: estuve en las acciones de La Jana y de Toga, al mando de Buil; allí tuvimos la suerte de derrotar al *Serrador*. En Ulldecona, cuando Iriarte dio una tremenda paliza al *Organista* y a Llangostera, también tuve la honra de encontrarme. Marchas penosas, hambres y trabajos mil he pasado; peleando sin cesar, no veo que el aspecto de la guerra cambie. Siempre es lo mismo: las ventajas de hoy son el descalabro de mañana. Si una columna vence aquí, otra sucumbe dos leguas más allá. Se les echa de un valle, y aparecen en otro. Creyérase que salen de debajo de las piedras, y que la sangre de tantas víctimas, caliente y rabiosa, aun después de derramada, engendra facciosos en los bosques, en los charcos de los barrancos, en los escombros de las masadas destruidas. Esto no es guerra, digo yo: es un duelo feroz, nunca suspendido. Nogueras conoce el terreno, pero le falta cabeza. Borso tiene intención, pero no domina el suelo. Sin darse de ello cuenta, conduce sus tropas por el camino más largo. No encuentra nunca al cabecilla que busca, sino a otro que le sale inesperadamente por retaguardia, cuando no le salen dos. Así no acabamos nunca. Si no traen un ejército muy grande para ocupar todas las posiciones y pueblos de importancia, a la defensiva, tapándoles los boquetes y pasadizos para sus correrías, matándoles de hambre y provocándoles a que se enzarcen unos con otros, tenemos guerra para un siglo. Yo me doy a pensar en esto, y digo: «¿Por qué combatimos?» Ahondando en el asunto, encuentro que no hay razón para esta carnicería. ¡La Libertad, la Religión!... ¡Si de una y otra tenemos dosis sobrada! ¿No le parece a usted?... ¡Los derechos de la reina, los de don Carlos! Cuando me pongo a desentrañar la filosofía de esta guerra, no puedo menos de echarme a reír... y riéndome y pensando, acabo por convencerme de que todos estamos locos. ¿Cree usted que a Cabrera le importan algo los derechos de Su Majestad varón? ¿Y a los de acá los derechos de Su Majestad hembra?... Creo que se lucha por la dominación, y nada más, por el mando, por el mangoneo, por ver quién reparte el pedazo de pan, el puñado de garbanzos y el medio vaso de vino que corresponde a cada español... ¿No opina usted lo mismo?

—Lo mismo, querido Estercuel, lo mismo. Es usted un sabio. ¡Tan joven, y ya profundiza!

VIII

En esto llegaban al término de la extensísima olmeda, de donde a los ojos se ofrecía un hermoso espectáculo: la cascada que forma el río Alto al precipitarse en el Guadalope. Cerros enhiestos formaban el marco de tan bello paisaje, que don Beltrán pudo gozar, porque despejada la niebla, daba el Sol relieve y colorido a todos los objetos.

«Si es este el lugar que esa sierva de Dios ha elegido para sus penitencias —dijo el anciano—, a fe mía que ha tenido buen gusto.

—En aquella casucha que ve usted junto a dos peñas muy grandes, sombreada por una encina que parece partida por un rayo, moraba estos días la que llamaré ermitaña trashumante.

Aunque no estaba seguro don Beltrán de ver lo que su amigo le indicaba, allá se encaminó a buen paso; y antes de llegar al sitio designado, vieron que hacia ellos venían dos vejetes con trazas de pastores, por sus vestiduras de pieles más parecidos a osos que a personas, uno de los cuales, al llegar a donde pudo ser oído, les dijo: «Si van en busca de la maestra, vuélvanse, que no la encontrarán.

—¿Pues dónde ha ido mi señora y capellana? —preguntole Estercuel, sospechando que no le decía la verdad.

—¡Por vida de...! —exclamó Urdaneta, golpeando airado el suelo con su bastón—. No creí que la buena estrella que me guía en este viaje se eclipsara tan pronto. ¿Sabéis, buenos amigos, si ha ido muy lejos? Porque si supiera que no estaba distante, iría en su busca, que con mis setenta y tantos años, no me arredran un par de leguas.

—Ayer de mañana —dijo el viejo—, fue a la Ginebrosa con mi sobrino, y nos mandó que por hoy al mediodía la esperáramos en Castellseras, para ir juntos a donde ella disponga.

—Entre paréntesis: ¿sabéis si vive y dónde está Francisquín Luco, hermano de Marcela?

—Vive, gracias a Dios... pero del paradero no le diré, señor —replicó el anciano receloso, después de pensar lo que decía—. No sé...

—Sí sabes, tunante; pero no quieres decirlo. ¿No estaba gravemente enfermo? ¿No le asistía su hermana?

—Así parece, señor...

—Está bien... Por ventura, ¿no tendríais en vuestra covacha algo de comer? Porque con el fresco de la mañana y el paseo me siento un tanto desfallecido.

—Cuando les vimos venir estábamos cortando el pan para hacer unas pobres migas. Si los señores quieren participar de esta humildad, el gusto será nuestro, y la penitencia de los señores.

—Discreto eres... Ea, preparad esas migas con prontitud, y allá va con vosotros mi criado para que nos avise cuándo podemos ir a matar el hambre.»

Al quedarse solos don Beltrán y Estercuel, sentaditos en una piedra, dijo el militar al prócer: «Se me había olvidado informar a usted de lo que en el país se cuenta de las idas y venidas de la monja suelta, y de la prontitud, al modo teatral, con que aparece y se oculta, sin que nadie pueda saber de dónde viene ni por dónde se escabulle. Es una conseja, y a título de tal se lo cuento, advirtiéndole que esta guerra ha resucitado en el país la Edad Media, tan bien acomodada a su naturaleza bravía, a la rudeza de sus habitantes y a la muchedumbre de castillos, monasterios y santuarios que por todas partes se ven.

—Ya había pensado yo eso de que por ensalmos nos encontramos en siglo de feudalismo. Cuente, cuente pronto esa leyendita, que quizás no lo sea.

—Pues se dice, y hay quien lo jura, que el padre de esta señora ermitaña o peregrina era hombre muy rico.

—¿Y a eso llama usted conseja? Puedo dar fe de las propiedades que poseía Juan Luco, las cuales fueron mías...

—Y a más de la propiedad, dicen que poseía grandes cantidades de dinero metálico...

—Naturalmente: era hombre que apenas gastaba el tercio de sus rentas... ¿Y qué más?

—Que antes de lanzarse a pelear por Isabel, Juan Luco puso en un lugar seguro una olla de onzas...

—Precaución muy acertada...

—Y en otro lugar seguro, a bastantes leguas del primer sitio, otra olla de onzas.

—Tenía propiedades en Rubielos...

—Y en Valderrobles, y en Calanda, y en Morella... Sus hijos hicieron lo propio. El primogénito sepultaba ollas en este monte, y el segundo en aquel barranco... De modo, señor mío, que por todas estas tierras y por parte de las del Maestrazgo, están esparcidas las riquezas de Luco.

—Pues, amigo mío —dijo don Beltrán grandemente excitado, levantándose y haciendo rápidos molinetes con su bastón—, no veo la conseja... No veo más que un caso muy natural, la pura lógica, señor mío, el puro sentido común.

—Ollas en los montes de Gúdar, ollas en el desfiladero de Vallivana, ollas en Mosqueruela, ollas en Beceite, ollas en Calanda, en Peñagolosa... y quién sabe si aquí mismo, bajo nuestros pies, habrá un puñadito de oro...

—Hijo, podrán ser más, podrán ser menos —dijo don Beltrán con grande animación, iluminado el rostro, brillantes los ojos, revelando una credulidad infantil—. El número de ollas no lo sé... pero que las hay... ¡ah! lo creo y lo creo, como si las hubiera enterrado yo mismo... Y no me contradiga usted, porque cuando afirmo verdades como esta, no es prudente contradecirme...

—No, si no me parece absurdo... Pero falta lo mejor de la conseja. Dice el pueblo, y cuando el pueblo lo dice es porque lo cree como el Evangelio, que esta señora monja ha tomado ese empaque ermitañesco y peregrino para recorrer y vigilar los lugares donde yacen escondidas las preciosas tinajas... Sin duda conoce los sitios por inspiración del cielo, o por topografías milagrosas que le ha comunicado el Espíritu santo...

—No se burle usted, amigo mío, que estas cosas no son para tratadas con genio maleante... Y le advierto que me desagrada oír chanzas aplicadas a cosas y objetos de la mayor seriedad.

—Serio, profundamente serio es cuanto digo, si aceptamos la ficción de hallarnos en plena Edad Media. Prepárese usted, si persiste en penetrar en el país, a ver milagros y hazañas, casos inauditos de santidad o sortilegio, brujas, duendes, apariciones; subterráneos que empiezan en un castillo y acaban en un monasterio a siete leguas de distancia; verá usted hombres feroces, hombres heroicos, mujeres endemoniadas o angelicadas; verá usted, en fin, a la hermosa y andante Marcela, con aliento guerrero y olorcillo de santidad, corriendo por montes y barrancos para tomar nota de las mil y quinientas ollas de Luco, y trasladar a lugar seguro y profundísimo las que fueron escondidas a flor de tierra en parajes muy transitados; prepárese usted a ver todo esto, y si algo descubriese contante y sonante, avise, señor don Beltrán, que no ha de faltarle un buen amigo que, armado de pala y azadón, le preste ayuda.

—¡Tunante! —dijo el anciano, que gozoso se lanzaba a la confianza paternal—, si tuviera usted la suerte de encontrar uno de esos nidos, ya sé que le faltaría tiempo para ponerlo a un maldito caballo, o a un as indecente... No quiero dejar pasar esta ocasión sin echarle un réspice... Mi ancianidad me da derecho a ello... Yo te vi a usted anoche encenagado en el feo vicio. Paréceme que era usted el que tallaba...

—Sí, señor, por mi desgracia. No sé si advertiría usted que me desplumaron.

—Tanto como eso no reparé... Y ¿qué tal? ¿Eran atrevidos aquellos puntos? ¿Se traían alguna martingala?... Sea lo que quiera, un joven de sus méritos no debe dejarse dominar por la pasión del azar... Todo el dinero que caiga en sus manos guárdelo usted, hijo, guárdelo para sus necesidades de mañana. Piense en la vejez, que si en todo caso es triste y desabrida, sin dinero es suplicio grande. Pero, si no me engaño, oigo la voz de Tomé que nos llama, señal de que esas benditas migas nos esperan.»

No tardaron en llegar a la choza; y tan grande apetito se le había despertado al buen señor por causa de la frescura matinal, del paseíto, o quizás por la risueña visión de las ollas auríferas, que empezó a tragar migas, todavía calientes, a riesgo de abrasarse el gaznate; y comiendo decía: «Pues de tal modo me interesa avistarme hoy mismo con la venerable madre Marcela, para tratar con ella de un grave punto de religión, que si estos señores van en su busca, les acompaño... No, no puedo detenerme... No trate usted de disuadirme, amigo Estercuel. Ni a mí ni a mi criado nos arredran ladrones ni carlistas. Si usted los teme, vuélvase tranquilo a Alcañiz.

—No por miedo, señor don Beltrán, sino porque mis deberes militares al pueblo me llaman, me veo precisado a dejarle partir solo.

—¡Ah! la obligación es antes que la devoción. El buen militar no se pertenece... Pues iré con Tomé y estos ancianitos. ¿Qué distancia me ha dicho? ¿Legua y media? A pie mejor que a caballo. Me conviene un poco de ejercicio... Sí... Aún tengo bríos para andar largo trecho. Si he de decir la verdad, me siento... Así como rejuvenecido... Sin duda es el aire de esta tierra, no sé qué gozo del ánimo... Hasta parece que veo mejor... Sí, sí... Distingo perfectamente las pieles de estos hombres, la sartén, todo... No hay duda, no hay duda: veo mejor, amigo Estercuel... Y apostaría que, después de un paseo de dos leguas, se me aclarará la vista notablemente... ¿Y qué tal?, ¿Se conserva bien la hermana Marcela? No la he visto desde que era muy niña...»

Atacado de una locuacidad que no podía contener, enjaretaba cláusulas sin el debido enlace entre unas y otras. Como los ancianos no decían una palabra ni comían, pidioles cuenta don Beltrán así de su silencio como de su falta de apetito, y el uno de ellos respondió que delante de tan gran señor no era decente que ellos, infelices mendigos, hablasen ni comiesen. Replicó a esto el afable aristócrata, que ante Dios, padre común del género humano, todos los hombres eran iguales, y que, pues allí les reunía el acaso, no se acordasen de vanas categorías. Si ellos eran pastores, ¿qué oficio y estado superaba en nobleza y antigüedad al de conducir rebaños? Pastores fueron los patriarcas en aquel pueblo que Dios llamó suyo; pastores fueron los primeros que adoraron y reconocieron al Redentor del Mundo en Belén, y este había representado su misión debajo del simbolismo de un pastor del gran rebaño de la Humanidad. A esto replicaron los vejetes que no eran ellos pastores, y que usaban aquellos pellejos, y los peales y zurrón por ser el traje más adecuado a la frialdad del tiempo y a la fragosidad del país.

«¿Pues qué sois? —dijo el prócer, suspenso, preparándose a probar de un queso que le ofrecían.

—Nuestro oficio es el de sepultureros; solo que ya hemos dejado aquel empleo tan humilde por acompañar y seguir a la divina Marcela.

—¡Hombre, hombre... Sepultureros, enterradores! —exclamó Urdaneta con asombro—. Pues también es ocupación noble, antiquísima como el mundo, pues desde que hubo vida, hubo muerte. Y oficio santo además, que en él se cifra una de las obras de Misericordia. Muy bien, muy bien, pobrecitos. Me agrada vuestra compañía. Enterrar los muertos es noble misión. Dios manda que, después de recoger Él el alma, se dé a la tierra lo que le pertenece. ¿Y quién sabe si revivirá algo de lo que habéis soterrado? No todo lo que entra en la tumba es muerte. La fosa recoge también la vida, para sustraerla a la codicia y al latrocinio... Y difuntos aparentes habréis sepultado, que volverán a la vida y... Pero de estas filosofías no entendéis vosotros... Y dime otra cosa: desde que os encontré, tú solo hablas. ¿Por qué no hemos oído la palabra de tu compañero?

—Porque se le traba la lengua, y no quiere que le oigan...

—Es tartamudo... Mudo quizás. Ya sabe Marcela lo que hace, rodeándose de hombres callados, silenciosos, y cuando no, discretos como tú... Pero no perdamos más tiempo y pongámonos en camino.

Levantose ágil, sin esfuerzo, con sorpresa de todos, y emprendieron la bajada al camino, al llegar a este se despidió del amable militar, que deseándole un regreso pronto y feliz, le dijo: «Ya ve el señor don Beltrán cómo va resultando lo que anuncié. Edad Media, pura Edad Media... Supongo que le veremos esta noche por Alcañiz, y ya nos contará, ya nos contará... Quiera Dios que no tenga un mal encuentro... Es posible que pueda ir y volver felizmente, porque no hay noticias de que ahora anden por aquí partidas. Abur. A Sor Marcela le da usted expresiones de mi parte, y que se deje ver... De buena gana me ajustaría yo en su cuadrilla de sepultureros, si supiera que tocaban a desenterrar... lo que usted sabe. Adiós.»

Internándose a buen paso en la olmeda que conduce a la ciudad, decía para su sayo el bueno de Estercuel: «El pobre señor, reverdecido en la niñez, está ya en su elemento: la conseja.»

IX

Anduvo larguísimo trecho don Beltrán por la margen izquierda del Guadalope, sin encontrar alma viviente, pues los caseríos estaban desamparados, los ganados dispersos, hombres y animales del campo huídos; y tan presuroso iba por el estímulo de su deseo, que al llegar a las primeras casas de una aldea desierta, que debía de ser Castellseras, faltáronle súbitamente al anciano los alientos, y dejándose caer en un montón de tierra, cercano a un edificio en ruinas, dijo a sus acompañantes: «Amigos míos, la costumbre de andar en coche y a caballo ha quitado vigor a mis piernas para la marcha peonil. Vosotros andáis sin fatigaros muchas leguas, yo no puedo. Me rindo, me entrego, y pues ya no estamos lejos del punto en que os habíais citado con la maestra, os ruego que os adelantéis y le digáis que la espero aquí. Recordad bien mi nombre: don Beltrán de Urdaneta... El grande amigo y en otro tiempo protector de su padre...»

Obedecieron sin chistar los dos viejos, y don Beltrán se quedó solo con su criado Tomé, el cual no hacía más que mirar a los cerros cercanos, pues en todos veía fusiles y boinas su medrosa fantasía. Por indicación suya, se pusieron al abrigo y sombra de aquellas derrumbadas paredes, de donde vigilarían quién viniera, y podrían esconderse si alguien se acercaba con malas intenciones. Allí se aguantaron como unas dos horas, y ya se impacientaba Urdaneta, cuando Tomé, encaramado en lo más alto, avisó la presencia de cuatro personas por el camino que habían seguido los viejos al partir.

«¿Ves a los enterradores? —preguntó Don Beltrán ansioso—. ¿Viene con ellos una señora vestida de monja o penitente?

—A los dos abuelicos les veo —dijo Tomé cuando las cuatro figuras se aproximaron—; pero no viene ninguna monja, sino dos chicarrones, uno de ellos con sotana.

—¿Estás bien seguro del sexo?

—¿Qué dice, señor? Si llama sexo a lo de distinguir de machos y hembras, apuesto lo que quiera a que los cuatro son hombres naturales, aunque al uno no le veo piernas por bajo, y por arriba le veo melenicas como las de una imagen.

—¿Luego viene uno con faldas?

—Mas no son faldas ni andares de mujer, sino al modo de las túnicas de los santos, que siempre usaban sayos o camisones.»

Y cuando ya cerca estaban, y amo y criado salían de las ruinas para recibirles, gritaba Tomé: «Señor, señor, déjeme que me santigüe, pues esto no es cosa buena. El de los pelos largos y caídos es un muchacho amujerado, o mujer hombruna. No he visto otra...

—Cállate, simple, y ponte a un lado, que ya veo los bultos, y me adelanto a saludar a Marcela.»

Del grupo que venía, se adelantó una figura híbrida, tal y como Tomé la había descrito, para mozuelo, de regular talla, para mujer, de elevada estatura, con gallarda medida y proporción. Era el rostro moreno, tan tostado del Sol que semejaba al de una efigie secular, cuyo barniz el tiempo ha oscurecido dándole una dulce pátina con vislumbre sieñoso. Los ojos grandes, negros y de profundo mirar, parecían de hombre; de la nariz para abajo representaba cara fina y graciosa de hembra, con hoyuelos en la barbilla, y un poco de vello sobre el labio superior. El cabello caía en guedejas que parecían plumas de un gallo negro, y le llegaba hasta mitad del pescuezo, no menos tostado que el rostro, partiéndose en la frente en dos ramales espesos, ásperos, que a veces nublaban los ojos. Era el cuerpo de rara perfección, más de hombre que de mujer, pues no se le notaba elevación del seno, el cual era poco más alto que el de un mocetón de anatomía lozana; bien sentidas la cintura y cadera, sin ofrecer curvas muy acentuadas; el pie desnudo, de color de antigua caoba, de mediano tamaño tirando a grande, y admirable forma. El sayal que vestía, de parda estameña, remedaba un hábito franciscano de varón; pero sin cuello ni capucha, sencillísimo en su traza y corte, ceñido a la cintura por una cuerda. Llevaba el rosario en un bolsillo interior del hábito, que se manifestaba en una abertura vertical al costado derecho, por donde asomaba la cruz de bronce. Mayor bulto que el de un rosario se veía por aquella parte; señal de que guardaba otros objetos, pañuelos quizás, o sabe Dios qué. La voz, que hirió con sonoro timbre los oídos de Don Beltrán en el primer saludo, era como de muchachón tierno, engrosada por la constante vida al aire libre en país tan frío.

«Aunque estos pobrecitos —dijo Marcela— equivocaron el nombre... *Don Jordán de la Beltraneta*, ya comprendía, señor, ya comprendí que era usted... El que me hacía el honor de venir en mi busca...

—El honor es mío —replicó don Beltrán descubriéndose y besándole la mano—, y me considero feliz de ver en opinión de santa a la que conocí muy niña... Ya, ya se anunciaba en ti la mujer superior, extraordinaria, eminente...

—Mi padre le apreciaba a usted de veras —dijo Marcela, cortando el elogio—. Diez días antes de morir, estuvo a verme, y hablamos largamente del señor don Beltrán...

—Siempre tuve a Luco —afirmó el prócer, gozoso de lo que la ermitaña relataba—, por uno de mis mejores amigos. De cuantas personas he tratado en mi larga vida, Juan fue la única en quien vi siempre la flor de la gratitud... Sabrás que a mi protección decidida debía tu padre los adelantos de su fortuna.

—Lo sé... y a gala tenía el recordarlo... A mis hermanos y a mí, cuando éramos niños, nos enseñó a pronunciar con el mayor respeto el nombre para él sagrado de Urdaneta... Pero si el señor gusta de que hablemos, no piense en volverse hoy a Alcañiz, y véngase conmigo despacito hacia Calanda, que allí tengo un alojamiento regular, y podré darle algo de comer, siempre dentro de la suma pobreza.»

Tan grata impresión habían hecho en el viejo las primeras palabras de la santa mujer, que a todo se prestó gozoso, diciendo: «Vamos a donde tú quieras, hija mía, y no creas que me asusta la pobreza, pues he llegado a una situación en que mi gloria es confundirme con los humildes.

—Vivimos en el reino de la desventura —dijo la ermitaña con austeridad—. El azote de Dios nos ha reducido a todos, ricos y pobres, hombres y mujeres, a las extremidades de la miseria, y a no contemplar más que espectáculos de tristeza y dolor. El Señor nos ha castigado, nos somete a prueba durísima, desatando a la Muerte para que a ninguno perdone. Convenzámonos de que solo breves instantes nos faltan para morir, que no hemos muerto ya por cansancio de la misma Muerte, la cual apenas tiene aliento para cortar tantas vidas, y preparémonos...

—¡Oh! sí, bien preparado estoy para cuando el Señor lo disponga...

—Y en tanto, fortifiquemos nuestras almas con la paciencia, con el gusto de las adversidades, y celebremos las miserias y trabajos que Dios nos envía.

—Sí, hija mía, sí... Celebrémoslo... ya lo creo que debemos celebrarlo...

—"Que los trabajos bien recibidos y padecidos son, no solo útiles y provechosos, sino gustosos y sabrosos...". Esto lo dijo Nicéforo, famoso historiador de la Iglesia, y añade que "son las adversidades satisfactorias por los pecados, y que los trabajos nos son útiles por la fortaleza que con ellos se gana". Tengamos fortaleza, señor don Beltrán, esta soberana virtud con que se vencen y encadenan todos los males.

—Sí, hija mía, sí —murmuraba don Beltrán—: seamos fuertes; yo busco la fortaleza.

—Dice el bienaventurado San Juan Crisóstomo que "aunque los trabajos no tuvieran otro bien sino el que el hombre recibe con su paz y quietud cuando le faltan, fueran de muy grande codicia".

—Paz y quietud anhelo yo, hija mía, y por Cristo, que a mis años, después de tantas luchas y fatigas, bien merezco el reposo. Y bien podría el Señor concedérmelo en premio de la valentía con que me lanzo por estos caminos infestados de facciosos. Cierto que cuando Dios nos manda trabajos y adversidades, ya se sabrá por qué lo hace; pero yo te digo ahora, con perdón de San Nicéforo y San Crisóstomo, que maldita gracia me hará que nos salga una partida carlista y nos deje en cueros, o nos apalee o nos fusile...

—El verdadero cristiano —dijo la beata peregrina con acento firme, sin afectación—, no solo no teme la muerte, sino que la desea. Cuenta Eusebio en sus *Anales* que, "hallándose los mártires presos, se alegraban creyendo habían de ser los primeros que sacasen a martirizar, y cuando no lo eran, quedaban desconsolados".

—Pues perdóneme el señor Eusebio...

—Y testifica San Jerónimo que el bienaventurado mártir San Ignacio escribía a Siria desde Roma, poco antes de su martirio: "Plegue a Dios dejarme gozar de las bestias que me esperan, las cuales ruego a Dios no sean perezosas en acabarme...". Donde dice bestias ponga usted facciosos, y digamos: "Que vengan cuando quieran y nos despedacen".

—Todo eso es muy bonito para dicho; pero como no soy santo, quiero guardar de ésos los pocos días que me restan.»

Si en los comienzos del diálogo le encantaba a Urdaneta la firmeza de convicciones de la peregrina y el severo estilo con que la manifestaba, en cuanto empezó a largar citas se le hizo un poquito indigesta tanta sabiduría. Preguntole que cómo podía repetir sin equivocarse tantos textos de sagradas escrituras, y ella lo explicó por su prodigiosa retentiva... Lo que una vez leía, no se le olvidaba nunca, y su mente era una copiosa biblioteca, que usaba sin compulsar libros. Por todo el camino fue soltando citas de santos padres y de Aristóteles y Cicerón; que también éranle familiares los filósofos profanos; y ya un tanto mareado don Beltrán con aquella erudición fastidiosa, diputó a Marcela por un papagayo con más memoria que discernimiento. Aún era muy pronto, dice el narrador, para formar juicio tan terminante.

Al caer de la tarde, llegaron a un barrio de Catanda, y metiéronse en una casa mísera, donde había tres mujeres. Ningún hombre se veía en todo el lugarejo ni en sus contornos. Impaciente por hablar largo y tendido con la santa, hizo propósito don Beltrán de plantear el magno asunto en cuanto despacharan la frugal cena de alubias, habas secas, y algunos huevos con que fue regalado el huésped. Como si le leyese en el rostro los pensamientos, Marcela se apartó con él a un rincón de la estancia donde comieron, que era un establo de cabras, sin cabras, y le dijo:

«señor don Beltrán, antes que empiece yo mis rezos y ejercicios de la noche, y antes que usted se acueste... que para su nobleza se prepara en esta humildad un mediano lecho... quiero que me diga la razón de venir a buscarme.

—Precisamente, ya se me hacía tarde el hablarte de ello, hija mía. Bien comprenderás que si a los riesgos de este viaje expongo mi ancianidad, es porque me lo exige mi decoro, el honor de mi nombre.

—Fuertes razones habrá sin duda. Recordando lo que del señor don Beltrán me dijo mi padre días antes de morir, lo que después oí a mis hermanos, y agregando lo que yo con mi pobre entendimiento adivino, creo conocer los motivos que acá le traen.

—Si lo has adivinado, me libras del enojo de decírtelo, que nunca es grato en un hombre de mi condición declarar sus necesidades. Pero algo debo referirte como antecedente necesario, y es el hecho de las desavenencias graves con mi familia, y mi resolución de abandonar la casa de Idiáquez para no volver más a ella.

—También sé algo de esto —indicó la monja con un dejo de severidad—, y creo que no es toda la culpa de su familia, que buena parte de esa culpa debe recaer sobre usted.

—Puede... Sí... No digo que no... —murmuró desconcertado el aristócrata.

—Porque las opiniones están conformes en que ha sido usted un pródigo incorregible... Ha derramado su caudal, y ahora se encuentra escaso y pobre. *Effusus es sicut aqua; non cresces.* «Derramado has como agua, y ahora no creces, no tienes», como Jacob dijo a su hijo Rubén.

—Sí, es cierto... Sí... Pero yo, por mi condición generosa y mis hábitos de gran señor, desprecié siempre las cosas menudas, pequeñas...

—¡Ah! señor mío. El *Eclesiástico* lo ha dicho: *qui spernit modica, paulatim decidet.* ¿Lo entiende usted?

—Hija mía, se me ha olvidado el poco latín que aprendí en mi niñez. Háblame castellano. En castellano neto te digo yo que si es cierto que con mi conducta he creado mis daños, ya no estoy en edad de corregirme.

—Bueno, señor. Pues mi padre...

—Tu padre era, el primer año del siglo, un triste labrador que llevaba en arrendamiento algunas de mis tierras de Rubielos. Gran trabajador, gran economizador, el año 6 y 7 quiso comprarme las piezas de Alventosa y el prado grande de Alcalá de la Selva. Aunque otros compradores me ofrecían mayores ventajas, preferí a Luco, atento a su honradez y puntualidad... Además, siempre me ha gustado dar la mano al pobre. Quedose tu padre con aquellas tierras, luego con otras, y me pagaba cuando quería, a su comodidad y desahogo. ¿Es esto cierto?

—Usted lo ha dicho.

—Siempre se mostró tu padre agradecido, y andando los años recibí pruebas de la estimación en que me tenía.

—Y jamás le apremió usted por los pagos; lo sé.

—Ni le cobré intereses por las demoras. Al fin, todo fue suyo; todo no: quedábanme el monte de Mosqueruela y la encomienda de Forniche Bajo. El 22, hallándose ya Luco en gran prosperidad, por las buenas cosechas y el gran incremento que tomó el comercio de lanas, propúsele yo que me comprase la Mosqueruela para que redondeara sus estados, y accedió a ello, abonándome, desde aquella fecha hasta el 30, los plazos en que estipulamos la venta. El año 33, hallándome yo algo escaso de fondos, y necesitando reunir una cantidad para atenciones ineludibles, pedí a Luco dos mil duros, que me mandó al instante. Le cedí las rentas de la Encomienda por todo el tiempo que fuese preciso hasta la extinción de la deuda, y al año siguiente le propuse que me comprase también esta finca por la valoración que estimara justa. Todo se hizo conforme a la voluntad de tu padre, pues ni yo regateaba con un hombre de tanta rectitud y conciencia, ni me hallaba en aquellos días, por el aturdimiento que me causaban mis afanes, en disposición de apreciar mil duros más o menos en mis negocios. Siempre he sido lo mismo. Pasó tiempo; y hace unos meses, hallándome yo en Villarcayo, recibo una carta de tu padre en que me decía: «Sé, mi noble señor, que por ruindad de los tiempos y caídas de grandezas humanas, se halla Vuecencia en escasez de posibles. Si con el caudal no ha perdido la memoria, recuerde que está en el mundo Juan Luco, y no olvide que Juan Luco no consentirá jamás que padezca necesidades el primer caballero de Aragón.»

—Así es —dijo la venerable, afirmando además con una fuerte cabezada.

—Y hay más, hay más, mi bendita señora —dijo don Beltrán, animándose con el buen giro que, a su parecer, llevaba el asunto—. En la misma carta decía: «Recuerde también el señor, y medite y repare que lo de la Encomienda fue más ventajoso para un servidor que para usía; y pues Juan Luco ha sido siempre hombre de conciencia, hoy, ante la verdad clara de sus adelantos de fortuna, quiere serlo en mayor grado, y más que condenarse por egoísta, le gustará salvarse por generoso. Dígame, pues, el señor lo que necesita, y no será él tan presuroso en decírmelo como yo en acudir a su alivio y remedio...» Esto decía; y si lo dudas, angélica mujer, aquí tengo la carta...

—No, no ha de mostrármela, señor, pues lo que me dijo pocos días antes de morir mi honrado padre es en todo conforme con el tenor de su carta.»

X

Echó don Beltrán de su pecho, al oír tan consoladoras palabras, un suspiro muy grande, con el cual pareció que se descargaba de la pesadumbre de sus desdichas. Miró a la santa mujer, que al suelo inclinaba sus ojos sin expresar nada inteligible en su rostro de imagen. Pasado un ratito, la penitente miró al anciano, diciéndole: «Hora es ya de que descanse, señor. Por lo que hemos hablado, bien se ve que sus deseos son recoger ahora lo que le ofreció mi buen padre, cosa en verdad fácil en mi voluntad, pero dificultosa en la de Dios, que es quien dispone las cosas... No puedo darle tan pronto respuesta terminante, pues ello ha de ser muy pensado... Recójase ya, duerma tranquilo, y persuádase de que, puesto su negocio en mis manos, de la hija de Juan Luco no ha de recibir usted ningún mal, sino todos los bienes posibles...»

Aunque estas vaguedades no satisfacían por entero las aspiraciones de Urdaneta, que quería solución clara y pronta, fuese el hombre al camastro esperanzado de lograr sus deseos, y confiando en la rectitud de la piadosa mujer. Pasó la noche intranquilo, febril, y en los breves ratos de sueño creíase transportado a subterráneos de castillos o criptas de iglesias, donde entre tumbas aparecían ánforas llenas de plata y oro. Despabilado desde el alba, llamó a su criado para que le vistiera, y Tomé se apresuró a comunicarle lo que pensaba de la monja y de su compañía. «Señor, debe de ser santa, porque la vi de rodillas más de cuatro horas, y a ratos echábase de cara contra el suelo, y parecía que lloraba con ansias y congojas... Las otras dos mujeres también rezaban, aunque con menos figuraciones; para mí son, como ella, monjas desperdigadas y salidas... Yo no pude dormir del frío que hacía en aquella cuadra, y viendo tanto rezar, me puse a hacer lo mesmo... Los viejos y el muchacho, arrimaicos a la pared roncaban como *tocinos*.»

Algo más hablaron, comunicándose uno a otro sus impresiones. Sirvieron a don Beltrán las mujeres, muy de mañana unas sopas que le supieron a gloria; y mientras las comía, díjole Marcela que habían de ponerse en camino inmediatamente, tomando ella con los viejos la vuelta de Alcañiz, por el vado de Torrevelilla, pues tenían que hacer en la Codoñera. Irían juntos, y por el camino sabría don Beltrán lo que ella durante la noche había pensado del asunto que al señor tanto interesaba. Para resolverlo del modo más equitativo había pedido luces a la Divina Ciencia, recogiendo su espíritu en oración muy fervorosa, a fin de que Dios la iluminase en el fallo que tenía que dar sobre cosas temporales. Ya empezaba el caballero a inquietarse con estos requilorios, y se dispuso a seguir a la santa, ansioso de escuchar pronto su resolución o sentencia.

Salieron por un caminejo de herradura en busca del Guadalope, que por aquella parte corre encajonado entre cerros de mediana elevación. Marcela echó por delante a Tomé y a los dos viejos sepultureros, y abordó con don Beltrán el magno asunto: «Ante todo, hija mía —le preguntó el prócer—, ¿por qué tus viejos, a quienes no sé si llamas discípulos o hermanos, llevan el uno una pala y el otro un azadón?

—Se han impuesto por penitencia dar sepultura a todos los muertos que dejan tras de sí, en sus horribles batallas, liberales y absolutos. Por mi cuenta han enterrado ya como tres centenares de cristianos sacrificados a la ambición de los poderosos del mundo.

—Dios les reciba en su santo seno... Pues satisfecha esta curiosidad, dime ahora si debo esperar que des cumplimiento a la voluntad de tu padre con respecto a mí; voluntad bien manifiesta...»

Con el estilo severo y elegante, aunque algo duro, que en la lectura de autores místicos se había asimilado, interpolando a cada instante citas de santos padres, o de Aristóteles, Longinos, Teofrasto Paracelso y otros sabios, como si con la erudición quisiera dilatar la sentencia, Marcela manifestó a don Beltrán que ella y su hermano Francisco ignoraban dónde yacían soterrados los dineros que Juan Luco poseía en sus últimos años, salvo una pequeña parte, cuyo paradero, por declaración de su difunto hermano Cinto, conocían; que si lograban descubrirlo y asegurarlo todo, cosa en extremo difícil en medio de guerra tan desaforada, lo destinarían a una obra de gran piedad, como desagravio al Señor por las iniquidades que las dos catervas de combatientes cometían. Ambos hermanos estimaban, en su acendrada fe, que dar tal destino a las riquezas de su buen padre sería muy grato al alma de este, ya se hallara purgando sus pecados en el fuego del Purgatorio, ya estuviese gozando de Dios, purificada y limpia por su martirio. Francisco Luco, el menor de los tres hermanos varones, había hecho en Huesca sus estudios eclesiásticos y disponíase a recibir las sagradas órdenes, cuando el maldito clarín de guerra, hiriendo sus oídos y despertando en él ideas de bandería política y militar soberbia, le indujo a tomar parte por Isabel en la querella. Breves y no felices habían sido sus hazañas. En Liria fue verdadero milagro que no le fusilaran. Dolorosos meses de cautiverio pasó en Cantavieja. Libre al fin, al tomar la plaza el general San Miguel, volvió a sus anhelos pacíficos y religiosos, horrorizado de la guerra y de sus desmanes. Ante su hermana, y cuando esta le asistía en la penosísima enfermedad contraída en el cautiverio, hizo voto solemne de consagrar a Dios su vida, su alma y sus pensamientos todos, sin esperar a ponerlo por obra más que el tiempo que se tardase en preparar las cosas materiales para tal objeto...

«Según eso —dijo don Beltrán, a quien con tales santidades se le había puesto un nudo en el tragadero, sin poder pasarlo para arriba ni para abajo—, tu hermano entra en religión... Cantará misa, profesará en alguna Orden. ¿Dónde está? Yo quiero verle.

—Espérese usted... Francisco abrazará la vida religiosa; pero antes de abandonar el siglo, tratará de descubrir y reconocer dónde se hallan los bienes en especie que padre trató de sustraer a manos rapaces. Y con decir yo esto, y usted con oírlo, queda manifestado, y por usted comprendido, que hemos de destinar íntegro todo el caudal a una fundación santa para religiosos de la Orden que abrace mi hermano, y a restaurar mi glorioso convento de Sigena.

—Sí, hija mía, sí... Comprendido. Pero dime: tu hermano, ¿dónde está?

—Hállase actualmente no muy lejos de nosotros, atento a lo que a él y a mí tanto nos importa; mas para poder efectuar sus pesquisas en materia tan delicada, ha sido menester que se agregase a una columna cristina, so color de prestar en ella servicio hospitalario, que otro servicio más guerrero no podría, por causa del grave detrimento de su naturaleza...

—No dudo —dijo don Beltrán, cuya vista se nublaba, como si su pena fuera una oscurísima visera que le caía sobre los ojos—, que si yo hablara con Francisco Luco en tu presencia, ambos me darían prueba inequívoca de su piedad y rectitud declarándome poseedor de aquello que vuestro padre determinó que había de ser mío.

—Si he de hablar al señor de Urdaneta con la plenitud de verdad que se desborda de mi corazón —dijo la monja endulzando la voz—, le manifestaré que me parece impropio de sus años ese insano apetito de las riquezas. En la declinación de la vida, y cuando Dios ha decretado ya para usted el acabamiento de todas las vanidades, ¿para qué quiere lo que no puede disfrutar, ni tiempo tiene para ello?

—Hija mía, es que...

—Padre y señor mío, la verdad sale de mis labios sin que mi respeto pueda contenerla. Debiera usted despreciar las riquezas, y alegrarse de haberlas perdido, renegar de que quieran dárselas... y apartarlas de sí como se aparta la podredumbre pestilente... Sí, don Beltrán. Le recordaré, por si lo ha olvidado, lo que dijo San Pablo a los hebreos: "Con alegría recibisteis el robo que os hicieron de vuestros bienes". Sí, sí, noble señor: alégrese de que le hayan despojado de sus tesoros, y no ansíe volver a poseerlos...

—Pero...»

No siguió el desgraciado anciano por que tanto se le apretaba el nudo en su gaznate, que no pudo articular palabra.

«Llénese, señor —continuó la santa con inspirado acento—, llénese de aquella virtud de la paciencia, que todas las demás virtudes compendia y resume; ame la pobreza, bendiga el no tener...

—¡Pero... hija mía... —pudo decir al fin don Beltrán—, si a paciencia nadie me gana!... Verás... Yo...

—Tertuliano dijo: "Donde Dios se halla, allí está con Él su amiga la paciencia".

—Estamos conformes... Tertuliano y yo...

—Y no olvide, señor don Beltrán, que la Divina Sabiduría dice en los *Proverbios: O viri, ad vos clamito, et vox mea ad filios hominum... Mecum sunt divitiae...* Fíjese don Beltrán... *Mecum sunt divitiae, et gloria, opes superbae, et justitia.*

—*¡Oh, la mère latiniste!... Je n'aime pas les gens qu'a tout propos crachent du grec et du latin.*

—Señor don Beltrán, yo no sé francés.

—Señora Doña Marcela, yo no sé latín. Hablemos en la lengua común.

—Pues en ella digo a usted que ya estamos en el Guadalope, y que callemos ahora, pues juntamente con Tomé y con los ancianos que allí nos esperan, emprenderemos el paso del río por aquel vado.»

Efectuado sin contratiempo alguno el tránsito de una orilla a otra, siguió don Beltrán por aquellos vericuetos, taciturno y suspirante; a su lado iba la peregrina, rosario en mano, rezando al compás de la marcha lenta y fatigosa, al través de montes solitarios, en un día destemplado y brumoso. En las agrias pendientes solía don Beltrán pedir descanso, para dar paz a sus viejos pulmones; y en una de estas paradas, sor Marcela, terminando presurosa entre dientes una oración, dijo a su aburrido acompañante: «No se aparta de mi pensamiento, noble señor mío, su malestar, y me duele mucho la desazón que yo, sin quererlo, haya podido causarle. Pensando vengo en ello todo el camino y pidiendo a Dios que me ilumine con nuevas ideas. De Dios debe de venir, pues, esta que ahora me asalta y que voy a manifestarle.

—Sí, sí, de Dios tiene que ser, si es idea benéfica y compasiva. Dímela pronto.

—Pues he venido pensando por el camino que usted, en su vejez, triste occidente de una vida de prodigalidad y disipación, habrá contraído deudas, compromisos que afectan al honor y buena fama, y que desea, como caballero cristiano, darles cumplimiento antes de morir.

—Hija de mi alma, hablas ahora como la misma sabiduría —dijo don Beltrán casi llorando, con ganas de arrodillarse y besarle la orla del sayal.

—Bien, señor: se le dará lo que necesite para ese objeto, siempre que adopte vida religiosa consagrando a la oración y penitencia el resto de sus días. No tiene usted que inquietarse de cosa alguna, tocante a la providencia de pagar sus deudas y demás negocios mundanos. Mi hermano, o persona que él designe, se encargará de dejar bien puesto el nombre de Urdaneta, pagando lo que usted debe a los hombres. Usted no vivirá ya más que para pagar a Dios lo que a Dios debe...

—Pero... Entendámonos... La idea no es mala... Explícate mejor... ¿Antes de que me arregléis mis asuntillos, tengo yo que meterme fraile?...

—Parece como que le espanta la idea.

—No, hija, no... Es que... verás...

—¿Se tiene acaso por persona más alta que el Emperador y Rey Carlos V?

—No, no... ¡Si estamos conformes! Yo deseo el descanso, la abdicación —dijo don Beltrán, pensando que le sería forzoso dar su asentimiento, a fin de obtener después, por concesiones graduales, sentencia más conforme con sus deseos—. No tengo inconveniente... La idea es muy acertada... Pero hazte cargo de la urgencia de mis compromisos.

—Sobre toda urgencia está la de dar a las riquezas de Juan Luco la aplicación santísima que hemos determinado.

—Aprobado, hija, aprobado... La idea es grandiosa, ea...

—En obsequio al amigo y protector de mi padre, hacemos una sola excepción, consagrando parte de aquel caudal a poner en salvo la buena fama de un noble caballero aragonés. Pero esto no ha de hacerse sino consagrando usted previamente los días que le restan de vida a la oración y a la austeridad. Hágase cuenta de que Dios le da el miserable puñado de metal que necesita para cumplir con el mundo; pero no se lo da por su linda cara, sino a cambio de su alma, en lo cual se ve patente la bondad infinita.»

No pudo dar por de pronto el pobre viejo más respuesta que un suspiro hondísimo, y afilando luego su entendimiento, trató de acomodarse al deseo y planes de la monja con eufemismos delicados y vaguedades ingeniosas. En esto se les pasó una parte del camino, y cuando ya avistaban la villa que lleva el nombre de la Codoñera, situada en escarpado y agreste sitio, vieron venir por el sendero abajo a Tomé despavorido y dando voces. Detrás de él venían los ancianos con menos veloz carrera. Diole a don Beltrán un vuelco el corazón, viéndose cercano a un gran peligro, y así era ciertamente, pues Tomé gritaba: «¡Los facciosos, los facciosos!»

No pasaron dos minutos sin que se viera justificado el pánico del chico: a la revuelta del sendero aparecieron seis hombres, luego más de veinte, y por fin un tropel de ellos, que a don Beltrán se le antojó un grande ejército. Todos traían boina y fusil, vestidos con un abigarrado desorden enteramente contrario a la uniformidad.

Suspenso y aterrado, Urdaneta apretó los dientes, mascullando palabras airadas y blasfemantes; los ancianos temblaban; Marcela, impávida, se plantó en medio del sendero, mirándoles con sosegado rostro, en que no pudo advertirse la menor alteración.

XI

Llegó de los primeros al grupo de los peregrinos un mocetón con zamarra, chaleco rojo y polaina de cazador, blandiendo una espada, único signo de su jerarquía de oficial en aquella desalmada tropa, y encarándose con Marcela, descompuesto y groserote, le gritó con acento valenciano: «En Mas Nuevo, la semana pasada, te dije que si te volvía a encontrar, te fusilaba. ¿A dónde vas ahora? ¿Quién es este vejete?

—Voy a donde quiero, y este señor es quien es.

—No eches roncas... Mira, Marcela, que me tienes frita la sangre, y si te desmandas, cumplo lo que te ofrecí.

—¡Salvaje, mátanos cuando quieras! —exclamó Marcela con tanto desdén como energía, lanzando un rayo de sus ojos—. Delante de las bocas de tus fusiles, yo y estos santos varones te decimos: ministro de Satanás, toma nuestras vidas, que Dios recogerá nuestras almas. ¿Ves estos hombres humildes; ves este anciano, de la primera nobleza de Aragón, que abandona su casa y honores por amor a la penitencia y los trabajos? Pues ni él, ni yo, ni los demás, tememos la muerte. Moriremos, ¿verdad don Beltrán? Moriremos alegres, pidiendo a Dios que perdone a nuestros verdugos.»

Tales manifestaciones de santidad heroica, y la fosquedad siniestra que vio impresa en el rostro del cabecilla, persuadieron a don Beltrán de que había llegado su última hora. Miró en derredor suyo buscando a Tomé. Lamentaba que la vida juvenil de su escudero fuese también sacrificada en aquel lance. Pero el despabilado chico, al dar aviso a su amo de la presencia de los facciosos, y antes de que estos se acercaran, desapareció como un ave en la cercana espesura.

El bárbaro capitán contestó a las provocaciones de Marcela con estas palabras: «Pues te juro que habremos de daros gusto. Solo que como no tenemos aquí capellán que os confiese, forzoso será llevaros al pueblo. Y puesto que todos sois santos, preparaos unos con otros... Ea, en marcha.

—¿A dónde nos lleváis? —preguntó don Beltrán, que con el ejemplo de la monja procuraba reforzarse de serenidad y entereza.

—A la Codoñera.

—¡Pues a la Codoñera! Y ojalá estuviéramos a cuatro pasos de ese pueblo donde hay capellán, que ya nos pesa el cuerpo, ya nos pesa la vida, como hay Dios.»

Era el capitán un hombracho hermoso, atezado de rostro, gallardo de postura, vestido con cierta bárbara elegancia de buen ver. Mandó a los prisioneros que se pusieran en camino, los dos enterradores delante, entre la tropa de vanguardia; detrás, junto a él, Marcela y don Beltrán. No debía de ser hombre tan fiero como Urdaneta creyó en los primeros momentos, porque aproximándose a la peregrina por la izquierda de esta, le dijo: «Todo esto te pasa porque quieres. Sabes que te estimo. Marcela, quédate conmigo, que más has de valer señora sentada que no monja andariega.

—Monstruo, prefiero que me maten de un tiro a morirme de asco... —replicó la religiosa sin mirarle—. No te acerques a mí.

—Me da la gana de acercarme, y te digo que si haces lo que te propuse la semana pasada en Mas Nuevo, serás feliz; vamos, que no te arrepentirás de ser mía, y se te quitarán de la cabeza esas murrias del misticismo.

—En verdad te digo, Nelet, que los escarabajos, salamanquesas y cucarachas que adornan el trono de inmundicia de Satanás, son menos asquerosos que tú.

—Y yo digo que los ángeles negros, que negros los hay también, son menos bonitos y menos salados que tú... ¿Qué ojos hay como los tuyos? ¿Qué boca se iguala con ese panal de santa miel? ¿Pues y ese cuerpo que debajo de las estameñas se cimbrea como un junco con carne? Marcela, si has olvidado que eres mujer, yo haré que lo recuerdes y te alegres de recordarlo.

—¡A matar pronto! Abra el dragón sus fauces, y tráguenos. Extienda el buitre su garra, y destrócenos. Somos de Dios, y a él van nuestras almas.

—Si no me das la satisfacción de tenerte a mi lado, me consolaré con el goce de fusilarte... Es un gusto, créelo, un gusto fusilar a quien se ama; así sabe uno que no ha de ser para otro... y ver ese lindo cuerpo retorciéndose... y luego cogerlo uno, y meterlo en el hoyo y agazajarlo con tierra...

—¡A matar, a matar pronto! —repitió Marcela, iluminado el rostro, la boca seca—. Morir por Dios, morir en la pureza, viendo cómo el alma se aparta de tanta inmundicia, es la mayor gloria...

—Bueno es que el señor capitán entienda que no somos espías —dijo don Beltrán, que al ver los afectos amorosos del cabecilla empezó a cobrar esperanzas—. Nosotros íbamos por aquí a nuestros asuntos de penitencia y a practicar las obras de misericordia.

—¡Por Dios, no sea usted cobarde, don Beltrán! —dijo Marcela viva y colérica, dándole tan fuerte pellizco que le hizo ver las estrellas.

—¡Hija!... ¡ay! Pues bien valiente que soy, ya lo ves... ¡Ay! tus dedos son tenazas. Me has arrancado un pedazo de carne. ¡Si yo también quiero que me fusilen!... Pero, francamente, si hemos de morir, suprimamos los pellizcos.»

Antes de llegar a la Codoñera, se les unió el grueso de la partida. El jefe, que debía de ser de graduación equivalente a la de comandante o más, examinó a los prisioneros.

—¿Es usted Peinado? —le preguntó don Beltrán plegando los ojos y aproximándose—. Si es Peinado, no extrañe que por causa de mi corta vista no le reconozca. Fuimos amigos hace años.

—No señor, no soy Peinado: soy Tena —dijo el cabecilla, hombre pequeño y vivo que no carecía de formas corteses—. Peinado está con el general en jefe.»

Y volviéndose luego a Nelet, le dio órdenes: «Llévales contigo, pero no entres en la Codoñera. Por el atajo te corres esta tarde hacia Belmonte, y de allí, sin parar, a Valderrobles, donde me juntaré contigo mañana temprano. Yo tomaré la vuelta de Torrecilla, a ver si cojo la columna del marqués del Palacio... A estos cuatro simples no se les fusila. Si ella no fuera hembra, y ellos unos vejestorios, les daríamos cincuenta palos... Eso les vale. Llévales a Valderrobles, y yo les recogeré allí. Ya sabes que me dijo don Ramón que si otra vez cogíamos a esta saltamontes, se la lleváramos. Quiere conocerla.»

No se habló más, y en marcha todo el mundo. Muy entrada la noche, llegaron los prisioneros de Nelet a Valderrobles; y aunque en el camino se les había dado algún reparo de alimento, don Beltrán no podía tenerse de hambre y fatiga; los huesos le dolían como si se los hubieran machacado; pero más que la molestia física le agobiaba la desesperación, resultante del tristísimo fin de su loca aventura. «Tenía razón Estercuel —decía desplomando su humanidad sobre el suelo de un establo vacío en que les encerraron—. En plena Edad Media. ¡Maldita sea la tal Edad Media y el perro que la inventó!...

Esto es horrible, Dios mío... A tal desastre me ha traído una vana ilusión, más propia de niño inexperto que de anciano sesudo... ¿Y cómo salgo yo ahora de esta cisterna en que me ha precipitado mi desatino? ¿Cómo me libro de estos cafres?... ¡Para que me fíe otra vez de santos y de peregrinas, de monjas milagreras que entierran ollas. Esta tarasca me ha perdido, y ahora no será ella quien me salve... Merezco, sí, lo que me pasa, por codicioso, por crédulo, por niño... Chocho... ¡Ay de mí! ¡Vaya una vejez, vaya un fin de la existencia! ¡Yo que vine por proveerme del pan de la vida, y ahora me veo prisionero, amenazado de muerte, envilecido entre esta canalla, y teniendo que aguantar sus groserías...! Me pegaría si no estuviera en tal estado, que no caben ya más dolores en mi cuerpo miserable...»

Esto se dijo, procurando el descanso. Por suerte suya, aproximáronse a él otros viejos, y acumulado el calor de todos, hallaron alguna defensa contra el frío. Por el opuesto lado se arrimó después Marcela, que sentadita rezaba en alta voz, hasta que don Beltrán, incomodado del sonsonete, le dijo: «Rece para sí, hermana, que los viejos necesitamos dormir. Sabe Dios qué mañana nos espera.» Y a la madrugada, sintiendo el prócer un gran peso que le oprimía, y comprendiendo que era el cuerpo de la santa mujer, que en el abandono del sueño se caía de aquel lado, le dijo: «Suspéndase un poco, hermana, que me agobia todo el lado izquierdo y no puedo respirar.» Retirose la monja lamentándose de haberse dormido, pues su ánimo era velar la noche entera, y se aprovechó del empujón de don Beltrán para despabilarse y continuar sus rezos.

Lleváronles al otro día muy de mañana por el desfiladero de Beceite a salir a la Cenia, camino endemoniado, propio de cabras y guerrilleros. Intenciones tuvo don Beltrán de pedir que le arrojaran en el camino para que se lo comieran los buitres, o que le fusilaran de una vez, pues así se acababan sus martirios. Compadecido el capitán Nelet, que no era mal hombre, aunque de genio harto arrebatado, le dio de comer, socorriole además con un trago de aguardiente, y por fin, le atravesó sobre la carga de una mula que llevaba sacos de forraje. Marcela continuaba a pie, y a ratos se aproximaba al anciano para dirigirle estos o parecidos consuelos: «En opinión del Beato padre san Juan de la Cruz, tratándose de trabajos, cuanto mayores y más graves son, tanto mejor es la suerte del que los padece.

—Déjame a mí de padres beatos de la Cruz —le contestó Urdaneta—, que la que tengo sobre mí pesa bastante... ¿Cómo quieres que me alegre de esta situación? Dime que me resigne y hablarás con seso...»

Al cansancio y tristeza de tal viaje, uníase el temor de que la columna carlista encontrase otra de la reina, y rompieran el fuego cogiendo en medio a los infelices que no habían hecho armas ni por Carlos ni por Isabel. Dos días pasaron en esta ansiedad sin que nada de particular ocurriese; y al ver que descendían con precaución por ásperas pendientes, don Beltrán, sin poder apreciar por sí mismo el territorio, entendió que iban hacia la Plana. En una aldehuela poco distante de Albocácer, se agregaron a una numerosa tropa carlista, que más que columna era ya división, y allí tuvo el pobre anciano la suerte de encontrar un alma compasiva, un capellán que sin conocerle, o más bien reconociéndole por su traza y modo de hablar caballero de nacimiento, le prodigó atenciones y cuidados, acomodándole al fin en un carro de provisiones, donde el pobre señor se creía transportado del Infierno a la Gloria. «Dios no desampara a los buenos —se dijo—, y yo soy bueno, aunque otra cosa crea esa bigardona volandera, que ahora se empeña en meterme monje del Císter. Yo no hice nunca mal a nadie, como no fuera a mí mismo... ¡Fraile yo! ¡Y me da a escoger entre la cogulla y una miseria deshonrosa!... ¡Vive Dios! que puesto en tan horrible dilema, no sé a qué carta quedarme.

Completó el capellán sus atenciones con la constante compañía, de que sobrevino una real amistad. Llamábase Mosén Putxet, y era tortosino, un si es no es ilustrado y muy corriente en todo. Contole que en aquellos días habían trabado pelea, en los campos de Torreblanca, Cabrera y Borso, llevando este la mejor parte. No cerradas aún las graves heridas que en Torre de Arévalo le pusieron a la muerte, Cabrera recibió un balazo en el muslo. A su serenidad y arrojo debió la salvación. Retirada su gente a Cuevas de Vinromá, el caudillo se ocultó en la casa del cura de la Jana, donde permaneció algunos días en lastimoso estado, febril, exangüe. La suerte suya y de sus tropas fue que Borso no supo aprovecharse de la victoria, y con su inacción dio tiempo a que Cabrera se curase, como él lo hacía siempre, deprisa y corriendo; a que en el lecho dictara disposiciones para rehacer su ejército; a que este, con ligereza inaudita, le secundase, marchando de nuevo en busca de nuevos triunfos, con su general a la cabeza, llevado en parihuelas.

«Por lo que usted me dice, nos encontramos en el cráter de un volcán —observó Urdaneta—, y estoy a punto de presenciar sangrientas batallas. Sea lo que Dios quiera. Sin duda es su voluntad que acabe yo mis días en medio de estos horrores.

—A todo se acostumbra uno —le dijo Putxet—. Mire: los primeros días no podía yo habituarme a la guerra; pero ya me voy haciendo a tales crueldades, y pienso que Dios las consiente para que venga pronto el triunfo de su religión santísima.»

No se atrevió el ladino viejo a manifestar al capellán lo que sobre esto pensaba, temeroso de perder su amistad, que en aquella triste aventura érale tan provechosa. Pasaba don Beltrán en vela las noches, y gran parte del día durmiendo, sin que supiera por qué adquirió en la molicie del carro esta costumbre. Una tarde, hallándose en letargo dulcísimo, después de comido y bebido con cierto regalo, soñó con terremotos, incendios, erupciones de volcanes. Despertando de súbito, hirió sus oídos horrísono estruendo de tiros, y echando la cabeza fuera del toldo, vio que en una loma cercana estaban batiéndose facciosos y cristinos. Ellos debían de ser; mas no distinguía el pobre señor las boinas y morriones. Vio, sí, los fogonazos, y oía el murmullo de la pelea, como la reventazón contra peñascos de las olas embravecidas.

Parado su carro junto a otros, poca gente vio Urdaneta en su derredor. Tras el pánico primero, una esperanza risueña animó el afligido corazón del anciano. ¡Si resultaba que la división o columna cristina que allí peleaba era la brigada de Borso, y obtenía la victoria; si resultaba que en dicha columna venía *Mero*, y *Mero* quedaba ileso, qué felicidad! Muy hermosas eran estas ideas para que la realidad las confirmase. Al ponerse el carro en movimiento, creyó Urdaneta que los carlistas se pronunciaban en retirada. Mas ¡ay! era lo contrario. Los cristinos abandonaban sus posiciones, y los facciosos iban sobre ellos ebrios de furor. Así lo comprendió por las voces que de lejos venían, por la alegría que en derredor suyo estallaba... El carro avanzó a retaguardia de los batallones victoriosos, y a poco vino la noche. Pararon. Urdaneta preguntó: «¿Dónde estamos? ¿Cómo se llama el lugar donde se ha dado esta batalla?» Respondiéronle con una retahíla valenciana, de la cual no sacó nada en limpio. A poco de la parada, y cuando repartían el rancho, oyó entre ásperas voces del dialecto alguna castellana que anunciaba el fusilamiento de los prisioneros del ejército vencido. A don Beltrán se le erizó el cabello, y recostándose sobre los sacos, se hizo un ovillo... «Que me fusilen también a mí, Señor, y así acabarán mis sufrimientos.» Pasado un rato, un extraño ruido le hizo abrir los ojos. Vio a lo lejos fulgor de antorchas; sonaron luego disparos, una descarga... Después otra y otras, a las que siguió un lúgubre silencio. «¡Pobre *Mero*! —murmuró el anciano—: que Dios te acoja en su santo seno.»

Al poco llegó Mosén Putxet, y subiendo al carro, donde tenía las alforjas, dijo a su amigo: «Estoy rendido; no puedo más. Cada lance de estos es para mí una enfermedad grave.» Y sacando de las alforjas el buen repuesto que llevaba, invitó a su compañero a participar de la cena. Excusose el prócer con su falta de apetito, y el otro, declarándose también inapetente, afirmó que sin gana tenía que alimentarse, so pena de hallarse al día siguiente desfallecido. «¡A dieciséis he tenido que confesar! —dijo con dolorido acento—. Esto es muy triste. Las leyes de la guerra, implacables, lo conceptúan necesario... para asegurar el triunfo del Trono legítimo y de la Religión veneranda... Hace usted mal, amigo mío, en no tomar algo. No se puede abandonar la nutrición del cuerpo. Verdad que usted, si ahora no tiene gana, a cualquier hora de la noche tomará lo que guste. Yo, pasadas las doce, no puedo, porque tengo que decir misa. Mañana es domingo: por eso se ha determinado que la *aplicación de los castigos* se efectuara esta noche... ¡Cruento sacrificio! ¡Maldita guerra! ¡Que sea necesaria la destrucción de vidas para llegar a la paz, y la injusticia para llegar a la justicia, y la crueldad para llegar a la benignidad!... Como usted ve, tengo que alimentarme. Son muchas horas desde las doce de la noche a las diez de la mañana, hora de la misa de campaña...»

Terminada la cena, no tardó el capellán en dormirse. Don Beltrán velaba; veló hasta el amanecer, engolfado en severas reflexiones. En tan triste noche, precursora de días más tristes, el viejo aristócrata, despreciando a su amigo, se sintió religioso, profundamente religioso.

XII

Al amanecer, cuando empezaba a conciliar el sueño, le llamaron... Creyó al pronto que iban a fusilarle, y dijo: «Vamos, estoy pronto. Acabemos de una vez.» No tardó en enterarse de que le mandaban a desempeñar una obligación harto triste: enterrar los muertos de la hecatombe de la noche anterior; y si el primer impulso de su orgullo y dignidad fue rechazar colérico un cometido tan impropio de su categoría, luego dejó lugar el orgullo a la conformidad cristiana que había criado en su alma con las meditaciones del pasado insomnio, y dando un gran suspiro, dijo: «Vamos a donde ustedes quieran. Merezco esto y mucho más: seré sepulturero.» La idea de que entre los cadáveres podía encontrar el de Baldomero Galán, hizo flaquear un momento su entereza; pero logró rehacerse con estas consideraciones: «Si está, ¡qué puedo hacer más que llorarle! Contra los hechos, dispuestos o consentidos por Dios, nada podemos. Enterraré al pobrecito *Mero*, alférez y mártir.»

Terrible duelo y consternación produjo a don Beltrán la vista de los dieciséis cadáveres ya desnudos, rígidos en sus violentas contorsiones; y como no podía reconocer al que buscaba sino acercándose mucho, a todos les fue observando uno por uno, y tocaba los fríos rostros. Eran jóvenes, lozanas existencias destruidas bárbaramente en la plenitud del vigor. «No está *Mero* —pensó, sintiéndose aliviado de un gran peso—. ¡Pobres muchachos! ¿Por qué se les ha quitado la vida? España se desangra, España se aniquila. Asisto al suicidio de una nación. Sepultémosla en su propia tierra...» Cogió el azadón que le destinaron, y se puso a cavar tan tranquilo. La resignación, con este humilde trabajo, fue ganando más y más espacio en su alma, y con ella la certidumbre de que sus desdichas venían del Cielo y eran el contrapeso lógico de una vida de disipación y goces. Junto a él vio que cavaban los dos sepultureros de la compañía de Marcela; pero ni ellos le hablaron, ni don Beltrán les dijo una palabra. Abiertos tres hoyos de gran capacidad, fueron cogiendo muertos y arrojándolos dentro, unos sobre otros, y después rellenaron y apisonaron. «Yo creí —pensó Urdaneta cuando concluían—, que esto me impresionaría horriblemente. Pero a todo se acostumbra uno. Me desayunaría yo ahora mismo, si me dieran con qué...» A su carro se dirigía con esperanza de encontrar las alforjas de Mosén Putxet, cuando le mandaron al campo donde se diría pronto la misa. «Pues a misa», murmuró, declarándose pasivo, dispuesto a cuanto le mandasen.

En el campo habían puesto el altar, al pie de un soberbio algarrobo, vestido de espléndido follaje. El Sol relumbraba esparciendo claridad y alegría, y picaba más de la cuenta. Del Mediterráneo, que no se veía, pero se adivinaba, venía una brisa suave y consoladora. Las tropas formaban para oír misa; los jefes, a caballo, ocuparon su puesto delante de los Cuerpos. Allí vio don Beltrán al cabecilla Forcadell, uno de los lugartenientes de Cabrera, y general de una potente división. Su rostro inflado, risueño y de hombría de bien, lo mismo podía ser de canónigo que de mayoral de diligencias. Pesaba sobre un poderoso alazán; vestía zamarra peluda, chaleco blanco abotonado hasta el cuello; la boina era de gran vuelo, blanca con fleco dorado. De una tienda de campaña salió Mosén Putxet revestido: eran acólitos dos granaderos del 1.º de Tortosa. Oyó la misa don Beltrán con recogimiento, en el sitio que le designaron, y no lejos de sí, por delante, vio a Marcela de rodillas y a los dos sepultureros. Cuando alzaban, entre el estrépito de cometas y tambores, el recuerdo de los pobrecitos que había enterrado le distrajo un poco de su devoción. Mas rehaciéndose, a punto que se santiguaba, decía para sus adentros: «Diablos de la guerra, mucho tenéis que llorar por vuestros crímenes para que *Ese* os perdone.»

De vuelta a su carro, Urdaneta preguntaba: «¿Pero dónde estamos? ¿Es esta la Plana de Castellón?», y sin enterarse de la respuesta, tendiose de largo a largo, y comiendo de lo que le dio el buen Putxet, pronto se quedó dormido. Por la noche, el zarandeo del carro era fuerte y molesto, señal de que iba deprisa por ásperos declives... A la madrugada vadearon un río de escaso caudal. La división, dotada de extraordinaria presteza de pies y pezuñas, avanzaba tragándose las leguas. Al día siguiente, vio don Beltrán un pueblo que llamaban Olla; después otro que nombraban Chestalgar o cosa así. A la siguiente medianoche pararon. Creyó notar Urdaneta que se juntaba más tropa; no cesaban de sonar tambores y clarines. Salió a estirar las piernas y dar un paseo... Putxet, cuando se retiró a dormir, díjole que estaban cerca de Buñol o cerca de Siete Aguas, no lo sabía con certeza, y que Don Ramón, acompañado de Llangostera, había venido a conferenciar con Forcadell. Al amanecer oyose tiroteo por la parte que el noble cautivo, mirando las estrellas, estimó como Levante. Por allí avanzaba una división cristina. Serían las ocho cuando, no don Beltrán que apenas veía, sino Putxet y otro clérigo que con él estaba, observaron que las tropas de la reina, vigorosamente atacadas en terreno desfavorable, se desbandaban; que luego se rehacían reforzadas por su caballería... El tiroteo se generalizó, llegando a ser continuo por la zona del Sur... Dos batallones carlistas salieron corriendo como demonios a embestirles por el flanco. «¿Qué pasa, qué pasa, amigo Putxet? —preguntaba Don Beltrán; y el clérigo le dijo gozoso: «La caballería no les vale esta vez... Allá va como deshecha y desmoralizada... ¡Qué victoria, *ipacho!* qué victoria!...» Sobrevino luego un incidente que determinó cierta indecisión... Fuerzas carlistas retrocedieron. Los carros tuvieron que alejarse. De la otra parte empujaban con furia.

De pronto vieron venir un gran tumulto, muchos jinetes que no corrían, volaban, los ágiles corceles saltando zanjas y cercas, desmandados, locos. Frente a ellos, en un caballo blanco, venía un hombre vestido de colorines. Al pasar el jinete junto a la impedimenta, vieron los que allí estaban su rostro, harto parecido al de un gato, los ojos flamígeros, la color verdosa, henchida la nariz, como si las ventanillas de ella quisieran rasgarse para dar paso al aliento. Su capa blanca con vueltas rojas sujeta al cuello, ondeaba como una bandera. En la mano blandía la espada; se le oía claramente gritar: *Per así, fills meus... Seguidme... Els destrosarem... ¡Viva Carlos V! ¡Mueran eixos pillos, cobards!...*

La tromba, que tal parecía, de innúmeros caballos, seguidos de tropel de infantería, describió un vasto círculo por la llanura. Cuando se alejó, la nube de polvo que levantaba impidió ver dónde había caído. Oyose un chasquido formidable, como un desgarrón de masas enormes... Los carros hubieron de alejarse más, metiéndose en una hondura desde donde poco se distinguía. «Este don Ramón es tremendo —gritaba Putxet alzando los brazos al cielo, ebrio de gozo—: menuda paliza les está dando. No quedará uno para contarlo. ¡Viva el Trono legítimo, señores! Esta brillante jornada nos abrirá las puertas de la hermosa Valencia, de la reina del Turia... Vean... ya se disipa el polvo: por allí van desbandados los de Isabel... Distingo perfectamente los morriones... ¡Hola, hola! la caballería parece que quiere volver grupas y hacemos cara... Ya es tarde, *ipacho!*... ya es tarde. Don Ramón, que es el dios Marte en persona, les da una carga horrorosa, y se deja caer sobre el propio Buñol... Adelante, valientes. ¡Viva la Virgen de los Desamparados, nuestra Madre!»

Con estas exclamaciones, de un entusiasmo pueril, iba señalando el clérigo las peripecias del combate que desde allí podían apreciarse. Hacia el mediodía todo el ejército carlista iba sobre Buñol, persiguiendo a los liberales fugitivos. «Me estoy temiendo —dijo Putxet a su amigo tomando un piscolabis en la carreta en marcha—, que tendremos función esta tarde... Sería yo muy dichoso si, variadas las condiciones en que hoy se hace la guerra, diéramos cuartel. Es ciertamente más humano perdonar al vencido, ¿verdad?» Llegados a la Venta de Buñol, se procedió con método, parsimonia y naturalidad a fusilar a veintisiete oficiales y sargentos. Afortunadamente para Urdaneta, no le mandaron a enterrar. Oyó los tiros, vio llegar a su amigo desconcertado y melancólico, y nada más.

Dos días después, sabedor Cabrera de que una columna cristina andaba por Alcanar, mandó contra ella a Llangostera, que la deshizo y fusiló victorioso todo lo que quiso. Enterado también el fiero caudillo de que el Capitán general de Valencia había salido hacia Castellón con fuerzas para relevar las guarniciones del Maestrazgo, mandó a la Plana al *Serrador*, y desplegando una actividad increíble, prodigiosa, organizó al propio tiempo la expedición de Forcadell a Orihuela. No satisfecho aún con la victoria de Buñol, y habiendo recogido armas y caballos, amén del fruto de las depredaciones en país tan rico, se fue hacia Requena, simulando un amago a esta ciudad; mas no se detuvo hasta Utiel: establecido allí su Cuartel general, apresurose a fortificar la posición.

Estaba de Dios que en aquella parte de su cautiverio se agravaran las desdichas del noble don Beltrán, obligándole Dios con esto a mayor acopio de paciencia; su amigo, el buen Putxet, se separó de él antes de llegar a Requena, agregado a la expedición que invadir debía la tierra de Alicante, y ya no disfrutó el pobre viejo el beneficio del carro sino en contadas ocasiones, viéndose obligado a llevar peonilmente la carga de sus añosos huesos. Sacando fuerzas de flaqueza pudo llegar a Utiel, el calzado roto, los pies llagados, molido y hambriento, harto de trabajos, incomodidades y miserias. Pero le bastaba considerar que más había padecido Cristo por nosotros, para sacar alientos de su propio desmayo y prepararse a mayores infortunios.

Metiéronle en un zaguán húmedo, y de allí le pasaron a una bodega, con salida a un jardinillo petiseco, cercado de tapias; le acompañaban los dos enterradores. De Marcela, ni estos ni don Beltrán sabían dónde había ido a parar. En el piso alto de la misma casa se alojaba, con otros oficiales, el capitán Nelet, que viendo desde el balcón a los viejos sentados en el jardinillo tomando el Sol, dijo a sus amigotes: «No sé para qué nos traen acá tales estafermos. Son tres bocas y ningún hombre. O fusilarles, en el caso de que se compruebe que son espías, o echarles a un camino para que se mantengan de limosna.» Como don Beltrán mirase para arriba, y con lastimero acento dijese que lo mismo le daba a él la muerte que la mendicidad, mandole Nelet que subiera; obediente el anciano subió la escalera con paso lento, tomando resuello a cada cuatro peldaños, pues no podía de otro modo, y fue recibido en una sala por el dicho Nelet y otros dos tagarotes. Entró Urdaneta con digno continente, descubriéndose, y permaneció en pie esperando las órdenes de aquellos bárbaros. Nelet, apoltronado en un sillón, y rascándose las pantorrillas, le dijo: «¿Es cierto que es usted de la aristocracia?

—Sí, señor: me honro de pertenecer a la primera nobleza de Aragón.

—¿Es usted marqués?

—Mis títulos son los Señoríos de la Torre de Albalate, de Olid, con Grandeza, de...

—Acabe usted, hombre, con esa letanía... Pues mire: de algún modo ha de ganar el pan que le damos.»

Diciendo esto, se quitó las botas llenas de cuajarones de barro, y alargándolas al prócer, le dijo: «En aquel cajón hallará usted cepillo y betún. Me las pondrá como un espejo.»

Permaneció un instante don Beltrán con su mano extendida hacia las botas, inmóvil y rígido, empeñada su voluntad en terrible lucha entre dos movimientos: o coger las botas y estamparlas en la cabeza del grosero y estúpido capitán, o resignarse a tanta humillación y aceptarla por los méritos de Jesucristo. Prevaleció este último intento, y recibió con noble pausa las botas, recogiendo luego los adminículos de embetunar.

«¿Fuma usted? —le preguntó Nelet, haciéndole retroceder desde la puerta.

—Sí señor.»

Le ofreció un cigarrillo, y pareciéndole poco, le dijo: «Tome usted más, para sí y sus compañeros, que la vejez entretiene sus tristezas con el tabaco.

—Gracias.»

Y bajó el anciano tan gravemente como había subido, escalón por escalón, sin decir nada, casi sin pensar nada...

XIII

Ya por despistar a los cristinos, ya por otras razones o ardides estratégicos, determinó Cabrera fortificar a Utiel, y lo primero en que puso mano fue el Convento o Colegio de Escolapios y la iglesia parroquial, gótica, de buena y sólida fábrica. Para despejar las inmediaciones del primero de aquellos edificios, mandó demoler varias casas y cortar todos los árboles de una alameda que al camino salía. Empleáronse en tales obras noche y día multitud de hombres, y no hay que decir que el Señor de Albalate y los dos ancianos fueron aplicados a este trabajo. Vierais allí al primer noble de Aragón descargando hachazos en los añejos troncos. Por primera vez en su vida era leñador, oficio que le pareció menos innoble que el de sepulturero y limpiabotas. El sargento que les mandaba y dirigía era por demás insolente y grosero, de estos que se envalentonan con los humildes. Grande era la resignación de Urdaneta, que se había propuesto tomar por modelo al patriarca Job; mas hubo ocasiones en que se vio a dos dedos de perder su pasiva actitud, por la fuerza explosiva de la dignidad aristocrática, que romper quería sus cadenas, atropellando paciencia, humildad y cristianismo. Viendo que aquel bruto abofeteaba inhumanamente a dos infelices que no habían entendido sus órdenes, o que por exceso de fatiga se mostraban perezosos, sintió el prócer vibración en todo su ser, efecto de la honda crisis o lucha de opuestos sentimientos, y se dijo: «Haré un esfuerzo sobrehumano por contenerme si ese gandul pone sus manos en mi cara; pero dudo que pueda conseguirlo, pues antes de que el corazón se humille, el estallido de mi dignidad hará que le parta la cabeza de un hachazo.»

Felizmente, con él no se desmandó el bárbaro sargento; no hacía más que rezongar, dar voces y decir a los viejos: *El que no traballa no menja; que aquí no estem para mantindre vagos*. Terribles hambres pasaban los tres al volver rendidos a la bodega y patinillo en que tenían su alojamiento. Nadie se cuidaba de darles de comer. El enterrador que hablaba, y que tenía por nombre Pedro Zaida, salía en demanda de alimentos; no hiciera lo propio don Beltrán, prefiriendo perecer de necesidad a pedir su ración; el otro, nombrado Alfajar, tampoco pedía, por carecer de palabra. Así pasaron algunos días, manteniéndose de mendrugos de pan y de sobras de rancho, que Zaida recogía en los vecinos alojamientos, hasta que Nelet y los oficiales del piso alto se apiadaron de la miseria de los prisioneros, y les mandaban los restos de su comida. En un caldero bajaban la bazofia; de ella comían los infelices viejos, siendo tan atentos Zaida y Alfajar, que escogían para el señor los huesos vestidos aún de hilachas de carne, los trozos de comida menos deshechos, y las que podrían llamarse golosinas, reservándose para sí lo peor. «Hasta en esta región de miseria bochornosa se encuentran seres delicados, se encuentran caballeros —decía para sí Urdaneta, renunciando a tales preferencias, e imponiendo el reparto equitativo de piltrafas. A menudo, en esta u otras escenas semejantes, rodaban lagrimones por su cara. Una tarde salieron los oficiales al balcón para verles comer. A poco llegó el asistente con un pedazo de pastel en un plato y resto de bizcocho borracho, y entregándolo a los cautivos, díjoles que aquello mandaban para el señor marqués. Luego volvió el chico con tres puros y el braserillo para encenderlos. Fumaron, y dieron las gracias a los señores, que riendo les miraban. Uno de los de arriba decía: «Ese marqués del Cuerno paréceme un grandísimo pillastre...»

Don Beltrán calló, no haciendo al deslenguado ni el honor de mirarle. Luego, a una insinuación de Nelet, que parecía dicha en defensa del anciano, se retiraron del balcón los oficiales. Volvieron los viejos al trabajo, que aquel día consistió en arrastrar los troncos hacia las entradas y puertas de la villa, para armar con ellos estacadas o parapetos. Cuando Urdaneta llegaba por las noches a su alojamiento y se tendía en el frío suelo junto a sus amigos, sin más abrigo que las pellizas de estos; cuando, después de cenar lo que Zaida trajese o de arriba les mandasen, procuraba embriagar con el sueño sus infortunios, se le iba el pensamiento a la gran casa de Cintruénigo, la casa de Idiáquez, y hacía revivir en su mente el edificio y las personas, la vida toda de aquella señoril residencia. ¡Ay! lo que allá tuvo por humillación, era ya como una broma inocente. Modificadas por las enseñanzas de la realidad sus ideas y opiniones, lo que en Cintruénigo conceptuaba contrario a su decoro, ¿qué era? Nada en comparación de la presente ignominia y miseria. Las estrecheces que allá estimó intolerables, eran abundancias y delicias en parangón de lo de Utiel. Recordaba con desconsuelo el orden de aquella noble casa, donde todo estaba a punto, donde nada faltaba para comodidad y regalo de sus habitantes.

Y pensando en esto, se le representaba su nieto: le veía niño, tan cariñoso, tan dulce, tan formalito, tan amante de su abuelo... Era su propia sangre, encarnación de su nombre y nobleza... ¿Qué haría Rodrigo si le viese en tan extrema desdicha? La misma *Doña Urraca*, si viese a su suegro, el noble Urdaneta, sufriendo tanta vileza y oprobio, comiendo sobras y migajas de la mesa de los oficiales, ¿qué pensaría?... Frente a su conciencia, que severa se encaraba con él, reconocía el grave error de no tolerar las asperezas o defectos de los convivientes, para que estos toleraran los suyos. Bien claro veía que todas sus querellas con la familia eran por motivos que ya se le hacían vanos, pueriles. Veía también toda la fealdad de su soberbia, causante principal del malhadado viaje a tierra de Teruel; veía su codicia, su afán de atesorar dineros, que en su edad provecta casi no le eran necesarios. Pero amaba el rumbo y quería ser siempre amo y señor, dispensador de mercedes. ¡Bien le castigaba Dios, y cuán gallardamente te aplicaba su justicia severa!... Y mirándolo bien, no era Rodriguito tan digno de menosprecio y rencor. Poseía todas las cualidades que a su abuelo le faltaban. Actos de verdadera maldad, nadie podía señalar en él. Y en cuanto a la impertinente, mandona y atrabiliaria *Doña Urraca*, sus defectos no eran motivo para aborrecerla, Señor.

Estas reflexiones, en que se confundía la turbación de la conciencia con la dulzura de las memorias de familia, le habrían llevado al sueño reparador, si no lo estorbaran las picazones de su cuerpo, el sentirse acribillado por atroces punzadas que parecían mordidas. Daba vueltas a un lado y otro, y rascándose contra las durezas del suelo, volvían sus reflexiones a distraerle del acerbo picor. «¡Vaya, que si Juana Teresa conociera la cama en que duerme el padre de su difunto esposo, lloraría de lástima; sí que lloraría!... ¡Ella que cifra su orgullo en la limpieza ideal de las camas, ella, en quien más que gusto es manía el tenerlas pulcras, inmaculadas, como las vestiduras de los ángeles!... No hay en el mundo sábanas y almohadas como las de mi casa de Cintruénigo: huelen a manzanas, a violetas, a algo más oloroso que las flores, el aseo... Si Juana Teresa y mi nieto me vieran en esta inmundicia, llorarían... ¡pobrecitos de mi alma!... y no solo llorarían de compasión, sino de rabia por no poder remediarlo.»

Salía Cabrera con mil o dos mil hombres, los más de los días, como en diversión militar, para hostilizar a Requena y figurar su propósito de ponerle sitio. En una de estas excursiones, al regresar del campo entrando por la puerta de Caudete, donde se trabajaba para hacerla infranqueable, apeose del caballo y examinó las obras. Con seca frase autoritaria hizo la crítica de lo que no le parecía bien; indicó los defectos y el modo de subsanarlos con el menor trabajo posible. Viendo avanzar a don Beltrán, que a duras penas sustentaba una espuerta de tierra, dio algunos pasos hacia él y le preguntó si era el caballero Urdaneta.

«Para servir a usted, general —dijo el anciano, mirándole atento y sin descargarse la espuerta.

—Lleva usted mucho peso... *Eh, tú, Lleuiset, no carregues masa a eixe pobre home, qu' es un señor poch acostumat a traballs. Sous molt brutos, y no teniu ni pizca de criteri ni talent, ¡caramba! Es precis que sapian distinguir entre un home y un señor. A atres que son burros de veritat, els trateu como si foren señorests, y no teniu llástima d' este pobre vell, acostumat a anar sobre alfombres.»*

Comprendió el anciano que hablaba en su favor; y como al propio tiempo le quitaran la pesada carga que llevaba, murmuró una frase de gratitud. Cabrera no se hartaba de mirarle, fijándose últimamente en sus pies y en las destrozadas botas. También don Beltrán contempló a sus anchas al afamado guerrillero, a quien vio por primera vez en el campo de Buñol, pasando como un rayo al frente de infernal cabalgata. Reconoció en él la cara de soberbio gato, que ya había visto, y quedó grabada en su memoria: cara triangular, de pómulos salientes, ojos grandísimos y negros con la ceja corrida, la nariz de mala forma con las ventanillas siempre palpitantes. Vestía con elegancia y cierta presunción de originalidad, no escaseando en su ropa los dorados y relumbrones; la capa blanca con forro encarnado completaba su típica figura. Con militar saludo se despidió para entrar en el pueblo. Por la noche, hallándose los tres viejos en el patinillo, comiendo de las sobras enviadas por Nelet, llegó un ordenanza que se puso a gritar en la puerta: «¿Quién es aquí el marqués?... ¡Eh, marqués!

—Yo soy, buen amigo —dijo Urdaneta, que respondía por aquel título—: ¿qué se ofrece?

—Pues aquí me manda el general con estas botas —dijo el chico mostrando un par no muy nuevo, pero en buen estado.

—¡Ah... ya!... para que se las limpie... Bien: déjalas ahí.

—No es para que se las limpie, jinojo, sino para que se las ponga... Ya veo que le hacen falta. El general le manda estas, que no se pone ya, y para usted están que ni pintadas; todavía en buen uso. Ya le miró a usted la pata, y sabe que le vendrán bien.

—¡Oh!... ¡Dios! —exclamó el aristócrata, decidiéndose a recoger el regalo—. ¿Y el general se acuerda de este infeliz?... Dile que estoy muy agradecido... ¡Oh, botas de la paciencia, de la humillación, venid a mis pies!»

Y cuatro días después, hallándose en Cheste, emprendida la marcha sigilosa de todo el ejército hacia el llano de Valencia, fue sorprendido don Beltrán por un recado del general llamándole a su presencia en la Casa Ayuntamiento, donde se alojaba. Allá se fue el noble viejo, y encontró a don Ramón en una estancia del piso bajo con trazas de escuela pública, por los cartelones de letras gordas que colgaban de las paredes. Estaba el caudillo de sobremesa con dos mujeres guapísimas, de nacarada tez y ojos hechiceros, ataviadas a estilo popular. Los *caragols* sobre las sienes, cruzados por ganchos de oro; el moño de trenzas, atravesado por las agujas, ofrecían el clásico modelo del peinado valenciano. En sus orejas llevaban los arcaicos *polques* de oro con esmeraldas y perlas barrocas, joyas de apariencia bizantina, y en el cuello hilos de aljófar. Toda la vestimenta, de tisú, era lujosa y elegante dentro de la más escrupulosa propiedad. Sin verlas más que como imágenes borrosas, o como bocetos de admirables pinturas, don Beltrán, olfateando belleza con su especial nariz de perito en mujeres, las diputó por grandes señoras disfrazadas de campesinas ricas. Sentábanse a izquierda y derecha del general, muy arrimaditas; luego seguía un capellán, que parecía granadero, y al otro lado un cabecilla, en quien, por la facha y rostro de clérigo afligido, creyó reconocer don Beltrán a Llangostera.

Sospechó el noble aragonés, no sin fundamento, que Cabrera le llamaba para mostrarle a sus amigos como un objeto de curiosidad, como un ente raro, consistente la rareza en el vivo contraste entre tanta nobleza y miseria tanta. Mas no era este el único móvil del llamamiento: había otro, que el general expresó después de contestar al cortés saludo del caballero: «Pues le he mandado venir para advertirle que... Esté preparado...

—¿Preparado a qué, general?

—Haría usted mal en creer que le tenemos aquí por gusto de su co... mpañía —dijo Cabrera, que hablando familiarmente tartamudeaba un poco: su lengua, disparándose en articulaciones rapidísimas, tropezaba a cada instante.

—¿Para qué debo prepararme, general?

—El sistema de represalias, que, como usted sabe, es obra de esos infames cristinos, me obliga a la crueldad con... Contra los sentimientos de mi corazón.

—Ya entiendo. Es para fusilarme. Bien preparado estoy. Esta vida que arrastro, señor, vale tan poco para mí, que el quitármela, más que de cruel, le acreditará a usted de piadoso.

—Yo lo siento... Sabe Dios que lo siento. Co...mpadezco a los que me veo precisado a sacrificar... Me duele, aunque mis enemigos crean otra cosa y me llamen tigre... Pero yo digo: todas las inocencias del mundo juntas no valen la inocencia de mi madre.

—Aunque no temo la muerte, mi conciencia, mi respeto a la verdad, me obligan a declarar que ni soy espía, ni he venido a esta tierra con ningún fin político ni militar.

—Sé que no es usted espía. Me lo ha dicho la monja Marcela, que me merece crédito... Pero aquí cobramos vidas por vidas, y pagamos muertes con muertes. ¿No se ha enterado usted de que la división de Iriarte ha cogido prisionero al hermano del conde de Catí, vocal del Consejo de Su Majestad en este Reino?... Pues en cuanto sepa yo que le han fusilado, ya está usted de más en el mundo. ¿No le parece que esto es natural, justo y equitativo? Noble por noble, caballero por ca... ballero.»

Mientras esto decía el implacable soldado, no se oyó una voz, ni un murmullo, que indicaran protesta contra tanta barbarie, siquiera compasión. O la costumbre de tales horrores embotaba en hombres y mujeres todo sentimiento humanitario, o no se atrevían a manifestarlos.

«¿Puedo retirarme ya? —dijo el viejo sin hacer comentario a la terrible conminación.

—Espere un poquito... y sáquenos de una duda. ¿Es usted marqués de Sariñán?

—No señor: el marqués de Sariñán es mi nieto, por enlace de mi hijo don Federico con una dama de la casa de Idiáquez.

—¿Ven como yo acertaba? —dijo una de las mujeres o damas disfrazadas, por lo que comprendió Urdaneta que habían tenido discusión sobre su personalidad.

—Y los títulos de usted ¿cuáles son? —preguntó el clérigo.

—Soy Señor de la Torre y Casa-Fuerte de Albalate, Señor de Rubielos, Merino mayor de Monzón, poseedor de varios lugares, fortalezas, vasallos y pechos en el antiguo reino de Sobrarbe; Señor también de la Puebla de Olid con Grandeza de España, Caballero del hábito de Montesa, Maestrante de Zaragoza... y no sigo por no ser enfadoso a los que me escuchan...

—¿No es usted pariente de los Cárceres? —preguntó la otra hembra bonita.

—Sí señora —replicó don Beltrán, gozoso de oír la dulce voz, cuyo timbre le sonó a nobleza y elegancia—. Ramón Cárcer, cuarto marqués de Castel-lbell, es mi sobrino, y primos de mi esposa son los Borrás y Mezquita, así como Marianito Zagarriga, marqués de Creixel.

—Otra cosa —dijo Cabrera, a quien ya parecía enojoso hablar tanto de nobleza—. ¿Qué tal le tratan a usted en mi Cuartel general? ¿Le dan bien de comer?

—Señor, un ejército de campaña no puede cuidar del pobre cautivo inútil, cuya vida no importa a nadie.

—Yo quiero que sea usted tratado con la co... nsideración que merece por su categoría... Y si alguno le faltase al respeto, lo que tarde yo en saberlo tardaré en ordenar que le den cincuenta palos.

—No vale hoy esta pobre vida que por ella se machaquen los huesos de un cristiano.

—*¡Pobre señor! Em dona molta llástima! ¡Y en quina dignitat porta la seua miseria!»*

Algo pudo entender el prisionero de lo que la compasiva dama decía, y su piedad le llegó al alma. En tanto Cabrera le ofreció un cigarro, que rehusó, porque no solía fumar a tales horas... Instó el general; insistió la dama, que de manos de su amigo tomó el puro para alargárselo a don Beltrán. Cuando este salió del aposento, iba como fascinado por la voz claramente oída y el rostro turbiamente visto de la beldad, y echaba de menos sus verdes años para corresponder a la compasión de ella con un amor grande, solitario y sin esperanza, como aquel inmenso infortunio de su vejez.

XIV

Mejor tratado desde aquel día, el prisionero vio urbanidad y benevolencia en algunos rostros; pero nada le maravilló como la radical mudanza del capitán Santapau, a quien conocía por el familiar nombre de Nelet. Empezando por mostrarse con él menos esquivo, se humanizó en un día, en otro se trocaron sus asperezas en afabilidad cariñosa, y acabó por declarar a don Beltrán su sentimiento de haberle ofendido y su deseo de trabar con él amistad. Aceptó gustoso este cambio de actitud el buen viejo, y sospechando que alguna recóndita intención se traía su flamante amigo, esperó a conocerle mejor para juzgarle. Respecto al paradero de Marcela, a quien había perdido de vista desde antes de la acción de Buñol, díjole Nelet que Cabrera la había mandado encerrar en un convento de monjas, hasta que decidiera el Vicario general por don Carlos, que actualmente se hallaba en Navarra. A juicio de Cabrera, no era decoroso ni ejemplar que una señora religiosa anduviese al zancajo por los caminos, suelta de toda disciplina; pero Santapau no participaba de esta opinión, pues las benedictinas de Sigena estaban exentas de clausura, como había declarado nada menos que el Concilio de Trento. Conocedor del monasterio y de su poética historia, el capitán había estudiado el asunto, y podía demostrar a su jefe la razón y derecho con que peregrinaba la santa señora y esposa de Cristo. Marcela Luco.

«Bien, hijo, bien —dijo don Beltrán, barruntando a dónde iba a parar el guapo Nelet—. También yo veo con simpatía la libertad monjil, y en este caso la creo muy acepta a los ojos de Dios, pues, si no me engaño, Marcela corretea en seguimiento de intereses que quiere aplicar a grandiosas fundaciones pías, para mayor esplendor de la Fe y de la Iglesia.»

Decían esto camino de Valencia, como a tres leguas de Chiva, donde habían pernoctado. Las intenciones de Caín llevaba Cabrera en aquella marcha, pues informado por sus espías de que los restos de la división de Crehuet, derrotada tres días antes en Buñol, andaban por aquel término, iba en su seguimiento, bien afiladas las uñas para destrozarlos. ¡Espléndido país aquel, hermoso cielo, alegres campiñas, que aun en invierno dan testimonio de su fecundidad! Aspiraba don Beltrán el templado aire, que por el aliento metía en los cuerpos la vida, la esperanza, el contento del vivir; que duplicaba el vigor de los jóvenes, y a los viejos les aliviaba el peso de los años. Pensaba que aun para despedirse de la existencia es bueno un suelo feraz, un ambiente templado, una tierra pródiga en flores y frutos.

Los mil doscientos cristinos de Infantería y el escuadrón de Lanceros, que, con los milicianos de Valencia y Liria, habían recibido órdenes de concentrarse en la capital, marchaban confiados, mal dirigidos, desconociendo con angelical inocencia el país que pisaban y el enemigo que tan cerca tenían. Como unos borregos de Dios se entregaron al descanso en un pueblo llamado Pla del Pou... Cuando más descuidados estaban, vieron encima la caballería carlista. No les dio tiempo ni para tomar posiciones, ni siquiera para escapar con algún orden. No fue batalla, fue una carnicería sañuda: desordenada la caballería cristina, se enredó en ella la infantería, como una deshecha madeja en las patas de un animal que da vueltas sobre sí mismo. Los carlistas no combatían; mataban a su gusto y satisfacción. Los liberales no eran soldados, sino reses. Algunos de a caballo pudieron escapar; los pistolos que no perecieron en la matanza, entregáronse a discreción, para que los matarifes hicieran de ellos lo que quisiesen. Por de pronto, allá iban todos, prisioneros y vencedores, hacia Valencia, y ya que para embestir a esta grande y fuerte ciudad no tenía Cabrera poder bastante, se plantó en Burjasot, lugar cercano, para verla al menos y que ella le viese. Aunque de escaso relieve, la eminencia en que está fundado aquel pueblo es como atalaya que domina la huerta feracísima, y a lo lejos el apretado caserío de la ciudad, guarnecida del verdor perenne de los naranjos, y destacando sus torres y chapiteles sobre una espléndida faja de mar azul.

Tan contentos llegaron a Burjasot los soldados del absolutismo, que no pensaron más que en celebrar su triunfo con la vena de abundancia que aquella lozana tierra les ofrecía. Guerreros infatigables que devoraban leguas y corrían de una comarca a otra con presteza gatuna, traían hambre atrasada. El país donde comúnmente operaban, Maestrazgo, Desierto de las Palmas, riberas del Palancia y Mijares, riberas del Guadalope y Río Martín, puertos de Beceite y de Ademuz, estaban ya esquilmados. Valencia era el oasis, la frescura, el descanso, la vida plácida con regalos mil. No fue de iniciativa de Cabrera, como se ha creído, el festín de Burjasot; fue idea de algunos jefes, y de la oficialidad y subalternos, que ya anhelaban comer y beber sin tasa para reponer el cuerpo de tantas fatigas. Bien se lo habían ganado: lo menos que podían hacer era consagrar un día, unas horas a dar a sus cuerpos algún goce de gula, pues todo no había de ser marchas, hambres y sofoquinas. Pedido permiso al general, este lo dio de buena gana, porque si sabía utilizar hasta la última tira de pellejo de sus soldados, también gustaba de que se divirtiesen y solazaran cuando la ocasión lo permitía.

Parte del vecindario invadió el campamento, metiéndose entre la tropa. Iban unos por afecto a la causa carlista; otros por curiosidad; muchos por ofrecer y colocar hortalizas, carne, peces, patos, frutas y hasta flores, que ya abundaban en aquel despuntar de la primavera. Habían dispuesto celebrar la comilona en aquella parte culminante del pueblo, formada de terreno calizo, bajo el cual se extienden los famosos silos o graneros subterráneos para depósito de cosechas. La iglesia de San Roque, objeto de gran devoción, situada también en la eminencia y no lejos del pueblo, encara su frontis hacia Valencia y el mar, como recreándose en tan bello panorama.

Pronto se vio la vasta planicie llena de cuanto Dios crió, viandas regaladas, viandas adquiridas. Se nombró una comisión que cuidase de allegar cucharas y tenedores, algo de mantelería y vasos para los jefes, y el obsequioso vecindario facilitó al instante todo cuanto se deseaba. Por aquí se encendían hogueras; por allá preparaban peroles y sartenes; en un grupo de soldados desplumaban patos; en otro desollaban corderos. Subían del pueblo en hombros zafras de aceite y pellejos de vino, cestos de naranjas, rimeros de lechugas. Soldado había que en estos acarreos se atracaba de forraje, como aperitivo. El vino empezó a correr desde el primer momento, vaciando los pellejos en jarros, estos en los pocos vasos que había para tantas bocas. Los carlistas más señalados en la localidad por su fanatismo subieron sobre sus duros cráneos grandísimas mesas, y montones de sillas, enganchadas traviesa con pata. Manteles también vinieron, aunque no tantos como habrían sido menester. Toda escasez se podía perdonar menos la del vino, que se remedió duplicando la provisión de hinchadas corambres.

A las tres y media el aspecto de la bacanal era imponente: comían, devoraban sin orden ni medida, la tropa en el suelo, diseminada en grupos a los bordes de la meseta; los sargentos sentados también en tierra, formando cuadros con relativa corrección; más allá oficiales, unos de rodillas, otros *ensillados*, algunos tendidos a la romana. Frente a la ermita había mesas, donde se veía la figura clerical de Llangostera y la cara de corcho de Tallada, en la cual se confundían la picaresca malicia y la ferocidad. Otras personas calificadas se veían por allí: el subdelegado castrense, del cual podían ser retrato los odres de vino que acababan de traer; intendentes, cirujanos, mariscales mayores. Los capellanes se señalaban por su ausencia, pues una grave ocupación les retenía en el pueblo. Cabrera, mal humorado, sintiendo algún recrudecimiento de sus achaques, y molestia en sus mal cerradas heridas, se sentó un rato en la primera mesa; después iba de una parte a otra, hablando con todos, recibiendo felicitaciones. Las miradas se le iban hacia Valencia; apretaba las mandíbulas cuando sus íntimos le decían: «don Ramón, estamos a las puertas del cielo... Haga una de las suyas, y llévenos allá.»

En las clases inferiores reinaba una jovialidad frenética. Grupo hubo en que empezaron por los postres, las dulces algarrobas; luego descuartizaban un pato, tirando en cruz de las patas y alones. Aquí comían las lechugas sin aliñar, en rama; allí naranjas a bocados mordiendo la cáscara, y encima pescado frito, o a medio freír; vino sin tasa; después bollos de aceite, y lonjas de tocino con azúcar. En las mesas o tenderetes de preferencia hubo arroces quemados, arroces crudos, anguilas, pajeles, pájaros y hasta morcillas; en otros comían el cordero a medio asar, chorreando sangre, partiéndolo con las espadas, por no abundar los cuchillos. El regimiento 1.º de Tortosa tenía una murga militar de una docena de instrumentos, trombones abollados, bombo, platillos y chinesco. Agregados a ella algunos músicos cogidos a las tropas de la reina, compusieron una mediana banda, la cual, desde los comienzos del banquete, tocaba *escogidos trágalas*, la jota y otras piezas de baile. Su discorde ruido hacía juego con los manjares a medio condimentar y con la desafinada alegría del festín. Aquí y allí gritaban: «¡Que se callen esos perros!» y tenían razón, pues los de la banda eran verdaderos sicarios del arte musical.

Casi a la fuerza fue llevado don Beltrán por Nelet a uno de los grupos que comían en el suelo; y apenas se había sentado, viendo que el capitán se retiraba, le dijo: «¿Pero usted, Santapau, no come?» A lo que contestó Nelet, condolido de sí mismo: «Ahora no puedo: tengo que fusilar.

—¿Pero qué?... ¡Ahora!... —exclamó aterrado el viejo, levantándose de un brinco, inverosímil para su edad.

—¿Pues qué creías tú, abuelo? —dijo un teniente, que desde el principio de la comida estaba entre dos luces—. ¿Creías que les íbamos a perdonar... y a convidarles encima?»

Antes de que pudiera contestarles, resonó el estruendo de una descarga... Corrió Don Beltrán hacia donde la humareda se veía, y distinguiendo los desnudos bultos de cadáveres junto al tapial del cementerio contiguo a la iglesia, lanzó una exclamación de horror y se llevó las manos a la cara. Veinte infelices habían caído ya. A poco trajeron otra cuerda: eran veinticinco, entre ellos los cadetes valencianos que acababan de ingresar en el ejército, y se estrenaban en aquella tragedia. Venían en cueros, resignados, los menos con pocos ánimos, tropezando en el camino; los más altaneros, provocativos. Algunos de ellos, alargando sus brazos hacia la embriagada turbamulta del festín, gritaron frenéticos... «¡Viva Isabel II!...» La descarga les cortó la palabra y el fervor de sus exclamaciones; luego, los tiros sueltos para rematarles sonaban a cacería. Excitados con los vivas insolentes de las víctimas, la soldadesca entregada a la gula prorrumpió en gran vocerío aclamando a los suyos, escarneciendo a los vencidos, que no tenían bastante con la muerte. Mientras traían otra cuerda del cercano corral donde les desnudaban, en la explanada vaciaron más pellejos. Los vacíos yacían en el suelo como cuerpos despanzurrados, sanguinolentos. En algunos grupos, donde con la borrachera se había perdido hasta el último destello de razón, gritaban: «Más, más.» ¿Qué pedían? ¿Más bebida o más muertes? Las dos cosas: vino bautizado con sangre.

Soldados del *Serrador* y de Tallada cogían entre dos los muertos, por pies y cabeza, y los iban arrojando a un lado, formando montón. Las gentes del pueblo, que al principio de la matanza se aproximaron con instintiva curiosidad y querencia insana del terror, huían ya despavoridas. La musiquilla seguía lanzando su chillar bufonesco en medio de la melopea espantosa de tal tragedia, declamada por los fusiles de una parte, de otra por los ayes lastimeros o los arrogantes apóstrofes de las víctimas. Si pavoroso era el estruendo de las descargas, no lo era menos el graznido lúgubre de la banda o murga y el coro desenfrenado y soez de los que comían, bebían y pateaban sobre el propio Calvario... Movido de inmensa compasión, de un sentimiento de protesta contra tanta barbarie, se fue don Beltrán con paso torpe hacia donde fusilaban... Le entró el delirio de unir un grito suyo al de los que gritando morían. No sabía por dónde andaba... Una mano vigorosa le apartó diciéndole: «¿A dónde va, buen hombre? Atrás, o le coge una bala...» Retirose, metiendo los pies en un charco de sangre... Vio los cuerpos desnudos retorciéndose en el suelo, y la presteza con que los rematában, como quien extermina una plaga de animales dañinos. Huyó el pobre señor horrorizado, sin saber a dónde iba a parar; y más abatido por efecto del pavor que del cansancio, se dejó caer en tierra. Una nueva descarga, alaridos, vivas y mueras, y el coro de los bebedores, que ya era ronco, con voces arrastradas, grotescas, llevaron al colmo su espanto. Se tapaba los oídos: sus miradas buscaban en el movimiento de los grupos algo que indicase la terminación de la matanza; pero nada veía. El humo cubría la hecatombe. Volviendo sus ojos al cielo, ansiando ver algo que borrase de su espíritu la impresión de tales horrores, contempló un instante la inmensidad azul. Calmosa y pura.

XV

No había concluido la función. Despachados los sargentos y oficiales, empezaron a exterminar soldados. De arriba gritaban: «¡Más, más... todos!» Y los que se acercaron a Cabrera intentando convencerle de que el escarmiento no debía pasar de allí, oyeron de él la fría respuesta: «Hoy no les niego nada.» El general, molestado por horrible acedía, y con su boca llena de un amargor insano, el rostro lívido, la mirada menos brillante que de ordinario, no había tomado más que un poco de vino con agua. Su inapetencia habría necesitado quizás, para remediarse, espectáculos menos terribles; o era que ni aun con los triunfos recientes se hallaba satisfecho, y su insaciable ambición pedía más al adusto Genio que le protegía. En medio de las alegrías del festín y de los horrores de la matazón, más que matanza, su espíritu se distraía de la realidad presente, para volar hacia la ciudad cercana, bella y rica. Los ojos se le iban hacia allá, como si contar quisiera las torres y cimborrios de la que solemos llamar *ciudad del Cid*. ¡Qué no daría aquel nuevo dominador de pueblos por poderla llamar suya! Mirándola con ojos de codicia más que de amor, parecía decirle: «Ya ves cómo trato a mis enemigos. Permito a mis soldados que hagan esta pira de cadáveres, para que en ella veas a Cabrera. Aquí estoy; mírame; quiero que tiembles mirándome, quiero que toda España tiemble ante mí.»

Terminados los fusilamientos, un amigo de Nelet recogió a don Beltrán, atontado de la fuerza del susto, y le llevó a su alojamiento. A prima noche, Nelet le hizo acostar, dándole vino caliente, y el pobre señor, con los cuidados que su amigo, antes enemigo, le prodigaba, descansó del molimiento y de la pavorosa impresión, despertándose al toque de diana con regular apetito y el espíritu fortificado de resignación, así cristiana como filosófica. Vivía en los dominios del terror trágico y en las fronteras de la muerte: cuando llegara para él la hora del martirio, sabría, pues, afrontarlo con valor y dignidad.

Desayunándose con los restos del banquete, las tropas se pusieron en marcha muy temprano, dejando intacta la pila de muertos para que los enterraran los vecinos de Burjasot, si querían; algunos batallones se aproximaron a Valencia simulando un ataque. El amago, sin más objeto que amedrentar al vecindario, significaba un *¡si voy...!* Pero no iba: para tal empresa no bastaban la audacia y la agilidad. Contentábase Cabrera con aumentar su hueste, con organizarla y darle hábitos y educación de ejército poderoso; sus crueldades no eran el nefando goce del mal, como en el depravado cura Lorente: eran los resortes de una infernal política, pues en su conocimiento del país y de los hombres, el leopardo no veía más camino que la fascinación terrorífica para domar a los pueblos. Destruyendo media España, aseguraba el imperio sobre la otra media.

Hecha la demostración ante los muros de Valencia, emprendió Cabrera con su ejército la marcha hacia la Plana de Castellón, sin decir a nadie a dónde iba ni qué planes llevaba. Santapau, recién ascendido a comandante, mandaba el 3.º de Tortosa, y en su estreno de plaza montada brindó a don Beltrán con la participación de su cabalgadura, llevándole a la grupa en todo aquel caminar, que no fue de los más acelerados. Dispuso el jefe una marcha por la margen derecha del Palancia, como si quisiera embestir a Segorbe; descendió inopinadamente hasta Sot de Ferrer; pasó el río, y a los dos días de lo de Burjasot, pernoctaba en Alfandeguilla. Afirmose en tan larga correría la amistad entre don Beltrán y Nelet, ganando este con delicadas confianzas el corazón del anciano. A poco de emprender la primer jornada, y observándole taciturno y receloso, díjole que el general había manifestado, respecto a su noble cautivo, sentimientos de benevolencia y estimación. La verdad de esto demostráronla los hechos, pues en la parada que hicieron en Rafelbuñol, presentándose la noche lluviosa y fría, Cabrera mandó a Don Beltrán un capote suyo en buen uso para que se abrigase. Cuidaba en tanto Nelet de apartar para él la mejor comida, y en los alojamientos le agenciaba toda la comodidad posible. Tanta era en Urdaneta la gratitud como la confusión, y llegó a sospechar que tales obsequios significaban un refinamiento de crueldad, y que le regalaban como a los condenados a muerte antes de quitarles la vida. Descansando y comiendo al pie de unos robustos algarrobos, después de pasar el Palancia, Nelet intentó quitarle de la cabeza los temores de fusilamiento, diciéndole que tal vez Cabrera le retenía con fines muy distintos de los que supone la prisión por rehenes. No comprendía el viejo qué fines podían ser aquellos, dada su inutilidad, y ambos estimaron que el noble señor debía esperar los acontecimientos, tomando lo que le dieran, comiendo de lo mejor que hubiese, y abriendo su espíritu a la confianza.

«Dispuesto estoy —dijo Urdaneta—, a comer todo lo que me traigan, y a ponerme la ropa del general, si continúa mandándome algunas piezas útiles. Pero mi espíritu no puede estar sereno, pues no se aparta de mi mente la matanza de Burjasot. Soy cristiano; protesto en silencio de estos horrores, y pido a Dios que los castigue.

—Lo de Burjasot —replicó Nelet con fría naturalidad—, no es otra cosa que una hilada más de la pirámide de justicia que juró construir don Ramón, hallándose en Valderrobles, en febrero del año pasado. Esa pirámide no es aún bastante alta para que pueda lucir en su cima la imagen de aquella santa mujer, María Griñó... Pero ya tocan marcha. Andando, señor mío. Vamos a Nules, que es plaza nuestra. Yo le aseguro a usted que allí tendremos ocasión... y además motivos de hablar largamente.»

A las diez de la mañana del siguiente día fue recibido Cabrera en Nules con arcos de triunfo, cortinas, músicas y danzas populares. Salieron a felicitarle y a ofrecerle ramitos de flores las chicas guapas del pueblo; huelgas y merendonas tenían dispuestas los calificados, y por la tarde corrida de toros en la plaza. En buena casa fue alojado Don Beltrán, y tanto él como Santapau, tratados a cuerpo de rey. Salió el comandante a obligaciones del servicio y a diligencias privadas, de que su amigo no tuvo conocimiento hasta la tarde, en la ocasión y sitio que pronto se sabrá. Comieron opíparamente, y cuando toda la oficialidad y el Estado mayor a la plaza se encaminaban para ver la función de toros, Nelet propuso al anciano que, pues ellos no eran aficionados al barullo y tenían algo que platicar, se fueran a dar un paseo por donde menos ruido hubiese de festejo y de muchedumbre. Conforme en ello Urdaneta, se metieron por calles y travesías buscando la soledad, que fácilmente encontraron, por estar todo el golpe del vecindario en la corrida.

La villa, de construcción arábiga, blanca, de suelo plano y fácil, les engañó con la tortuosa red de sus calles; y cuando creían haber andado poco, halláronse lejos, en un arrabal separado del pueblo por anchas acequias. Metiéndose por entre dos tapias, fueron a dar frente a una iglesia de frontispicio blanqueado con excepción de la puerta de piedra, barroca, de columnas salomónicas, de retorcidos follajes y garambainas. «Como está usted cansado —dijo Nelet—, y esta iglesia nos brinda con su soledad y silencio, tan a punto para el descanso como para la buena conversación, entremos, señor don Beltrán, y aquí hablaremos todo lo que nos dé la gana.

—Dígame, compañero —indicó el viejo cuando Nelet, llevándole de la mano, le metió en la iglesia y se sentaron los dos en un banco—. ¿Es que yo me he quedado completamente ciego, o que está esto más oscuro que boca de lobo?

—No tema por su vista. Yo tampoco veo nada. Venimos deslumbrados de la calle. Aquí nadie nos molesta ni nos oye. Voy a mi cuento, empezando por decir a usted que el hombre más desgraciado del mundo, el más digno de lástima, es el que con usted habla en este momento. Pensará usted quizás que mis penas son obra de la imaginación, a lo que contesto que, aun admitiendo esa idea, no dejan de ser efectivos, terribles, insoportables los sufrimientos de su servidor. ¡Con decirle que en Burjasot, cuando mandaba los fusilamientos, envidiaba a los pobres que allí matábamos como moscas...!

—Pasión de ánimo se llama esa enfermedad; y ella debe de ser motivada por una mala impresión, por un vivo querer no satisfecho.

—Ya pone su dedo en mi llaga... ¡y cómo me duele! No me equivoqué al pensar que usted, hombre muy corrido, que ha vivido en esas sociedades de tono, buen conocedor de hombres y mujeres y de todo el tinglado social, es el único para confidente, quizás para médico de mis males.

—¡Yo!... Tate... tate... Amigo Nelet, o soy un niño inocente, o es causa de sus desdichas ese trastorno del alma, a veces del cuerpo, que llaman amor.

—Entre paréntesis... Ya principio a distinguir los altares... ¿No hay allí dos viejas?

—No, señor: son dos sillas.

—Me da en la nariz, Nelet amigo, que esto es convento de monjas. He sentido a mi espalda como un murmullo, como un roce de faldas... y un cierto olor de incienso de monja... que es un olor eclesiástico muy particular... ¿Me equivoco?

—No señor.

—¿Está aquí detrás el coro?

—Y al través de la verja parece que veo un par de bultos blancos...

—Bueno, siga usted... ¿Con que amor? Y admito, sí señor, que pueda yo ser médico de tal achaque por mi consumada experiencia, por lo que han visto estos ojos, por los innumerables afectos de diferentes clases que han turbado este viejo corazón. Adelante, y abreviemos: ¿quién es ella?

—Antes de saber quién es ella, sabrá usted quién es él. Manuel Santapau, nacido en un *mas* próximo a Gandesa, de padres labradores ricos, no debió a estos una crianza perfecta. Hijo único, sus padres no supieron enderezarle desde niño por los buenos caminos, y en vez de contener su natural voluntarioso, le dejaron tomar vuelo; sus travesuras hacían gracia, y sus sinrazones eran alabadas antes que reprendidas, resultando que cuando unas y otras, con la edad empezaron a ser maliciosas, ya no había autoridad que las contuviera. En fin, señor: yo, desde los dieciséis años, escandalicé la villa en que vivíamos, que era entonces Gandesa, y más tarde hice campo de mis abominaciones a Reus, a Vendrell y a Cambrils. Ausente de la casa de mi padre, salvo en las pocas en que iba a reponer mi bolsa, me lanzaba yo con otros amigos no menos inclinados a la vagancia, de pueblo en pueblo, cometiendo tropelías sin fin. Mis estudios, que no pasaron de leer y escribir y algo de cuentas, se completaron después en el libro del mundo, donde aprendíamos toda la ciencia del mal. Era vasto nuestro terreno, y en él ejercíamos diferentes artes malignas; pero la peor de estas, y en que yo principalmente despuntaba, era la de seducir doncellas con mil engaños para abandonarlas luego miserablemente. Si robábamos alguna vez en ciudades o despoblados, era por modo de travesura; nuestro botín consistía siempre en jamones y morcillas, aves y otros comestibles, y jamás tomamos dinero de nadie. Esta es la verdad; y así como digo lo malo, digo lo bueno o lo menos malo. Alguna muerte tuvimos sobre nuestras conciencias, todas en riña, a veces por defendernos de padres burlados, a veces por pendencias de ésas que, sin saber cómo, salen del vino... porque, eso sí, a borrachos y camorristas, nadie nos ganaba. Aunque me esté mal el decirlo, mi buena figura era la mejor ayuda de mi perversidad en la campaña de conquistar mujeres, embobarlas y perderlas sin ninguna compasión. El demonio, que no Dios, me había dado el rostro para enamorar y las palabras dulces y mentirosas; y con tales medios, cada día era yo más terrible acosador del sexo femenino, llegando a no respetar ya soltera ni casada, seduciendo también por depravación a las que no eran bonitas, y a las religiosas, a las altas, y a las bajas y a las medianas...

—Perdone usted, Nelet —dijo don Beltrán, que no podía contener las ganas de interrumpirle—. El tipo de don Juan, que existe desde el principio del mundo y es de todas épocas, tiene en la nuestra, por lo muy reglamentada que está la sociedad, poco terreno para sus audacias. Se lo dice quien ha visto mucho mundo; quien, si se pusiera a contar lances y aventuras donjuanescas, no acabaría en siete meses. Y yo pregunto: ¿cómo pudo usted ejercer tan largo tiempo de caballero seductor, sin tropezar con la justicia que le metiera en la cárcel, con un padre que le descalabrara, o un marido que le partiera por la mitad?

—Lo encontré, sí señor: tuve mi castigo. Un marido, de Tortosa, me cogió desprevenido una noche, y con una barra me abrió la cabeza. Después agarrome por una pata y me tiró a una acequia, donde me habría ahogado si esta llevara más de medio palmo de agua.

—Acabáramos... Reconozca usted que ya era tiempo, querido Santapau.

XVI

—Sí, era tiempo... Yo me lo tenía muy bien merecido. Por poco no lo cuento, señor don Beltrán. Me recogió el santero de una ermita que hay en Roquetas, y a su caridad y a la de su mujer debo la vida. No sé cuántos días me tuvieron en aquella cueva, debajo de la iglesia, donde había unos santos viejos tirados en el suelo, con las caras comidas de polilla, y toda la pintura y la estofa de sus trajes descascaradas por la humedad. Uno de ellos, que era por las trazas San Antonio de Padua, pero sin niño, pues este y las manos se le habían quemado en un fuego de los altares, se puso en pie una noche, y llegándose a mí, me habló...

—¡Nelet!...

—Le veía y le oía, señor don Beltrán, como a usted le oigo y le veo. Díjome que Dios estaba muy enojado conmigo por mis grandes pecados, y que en castigo de haber yo perjudicado a tantas pobres mujeres fingiéndoles cariño mentiroso, me pondría en el alma un amor violentísimo y verdadero hacia persona que nunca me había de querer, y con esta pasión no satisfecha, y con este fuego no apagado, padecería todo lo que hice padecer a las mujeres que engañé.

—Soñó usted, en verdad, un ejemplo precioso de justicia y expiación.

—Verdadero o soñado, fue un aviso del cielo, según me dijo el fraile mínimo con quien me confesé al siguiente día, porque yo estaba arrepentido, sentía como un pestilente sabor de boca, la suciedad de mi conciencia, y quería limpiarla. Meses después, el mismo fraile de Roquetas (ya exclaustrado), que miraba por mi salvación espiritual y corporal, me aconsejó que me alistase en la facción y peleara por los derechos santísimos del Altar y del Trono. Así lo hice a fines del 35; presenteme a Cabrera, que me recibió muy bien, y para que me fogueara me mandó a la partida de Quílez, después a la de Tena. Gracias a mi arrojo en los combates, a mi puntualidad en el servicio, adelanté bastante en mi carrera. Era ya alférez y me hallaba en Valderrobles, en febrero del año pasado, cuando los monstruos liberales dieron muerte a la madre de Cabrera; teníamos en rehenes en el dicho Valderrobles a cuatro señoras: la esposa del coronel Fontiveros; Mariana Guardia, hermana de un urbano de Beceite; Paca Urquiza y Cinta Foz, hermana y madre de otro urbano. Don Ramón las trataba con mucho miramiento, convidándolas a su mesa algunos días, y cortejaba a la Paquita: se corría la voz de que era su novio por lo fino y que se casaría con ella. Pero cuando supo la muerte de María Griñó, el furor de aquel hombre fue tal, que juró al cielo derramar sangre inocente hasta anegar los valles y volver rojos los pequeños y los grandes ríos. A mí me tocó el paso amargo de fusilar a las cuatro mujeres. La Mariana Guardia me gustaba, y bromeando le había dicho yo cuatro cuchufletas de tentación, picado de mi antiguo vicio... Al ponerlas de rodillas en el cuadro, después de confesadas por el padre Vallés, el mismo frailecico que a mí me auxilió en Roquetas, los pobres, llorando como Magdalenas, me pidieron por Dios que no las matase. Pero yo ¿qué había de hacer? La disciplina, que es más fuerte que la conciencia, me hizo de hierro el corazón... Murieron... A Mariana tuvimos que rematarla, porque con los tiros primeros no quería morirse, y sus ojos se cuajaron, echándome una mirada que me traspasó... Ello fue que sentí luego un frío mortal, y al poco rato caí con tremenda pataleta y convulsiones, blasfemando y clavándome las uñas en el rostro... Por la noche, hallándome en un catre, donde me pusieron con los brazos atados para que no me golpeara, vino el demonio, y cogiéndome por los cabellos me llevó a un alto monte que llaman Cretas, y allí...

—Alto, amigo —dijo don Beltrán—: esa no cuela...

—Porque no cree en ello. Pero yo sí, y sostengo todo lo que he dicho. Tan cierto como que estamos aquí, lo es que me vi en el picacho de Cretas, entre una caterva de demonios que allí estaban congregados; y después de zarandearme jugando conmigo a la pelota, me mandaron que les adorase, a lo que yo no accedí, y pusiéronme delante toda mi historia, representada en las figuras de las mujeres que perdí y ultrajé, las cuales iban pasando como las estampas de un libro... Ni por esas me conquistaron; y cuando el demonio mayor, o capitán de ellos, me volvió a mi catre, arrojándome en él medio muerto, llamé al padre Vallés, que me consoló, haciéndome aprender de memoria oraciones que bien rezadas ahuyentarían los espíritus malignos.

—¿Pero cree usted eso, pobre Nelet?

—¡Que si lo creo! —exclamó el guerrero con una convicción tan profunda y tenaz, que don Beltrán juzgó inútil emplear contra ella las armas de la razón—. ¡Pues si fuera tan cierto que he de salvarme!

—Siga, y lleguemos pronto al punto principal: ¿quién es ella?

—Ahora sale... Restablecido de aquel mal demoníaco, de cuando en cuando venía por mí el diablo que quería ser mi amigo, y me llevaba por los aires, o al fondo de las cuevas que hay en la Portadilla, o a los breñales espesos del río Nonaspe, en lugares adonde ni los búhos penetran. Era el mes de agosto, y me hallaba con el *Fraile Esperanza* en Calaceite, de vuelta del Mas del Hortal, donde nos habíamos batido con Nogueras, cuando me encontré, sin saber cómo, frente a una caverna, en noche cerrada... y oí una música preciosísima, que no puedo comparar a ninguna música de este mundo.

—Sobre todo a la de la banda de Tortosa.

—De la gruta salió una luz azul, muy suave... y por fin, de en medio de esta luz una mujer... No puedo dar idea ni de la luz ni de la hermosura de la señora, ni sé cuál de las dos cegaba y confundía más.

—Sería rubia...

—No señor; morena, de ojos negros, el pelo suelto y corto, caído sobre los hombros con infinita gracia, la mirada como de los santos en oración, los pies desnudos, el cuerpo vestido de un sayal de penitente...

—Verde y con asa... Marcela... Ya me figuraba yo que en esto habían de venir a parar todas esas jugarretas diabólicas... Bueno, ¿y le dijo usted algo?... ¿ella le habló?

—No señor... palabras no hubo; nada más que el quedarme yo estático, como sin sangre en las venas, la voluntad sobrecogida, y sentir que toda la vida la tenía en el corazón, y que en él se me metió un amor muy vivo y abrasador que de aquí no ha querido salir más.

—Pero se me ocurre una grave objeción. Fíjese usted en las fechas antes de lanzarse a referir sus leyendas, Nelet. Ha dicho que en agosto fue la maravillosa visión. Pues en agosto, según mi cuenta, Marcela no había salido aún de Sigena, ni podía presentársele en esa traza de penitente...

—Pues ahí está lo maravilloso, lo sobrenatural, que confunde a los que solo creen y testifican las cosas ordenadas conforme al tiempo y a la verdad que se toca. Yo vi a Marcela antes de que ella adoptase la vida y hábitos de peregrina. Y en esta anticipación de las cosas advierto que es ella la destinada por Dios a la obra del terrible castigo que quiere imponerme, condenándome a una sed no saciada, y a un afecto no correspondido.

—Bueno; concretemos. ¿Dónde vio usted a Marcela en realidad... De ella misma?

—En la Ginebrosa, y no me sorprendió el verla, pues ya la conocía por su aparición, que he referido.

—¿Le habló usted?

—Le pedí amores, y me contestó muy esquiva, huyendo de mí. El segundo encuentro fue en Nuestra Señora del Pueyo. Le hablé con galantería fina y discreta que salía del corazón, y me dijo que no sentía por mí más que asco y desprecio. Yo iba mandando una partida; en mi desesperación se me ocurrió fusilarla, para matar con ella mi tormento... Pero no me atreví. Despidiéndola, le dije: «Vete, hechura de Lucifer, a donde yo no te vea más, que si otra vez te cruzas en mi camino, te fusilo sin compasión...» Parecíame que sacrificándola me libraba de mi suplicio, y que después podía seguir queriéndola hasta que me muriese o me matasen... Darle muerte no me parecía crueldad, sino una forma de amar, a mi manera, estilo de gran pecador y visionario de cosas grandes...

—¿El tercer encuentro...?

—De él fue usted testigo.

—¡Ah!... En la maldita Codoñera. Tiemblo de recordarlo... De lo que sigue tengo noticia, y la última es que Cabrera la mandó a un convento, porque no gusta de monjitas correntonas.

—Sí, señor... y el convento donde está encerrada es este.

—¡Este! ¡Valiente pillo! —dijo don Beltrán levantándose y dando algunos pasos hacia el coro.

—Cuidado, señor... que no nos conviene llamar la atención.

—Como si lo viera. Los tratos de usted con los demonios ya sé yo en qué vendrán a parar, caballero Nelet —indicó el prócer, volviendo al banco—. Estamos preparando una hazaña donjuanesca: violación de clausura, rapto de virgen del Señor... Pero entendámonos: ¿trata usted de sacarla por su gusto, por el orgullo de robar una monja, o porque ella le ha dicho: «Nelet, ¿cuándo tocan a robar?»

—Ella no me ha dicho eso; pero constándome que le agrada la libertad, hace días, por un propio muy listo que mandé a Nules, le propuse abrirle las puertas de su encierro, y me contestó que en ello no había pecado, sino observancia de las disposiciones del Concilio de Trento. El capellán del 3.º, hombre muy leído, me ha prestado unos librotes en que están la fundación e historia de Sigena, y con esa lectura mi conciencia no se escandaliza del hecho de libertar a Marcela. Estoy tranquilo; he tomado mis medidas...

—Todo esto, mi querido Nelet —dijo Don Beltrán reverdecido—, es hermoso, es poético y dramático. De la esencia de estas aventuras de amor vive el alma... Por tales emociones y otras semejantes, no es el mundo un presidio. Dígame usted...

—Ahora, mi ilustre amigo, no puedo decir más, porque tenemos que separarnos. Es la hora precisa de ver a la demandadera, la cual ha de darme de palabra o por escrito una razón, por donde sabré si la empresa se acomete esta noche o se deja para la de mañana. Aguárdeme aquí, que no estará solo más que el tiempo que yo tarde en esta diligencia.»

Mientras estuvo solo, Urdaneta se dio a reflexionar en el extraño caso, que a su parecer justificaba el dicho del teniente Estercuel. La guerra, el país, la raza, renovaban en todo los tiempos medievales. La vida tomaba esplendores poéticos y risueñas tintas que se mezclaban con el rojizo siniestro de la sangre, tan sin medida derramada. Exceso de vida era quizás, plétora de sentimientos y pasiones. El fondo, por añadidura, ofrecía característica decoración natural y el teatro más adecuado a tal desbordamiento de vida. La mezquina civilización *a la moderna* se desvanecía, se borraba como un afeite mal aplicado, dejando solo las querellas feudales, el ardor místico, la superstición, las crueldades horrendas y eminentes virtudes, el heroísmo, la poesía, la intervención de ángeles y demonios, que andaban sueltos y desmandados por el mundo.

Volvió Nelet gozoso al cuarto de hora, y cogiendo del brazo a su amigo le llevó fuera, a punto que un monaguillo a cerrar se disponía. «Y qué, ¿será esta noche? —preguntó el anciano, taconeando fuerte por el puentecillo de la acequia.

—Aún no he leído su carta —replicó Nelet, que de la fuerza del contento temblaba.

—¡Ha escrito!...

—Y además me manda unos versos. Vámonos aprisa, que por el ruido que se oye y la gente que se ve venir hacia estos barrios, paréceme que ha terminado la corrida. Esta noche, después que yo lea la carta, seguiremos hablando... Aún me queda lo mejor. Porque yo no le he contado a usted a humo de pajas mis desgracias y aspiraciones. Yo he visto en el señor don Beltrán de Urdaneta, noble de antiguo cuño, caballero muy corrido y de grandísima ciencia en cosas mujeriles, la única persona del mundo que puede guiarme al fin que deseo tanto como mi salvación: que Marcela me ame, que pueda yo, triunfando de su esquivez, dar al traste con la leyenda de mi castigo, que me espetó San Antonio en la ermita de Roquetas.

—Yo tendré un placer inmenso —dijo el aragonés, parándose para hacerse oír mejor—, en ilustrar a usted con mis conocimientos en materia tan grave. El corazón de la mujer no tiene secretos para mí: ciencia dolorosa, amigo mío, porque los maestros no llegamos a este doctorado sino a fuerza de amarguras y sufrimientos. En mí tendrá usted un asesor desinteresado; pero deje aparte toda consulta referente a espíritus más o menos diabólicos, pues yo no los he visto en mi vida, ni sé nada de esos caballeros. Eliminadas las potencias infernales, yo le aconsejaré lo más eficaz para conquistar el corazón y la voluntad de esa doncella... ¡Y que no es floja bestiecilla la que hay que domar!... Santa y arisca, filósofa y hombruna... Pero ya veremos, ya veremos...»

Llegaban al centro de la calle mayor, donde se aposentaban, y ya no pudieron hablar más de su asunto, porque Nelet se vio rodeado de compañeros y amigos. Todos ellos, y don Beltrán no de los últimos, pensaron en matar el hambre, lo que no era difícil entre un vecindario casi totalmente afecto a la Causa, y que se desvivía por obsequiar a sus defensores. En los bajos del Ayuntamiento, las estancias habían sido convertidas en comedores, donde se agolpaban oficialidad, capellanes y calificados vecinos del pueblo, mientras en el piso alto se hacían regios honores al general y a su Estado mayor. Los compañeros de Nelet se acomodaron en una salita próxima a la escalera, donde se les dispuso espléndido comistraje, con mariscos y pescado, arroz exquisito y otros manjares de grande estimación. Con no poca estrechez se fueron acomodando, no sin designar un puesto al noble cautivo. Mas no había tomado la primera cucharada de sopa, cuando entró un ayudante del general con este mensaje: «El señor de Urdaneta, que suba. El general le convida a comer.

—¡A mí!... ¿Está usted seguro de que...?

—Vamos, dese prisa. Están aguardando por usted.»

XVII

La entrada de don Beltrán en la sala del festín, donde ya ocupaban sus asientos los comensales; el despejo y cortesía con que, adelantándose hacia el general, compendió en una sola frase el saludo y las gracias por el honor que se le dispensaba, cautivaron a todos los allí presentes: bien se veía al aristócrata de raza, maestro en arte social. Con raras excepciones, los jefes carlistas que se sentaban a la mesa del general eran unos pobres gaznápiros, elevados por sus prendas militares a posiciones de las cuales desdecía su educación. Tal coronel había sido arriero, el otro pescador; sacristán, uno de los intendentes; contrabandista de mar y bandido de tierra el jefe de la caballería, sin que ninguno de ellos poseyese el genial instinto con que Cabrera supo borrar de sus modales la humildad de su origen. Mal vestido y roto, don Beltrán descollaba entre aquella gente, que aun en el modo de mirarle revelaba la conciencia de su inferioridad. Hubo uno, vecino de Nules, que menos avisado que los demás, se permitió decir al prócer: «Vamos, abuelo, que no estará usted poco *inflao*. En toda su vida ha tenido honor como este... ¡comer con nuestro general ilustrísimo!

—Honor grande, que agradezco mucho —replicó don Beltrán—; pero que no es nuevo para mí. Yo he comido con Napoleón.»

Esto de comer con tan grande celebridad produjo estupor, que se fue trocando en admiración. A lo largo de la mesa sonó un murmullo. Cabrera, hombre muy desahogado en toda circunstancia, mandó a Cala y Valcárcel, sentado a su izquierda, que desocupase el puesto, y haciendo una seña al caballero aragonés, le dijo: «¡Con Napoleón!... ¿Luego era usted su amigo? Véngase a mi lado para que me cuente...» Trocados los asientos, ocupó Urdaneta la izquierda del general, y accediendo a sus deseos, prosiguió así: «No debí decir Napoleón, sino Bonaparte, porque ello fue antes de la primera campaña de Italia. Él tenía entonces menos edad que tiene usted ahora; era delgado, melenudo...

—Sí, sí —dijo Cabrera con admiración infantil—, poseo su retrato en la *Vida de Napoleón* con láminas, que he leído cien veces, pues no ha existido hom... bre en el mundo que yo admire más.»

Refirió don Beltrán escenas y pasajes interesantísimos de 1795 y 96, años IV y V de la República (¡ya había llovido!), por él presenciados, y añadió anécdotas graciosas, más atractivas que la historia misma; y con tal agrado Cabrera lo oía, que hasta se le olvidaba el comer por no perder concepto ni palabra.

Y entre cuento y cuento, viéndose el aristócrata tan obsequiado, se decía, comiendo tranquilamente: «Tanta finura me da muy mala espina, pues de este tío no hay que esperar compasión: cuando se le hinchan las narices, ni hay para él amigo, ni tienen valor alguno sus atenciones y arrumacos. No puedo olvidar lo que me ha contado Nelet. A las cuatro desdichadas mujeres que en rehenes tenía en Valderrobles, las sentaba a su mesa, prodigándoles obsequios mil. A la de Fontiveros le permitía dar paseítos en una jaca, que aparejaron para ella, y a la chica de Urquiza le hacía el amor por lo fino con tanta insistencia, que hasta corrió la voz de que se casaban. Todo lo cual ¡Dios mío! no impidió que las mandara fusilar al saber la muerte de la Griñó. ¡Vaya un nene! Y no hay que hablar de arrebato, pues Cabrera supo lo de su madre el 20, si no estoy equivocado, y la matanza de las rehenes fue el 27. Sentenciadas días antes, no las mandó ejecutar hasta que no supo que sus dos hermanas, presas en Tortosa, se habían escapado... No me fío, leopardo, no me fío de tus halagos, y aunque me pases por el lomo la pata blanda, con las uñas escondidas, sé que las tienes muy afiladas, y que el mejor día, cuando más tranquilo esté el pobre Don Beltrán... ¡pum! al otro mundo...

—¿Por qué suspira usted? —le preguntó Cabrera—. ¿Está descontento del trato que le damos?

—¡Oh! no señor. Estoy muy satisfecho y muy agradecido. Encuentro simpatías en su ejército, y en él he podido hacer algunas amistades gratísimas. Pero bien sabe usted que la privación de la libertad difícilmente halla consuelo.

—Es muy sensible —le dijo el leopardo hacia el fin de la comida o cena—, que la ley de guerra, que no puedo eludir, no puedo... Me obligue a tenerle a usted bien trinca... Ado en mi ejército, para que su vida me garantice la de otro aristócrata que tiene en su poder Iriarte... Pero usted podría ahorrarme a mí el disgusto... ya me entiende, y al propio tiempo salir de esta situación molesta... Sí señor, comprendo que es car... gante eso de estar un hombre con la idea de que le van a pegar cuatro tiros... Sí señor, usted podría...

—Te veo venir —pensó el anciano, antes de preguntarle cuál era el remedio de su angustiosa incertidumbre.

—¿Por qué el señor don Beltrán de Urdaneta, de la primera nobleza de Aragón, no se presta a reconocer al único Rey legítimo de España? Para S. M. Sería muy grato; y a mi entender, si usted se decidiese, le seguirían otros nobles de Aragón y de Castilla. Fírmeme usted una declaración en el sentido que le propongo, y yo la co... Municaré al instante a mi Rey...

—Señor general —dijo el noble caballero después de toser y limpiar el gaznate para expresarse con toda claridad—, estimo en lo que vale la excelente intención con que usted me propone ese reconocimiento de los derechos del Infante, y espero que usted estimará del mismo modo la lealtad con que me veo precisado a evadir todo compromiso con la causa carlista. En conciencia, y estudiado el asunto, creo que la sucesión a la Corona pertenece a la hija de Fernando VII, y habiéndolo declarado así solemnemente como prócer del reino, no es decoroso para mí deponer ahora en favor del augusto príncipe, a quien reverencio como a tío carnal de nuestra reina. Fácilmente comprenderá usted, ilustre soldado, que en mi clase y en mi raza, la religión del honor y de la consecuencia no nos obliga menos que la otra religión con sus dogmas santísimos. Ni por cuantos bienes hay en el mundo, ni por la vida, que es el primero de los bienes, mancillaría yo con una traición el nombre que llevo... Y dicho esto con toda la entereza de que soy capaz, y todo el respeto que a usted debo, he de manifestarle también que aunque partidario de Isabel, y convencido de la legalidad de sus derechos, no he tomado parte a su favor en esta contienda ni con armas, ni con escritos, ni en ninguna otra forma. Soy hombre de paz, y acato las leyes de la nación, vengan como vinieren. Ni guerrero he sido nunca, ni tampoco político. La pelea y la conspiración me son desconocidas. Soy un hombre honrado, isabelino en la intención, neutral en la conducta. No desconozco la convicción y lealtad con que tremola usted la bandera del Infante. Pero yo no la seguiré nunca: ni puede usted catequizarme ofreciéndome la vida mía, que hoy tiene en su mano. Y si en vez de tener usted en rehenes este cabo de vida, ya caduca, triste y de ningún valor, tuviera usted una vida robusta; si yo fuera joven y mirase ante mí un porvenir de treinta, cuarenta o cincuenta años, lo mismo que ahora le digo, le diría... Siempre con la consideración que debo a un hombre de su valer y de su inteligencia.»

Oyó con atención y agrado el soldado del absolutismo esta declaración, dicha con cierto énfasis oratorio, y estimó delicadas las razones del caballero. «Basta, señor mío, y no hablemos más del asunto —le dijo—. Yo lo siento por usted... y también por la Causa, que, digan lo que quieran, no se ve muy apoyada por la Grandeza de sangre... Pero ya vendrán, ya vendrán todos... Solo que llegarán tarde, y les pondremos en última fila. Para entonces ya habremos creado nosotros, digo, el Rey, una aristocracia nueva, sacada de las filas de la lealtad... ¿Qué hizo Napoleón cuando se vio sin nobleza de abolengo? Pues fabricarla. De sus generales hizo duques y príncipes, y hasta reyes... Traemos entre manos la fundación de una sociedad nueva, pueblo nuevo, ejército flamante, aristocracia acabadita de salir... Y ustedes, los de la Corte isabelina, se irán a cuidar cabras, o a destripar terrones... Sí señor, si yo lo dispusiera, así sería. A todos los marqueses y archipámpanos que no han reconocido a Carlos V, les pondría yo una azada en la mano, y... ¡hala! a labrarme las tierras del común...»

Terminó la cuestión de un modo festivo, y con ella la comida. Retirose don Beltrán, expresando nuevamente al leopardo su estimación, *quand même*, y se fue a dar con Nelet, que ansioso le esperaba. En una sala del mismo edificio, y en las propias mesas donde habían comido, los oficiales jugaban al ajedrez o las damas. Cabrera, una vez alzados los manteles, se puso a trabajar con dos secretarios, dictando oficios y comunicaciones para el gobierno de lo que con visos de Estado tenía bajo su mano. No solo había creado un ejército, sino una administración civil, tal como esta podría existir en aquella vida de constante inquietud, de movilidad epiléptica.

Y en verdad que el Estado en esbozo y su terreno inseguro le venían corto a don Ramón Cabrera, hombre que por su inteligencia comprensiva, su voluntad potente y sus dotes de organización, había nacido para más altas empresas. Su inquietud continua, la palidez de su rostro, el estado nervioso y febril en que de ordinario se encontraba, no eran más que la impaciencia loca para llegar a donde quería ir, el sentimiento de la desproporción entre sus facultades y la poca materia gobernable que cogía entre las manos. Lo que había creado con esfuerzo monstruoso, con los golpes fulminantes de su coraje guerrero, con su nativo conocimiento de los hombres y del país era mezquino para quien se sentía capaz de manejar un Imperio... Algo de esto pensó don Beltrán, recordando lo que hablaron durante la comida, y el rostro siempre melancólico de Cabrera: «Es un hombre que, con tener mucho entre las manos, aún tiene más en la cabeza, y de este desequilibrio proviene su aspecto de gato triste... Dormilón cuando sus ojos no despiden rayos. Su crueldad es la irritación contra el género humano porque no se le somete de golpe. Si este hombre triunfara y pudiera manifestar tranquilo y seguro lo que lleva en su corazón y en su cabeza, sería un dictador severo y paternal, rigorista y clemente, próvido para todo, y hasta liberal dentro de su poder soberano indiscutible.»

No le dejó Nelet hablar de nada que no fuera su asunto, y en cuanto tuvieron ocasión de arrinconarse, lejos del barullo de los jugadores, reanudaron el sabroso tema. «No puede ser hasta mañana por la noche —dijo el militar—... Ahora sobreviene una dificultad que trato de vencer esta noche misma. Dícese que el general vuelve mañana hacia Liria: no sé qué planes tiene. Llangostera se queda aquí para ir sobre San Mateo, y después no sé a dónde. Yo he pedido que me destinen a su división, pues deseo aproximarme a mi pueblo, donde necesito proveerme de ropa y dar un vistazo a mis intereses.

—Y en tal caso, ¡ay de mí! habremos de separarnos...

—Creo que no. He hablado a Llangostera, que es grande amigo mío y paisano, y espero conseguir que se quede usted con nosotros. Daremos al general esta noche una razón que no tiene réplica. A Llangostera corresponde fusilarle a usted, en caso de que maten al hermano del conde de Catí, porque el tal estaba en su división cuando le cogieron. La cosa es de clavo pasado...

—¡Y tan pasado! No sabía que entre carlistas hubiera tales etiquetas.

—¡Anda... y que se cumplen con todo rigor! En fin, que vendrá usted con nosotros.

—Mucho me place; y en cuanto a mi fusilamiento, lo mismo me da que sea Pedro que sea Juan el que me mande a mejor vida... Me alegraré, sí, de que sea usted el encargado de darme los tiros, pues no dudo que usted mandará que me apunten bien al corazón, para que mi muerte sea instantánea, y no esté yo pataleando como un buey a medio degollar... Con que vamos a nuestro negocio.

—Dígame sinceramente, echando mano de todo su saber mundano, si una vez libre Marcela, debo ir tras ella y emprender su conquista por asalto... ¿Cree que es mejor poner paralelas?

—Hijo, sí: el asalto no es prudente hasta que la plaza no esté bien castigada y con ganas de rendirse. No haga usted la tontería de embestirla con violencia... Al contrario, es muy hábil aparentar desgana de entrar en el recinto, afectar que se desean los procedimientos del asedio galante, colmarla de atenciones, sin mostrar al principio una ansiedad viva de amor... Mujer que vive en el idealismo, fíjese usted bien, con el idealismo debe ser atacada.

—¡Oh qué talento tiene usted —dijo Nelet, abrazándole gozoso—, y cómo conoce el corazón humano! Ha sido gran suerte para mí encontrar tal amigo.

—Y para mí también. Entre paréntesis, si quieres que yo hable con el desahogo que facilita la comunicación entre maestro y discípulo, permíteme que te tutee... Pues, sí: como ella tira a lo espiritual, conviene que aprendas tú algo de fraseología mística y hojarasca de librillos devotos. Nada de violencias. Paralelas, hijo, paralelas y fuegos parabólicos... por elevación. Según dices, no eres en este caso un seductor vulgar; solicitas el alma, el amor...

—El amor, sí, grande, abrasador como el mío —dijo Nelet con acento teatral.»

Movido de compasión y de un paternal interés, quiso el buen Urdaneta que sus consejos le llevaran por el camino menos aventurado y escabroso. Díjole que de los infinitos casos y ejemplos que atesoraba el archivo de su experiencia, escogía los de color más honrado y puro. Antes que atacar a la hermosa Marcela con asechanzas o artificios de mala ley, debía esperar a que ella se rindiera, poniendo en ejecución para esto los ardides de un hombre lealmente enamorado. Bueno sería empezar con la estratagema de los desdenes, la fingida frialdad o indiferencia, que en multitud de casos subyugan más pronto que los extremos de cariño; bueno sería también mostrarse rival de ella en lo de suspirar por este o el otro santo, o por misterios de la religión; y si esto no resultaba eficaz, se emplearía el galanteo fino y respetuoso, el anhelo de sacrificarse por la persona amada, el propósito de emprender trabajos no menos grandes que los de Hércules, para obtener por recompensa una mirada dulce, una leve ternura, un favor sencillo. Tampoco vendría mal manifestarse caballero amador sin esperanza, por el gusto y la satisfacción espiritual, sin ningún melindre de los sentidos, haciendo gala de constancia a prueba de desprecios, de una adoración pura, en que el alma del galán fuera como esas sustancias puestas al fuego que nunca se derriten ni consumen. Alcanzado el primer éxito, se intentaría curar a la beata mujer de su místico arrebato, sacándola de aquel soñar continuo en una perfección imposible; y atraída al terreno de la vida corriente, se le propondría el matrimonio cristiano, bendecido por Dios: la unión honrada de dos almas y dos cuerpos por toda la vida. «Este y no otro es el camino, querido Nelet —concluyó don Beltrán con serena entonación—, que puede aconsejarte un hombre cargado de años y de experiencia. Creo que si vas resueltamente por él, Dios te ayudará, indultándote del castigo que mere-ciste por tus pecados de libertinaje. Sí, sí, hijo mío: pues amas a Marcela, hazla tuya honradamente, y constituye con ella una familia, y ten hijos que criarás en la virtud y en el santo temor de Dios.»

Tan grande entusiasmo despertó en el apasionado joven esta elocuente exhortación de su amigo, que se le saltaron las lágrimas, y hubo de dominar con vivo esfuerzo su emoción, para no manifestarla ruidosamente ante la muchedumbre de jugadores que llenaba la sala.

XVIII

«¡Jesús, qué delicia! —exclamó Nelet, después de una corta pausa—. ¡Casarme con ella!... ¡Marcela mi mujer! ¡Y retirarnos a una vida pacífica, laboriosa y agradable!... ¡Y tener hijos, muchos hijos!... Sepa usted, don Beltrán, que hacienda no me falta. Conservo parte de las heredades de la familia... Entre ellas un *mas* que es la gloria, cerca de Cambrils.

—Rico tú, más rica ella, el matrimonio se impone —dijo el anciano con tal gravedad, que a Nelet pareciole que hablaba por su boca el Concilio de Trento—. Has de saber que Juan Luco, padre de esa extraordinaria hembra, poseía grandes caudales, que yacen sepultados bajo tierra en diferentes puntos: me consta.

—Algo de esto oí; mas no le daba crédito.

—¡Si serás tú simple! Crees en los demonios, y pones en duda los hechos más naturales y corrientes... De acuerdo con su hermano Francisco, que también ha dado en la flor de que le canonicen, Marcela se propone consagrar todo ese metálico que hoy yace bajo tierra a una grande obra de fundación religiosa... Figúrate qué desatino... ¡Como si no tuviéramos en España bastantes conventos! ¡Y en qué ocasión se le ocurre emplear dinero en albergues para frailes y monjas... Cuando Mendizábal, de una plumada, ha echado por tierra las órdenes monásticas...! Pero poniéndonos en lo razonable, y a fin de no contrariar abiertamente la voluntad de la monjita, la dejaremos que consagre parte del tesoro a satisfacer aquel deseo santo, reservando un buen pico para las obligaciones sacratísimas que dejó pendientes Juan Luco. ¿No te parece?

—Si he de hablar claro, señor don Beltrán, amo a Marcela con amor del alma y fuego de todo mi ser, sin que esta pasión sea turbada ni envilecida por ninguna ambición tocante a intereses... Por mi vida, que más la quiero pobre; que a mis brazos venga sin otra propiedad que la estameña que cubre la hermosura de su cuerpo; estameña que yo trocaré gustoso por la sedas más ricas.

—Pero, hijo, lo que abunda no daña. Tú no tienes culpa de que la santa sea una ricachona. La mejor demostración que puedes dar de tu delicadeza es permitir que Marcela funde o restaure algún conventito no muy grande, y que dedique luego una parte no floja de sus especies metálicas a dar cumplimiento a la voluntad de su padre... A restituciones que son sagradas, hijo, sagradas...

—Con todo estoy conforme, pues cuanto usted me dice, parece dictado de la misma razón y del perfecto conocimiento de la vida humana. No ha sido poca suerte para mí encontrar tal amigo y asesor.

—A buen árbol te has arrimado, hijo... Lo que yo no hiciere en este negocio, cuenta que nadie lo haría... Y si te parece, yo iré a recogerme, que me siento cansado y soñoliento... Alguien habrá que me diga dónde voy a tender esta noche mis pobres huesos.»

Llevole Nelet muy solícito a la cama que a él le habían destinado, y se determinó, con insomnio y desasosiego de amante, a pasar toda la noche en pie. Las solitarias calles de Nules le vieron rondar, al pálido fulgor de las estrellas, y disparar suspiros contra los blancos muros de las *Mónicas*, santuario y prisión de la bella teóloga.

Habiendo partido Cabrera al día siguiente en dirección al Júcar, por la noche se efectuó con facilidad y sin ningún tropiezo la evasión de Marcela, facilidad en parte debida a las ingeniosas disposiciones de Nelet, en parte a las ganas que tenían las señoras Mónicas de que la prófuga de Sigena se fuera a otra parte con sus filosofías y sus latines. Mucho sintió Urdaneta no haber sido testigo de un caso que tenía por interesante y teatral. Contole el galán que Marcela había salido con un empaque de penitente, tal como en libertad la habían conocido, y que él, atento a seguir los sabios dictámenes de su amigo, se había mostrado atentísimo y caballerescamente cortesano, pero con cierta frialdad parecida al desdén, según el programa trazado. Habiendo dicho a la monja que no le había movido a libertarla más que su amor a la religión y su respeto a las decisiones del Concilio de Trento, replicó ella que agradecía su libertad; mas para que el favor fuera completo, había de buscar Nelet a los dos viejos enterradores que la acompañaban comúnmente, y llevárseles para que la guiaran en su camino. No le fue difícil al enamorado dar con Zaida y Alfajar, y aquel día muy temprano la monja y sus servidores o discípulos habían partido juntos hacia Villavieja. Tuvo buen cuidado Santapau de advertir a su ídolo que no se alejase de la tropa que él mandaba, pues de otro modo podría topar con quien de nuevo la cogiese y encerrara, obedeciendo las órdenes de Cabrera.

«En todo, hijo mío querido —dijo don Beltrán satisfecho—, has procedido con tanto tacto como previsión. Atento, y al propio tiempo desdeñoso... Solícito en buscar a los viejos, que sin peligro de su virtud la acompañan... y por último, precavido para tenerla siempre a la mano y que no se nos escabulla.

—Trato de inspirarme en usted, que todo lo sabe, pues aunque yo, he sido hombre muy corrido de mujeres, hacía mis conquistas al modo de pueblo, y con la rudeza y malos modos de mi educación aldeana. ¿Cómo dice usted que llaman a los que se dedican a engañar mujeres y hacen de esto un oficio?

—Don-Juanes.

—Pues si yo he sido un Don Juanillo de pueblo bajo, sin finura, sin retóricas, basto y llanote, usted ha sido un señor Don Juan cortesano.»

Echose a reír Urdaneta, y no tuvieron tiempo de más explicaciones, porque tocaron marcha, y el regimiento de Nelet, componiendo con otros dos una brigada, al mando de Pertegaz, fue al socorro del *Serrador*, que apretado se veía en el sitio de Burriana. Cuando llegaron ya era tarde, porque el *Serrador* venía en retirada por causa de la gran resistencia que opusieron los valientes urbanos, socorridos por una columna de Castellón. Pocos días después, los urbanos, por orden de Borso, abandonaron la plaza, y entró en ella el cabecilla faccioso con el sentimiento de no encontrar a ningún jefe de la Milicia ni de tropa a quien fusilar. Pertegaz tomó la vuelta de Cantavieja para unirse a Cabañero, y Nelet volvió a incorporarse a la división de Llangostera, que marchó hacia Lucena y de aquí a Albocácer, recogiendo cuanto encontraba, hombres y caballerías, víveres y forrajes, animales y personas. En todas estas marchas y contramarchas don Beltrán se aburría de lo lindo, y Nelet no tuvo el gusto de encontrar a Marcela más que dos veces: la una, en la rambla de la Viuda; la otra, en Nuestra Señora de Hortiseda. Apenas pudo hablarle en el primer encuentro; pero en el segundo sí platicaron, y por consejo de su noble maestro se lanzó a demostraciones más expresivas, después de haber empleado los desdenes sin resultado práctico. No debió de quedar satisfecho el comandante, porque cuando partió con sus tropas en auxilio de Cabañero, que sitiaba a Cantavieja, iba muy temeroso de que le cogieran por su cuenta los demonios que atormentarle solían. Rendida Cantavieja por traición, quedáronse las fuerzas de Nelet a mitad del camino, en Iglesuela del Cid, donde recibieron orden de Cabrera para marchar a la Cenia, punto fortificado por los carlistas a la subida de los puertos de Beceite. Allí se enteraron de que Oraa era general en jefe del Ejército del Centro, y que, decidido a dar impulso a las operaciones, había dividido su hueste en tres cuerpos, que mandaban los brigadieres Nogueras, Corral y Sequera; supieron asimismo que el infatigable y diabólico don Ramón se aprestaba a defenderse contra enemigo tan poderoso como *el Lobo Cano*, que así llamaban a don Marcelino, y seguramente, si con él no podía, había de *marearle* con sus audaces movimientos y prodigiosos brincos de un extremo al otro del país. Por de pronto, apresuraba la expugnación de la histórica villa de San Mateo, para no dar tiempo a que en su auxilio fuesen los de la reina. Grandes acontecimientos se preparaban: don Beltrán, que era amigo de Oraa, confiaba mucho en su pericia; mas conociendo ya el fragoso terreno de aquella guerra, y la fiereza y dura condición de los que en él peleaban por el absolutismo, no veía cerca ni lejos el menor vislumbre de paz. La Naturaleza era allí tan guerrera como el hombre.

Estaba de Dios que antes de salir de la Cenia presenciaran Nelet y don Beltrán espectáculo tan lastimoso como el de Burjasot, pues, conducidos allí los prisioneros de San Mateo (que se rindió como Cantavieja, por flaqueza o deslealtad de algunos de sus defensores), se procedió con toda tranquilidad a exterminarlos por un procedimiento fácil y barato. Apenas llegaron, metiéronles en diferentes mazmorras; algunos fueron recluidos dentro de un horno de pan. Y si por economía de víveres se les mataba de hambre, por ahorrar cartuchos se determinó concluirles a bayonetazos. Edificado el pueblo en eminencia rocosa, presenta por uno de sus costados un tajo formidable, vertiginosa caída a la profundidad aterradora de un barranco, donde brama un torrente entre peñas y zarzales. Al borde de este precipicio fueron conducidos de dos en dos los prisioneros, después de confesados por el padre Chambó, cura párroco de la Cenia. Unos cuantos *números* hacían de matachines; otros tantos arrojaban los cuerpos a la hondura tenebrosa y fría. Treinta y ocho oficiales y sargentos perecieron de este modo, sin contar un cadete de doce años, que fue al matadero emparejado con su padre, comandante del fuerte rendido de San Mateo. La última res sacrificada fue una cantinera portuguesa.

No tuvo papel Santapau en esta tragedia, pues habiéndose trocado, por la virtud de su amorosa llama, de feroz en benigno y humanitario, siempre que le daba en la nariz olor de degollina, se ponía malo; y realmente lo estuvo de la cabeza y del corazón. Sin quejarse tanto como su amigo, don Beltrán no gozaba de buena salud. Ambos se alegraron cuando se dio la orden de que Nelet marchase con la mitad de su regimiento a relevar la guarnición de Benifazá, lugar que también tenían toscamente fortificado en el centro de aquel núcleo de montes elevadísimos que llaman la Tinenza. Por los desfiladeros del río de la Cenia, faldeando la Peña del Águila, pasaron de la zona de Rosell a Benifazá, y a la célebre abadía cisterciense fundada por don Jaime, edificio devastado sucesivamente por tres guerras, la de las Germanías, la de Sucesión y la que ahora se relata. Daba pena ver su noble arquitectura mutilada por bárbaras manos: aquí señales de incendios, allá desplomados muros, la iglesia con medio techo de menos, la torre melancólica y sin campanas, con sus espadañas ciegas y mudas, las junturas pobladas de jaramagos y ortigas, y el claustro, en fin, con solo tres costados, más triste que todo lo demás, y más poético y ensoñador. Aposentaron a don Beltrán en un pasadizo entre el claustro y la iglesia, donde gozaba de la hermosa vista del despedazado monumento, que apreciar podía en su esbeltez de conjunto, no en sus riquísimos detalles. No era lego en arqueología el buen aragonés, y sentía verdadera pasión por el estilo llamado románico y su elegante austeridad: en tiempos más felices había visitado con entusiasmo de artista los monasterios de Veruela y San Juan de Peña; conocía el de Rueda como su propia casa, y todo lo románico y gótico del siglo XIII que encierran las ilustres villas y ciudades de Aragón. Se extasiaba recorriendo los venerables restos de la construcción medieval, los tres ábsides semi-circulares, el claustro, la sala del Capítulo, el palacio abacial; y tan dulce encanto encontró en aquella paz y en el poético lenguaje de las nobles y tristes piedras, que habría deseado permanecer allí todo el tiempo que su prisión durase.

También Nelet se sentía muy a gusto en el monasterio, que perfectamente cuadraba a su espíritu en aquella ocasión, como estuche ajustado a la joya que guarda. La dolencia que trajo de la Cenia se le calmó el primer día; mas repuntó al segundo con sus murrias negras y sus vibraciones nerviosas, anunciándole la visita de los entes infernales que con él se divertían. Los ratos libres de servicio pasábalos con don Beltrán, sentaditos en un rincón del claustro, hablando cada cual de sus tristezas. Como el présbita que se hace leer un libro de letra menuda, Urdaneta rogaba a su amigo que *le leyese* el claustro, esto es, que examinara uno por uno los capiteles y el simbolismo que representaban, para poder él juzgar de obra tan bella, como si con sus propios ojos la deletreara. Después de describir varias esculturas en que no halló ningún interés, dijo Nelet con estupor:

«¡Ay, aquí veo mi propia historia!... No, no se ría: es mi historia, que aquí representaron aquellos artífices algunos siglos antes de que yo viniera al mundo.

—¿Qué ves, hijo?

—En este capitel del ángulo, por la parte de dentro, veo un guerrero que adora a una penitente. Él está de rodillas; ella, en la tosquedad de estos relieves, ofrece gran semejanza con Marcela, los pies desnudos, suelto el cabello... En el capitel de fuera se ve la misma peregrina, con una cruz... Yo no estoy aquí... parece como si me hubiera ido... Debo de estar más allá... Déjeme ver... Aquí no estoy; forman el adorno unos como perritos o leoncitos, y luego sigue otro con cabezuelas de ángeles, entre las púas retorcidas de cardos borriqueros... ¡Ah! ya parecí... Aquí estoy, en este otro capitel, y me tiene cogido por el pescuezo el demonio que se permite conmigo sus bromas cargantes... Sigue otro en que hay muchas mujeres chiquitas, desnudas, entre llamas, que son las hembras que deshonré y perdí, y por mi culpa están en el Purgatorio o en el Infierno...

—Hombre, no saques las cosas de quicio. Será otra leyenda que nada tiene que ver contigo... ¿Qué hay más allá?

—Pues un caballero con cruz en el pecho, como de Templario, con un cuerno de caza en el cinto, en la una mano una pica y en la otra un halcón.

—Caballero noble... Ese soy yo... No me niegues que puedo ser yo.

—¿Cómo he de negarlo, si hasta se le parece en lo airoso de la figura?... pues en el rostro tiene un cierto aire...

—Dime otra cosa... Fíjate bien. ¿No estoy hablando con alguna dama de alta alcurnia, reina o princesa?

—No señor... Está usted solo.

—No puede ser. Puede que el tiempo haya desgastado la otra figura. Dama ilustre debe de haber, que me acompaña en el noble ejercicio de la caza; y si no es así, no soy yo el que miras, Nelet.

—Créalo usted o no lo crea, yo sostengo, amigo mío, que vivimos en estos pedruscos. Esto que aquí nos rodea no es cosa muerta; esto tiene alma, como la tienen los montes, el viento, las cavernas y los torrentes que cantan y rezan en las profundidades...

XIX

—Más poeta eres de lo que yo creía —dijo don Beltrán, cogiéndole del brazo para pasear por el claustro—. Por cierto que una queja tengo de ti, y es que, habiéndote escrito Marcela, según me has dicho, más de una carta acompañada de versos, aún no me los has enseñado.

—No solo he de mostrárselos, sino que quiero que ponga su mano de maestro en los que yo, en respuesta de los suyos, estoy inventando...

Rompió don Beltrán en una risa placentera; mas no pudieron seguir ocupándose en aquel ameno asunto, porque se acercó el ayudante del batallón, llamando a Santapau para urgentes resoluciones del servicio. Toda la tarde y parte de la noche estuvo atareadísimo, dando cumplimiento a órdenes de Cabrera para proveer a una corta de árboles, con objeto de proteger el camino cubierto entre la casa del abad y un *mas* situado a tiro de fusil, dominando el río y el sendero. Al día siguiente contó el comandante a su maestro que, no pudiendo dormir después de su trabajo, había visto a Marcela, o más bien una parte no más de su persona... «pero tan claramente, amigo Urdaneta, como le estoy viendo a usted ahora.

—¡Demonio! ¿Y qué parte de su persona veías? ¿Se puede saber?

—Los dientes... Mire usted que es raro. No hay, créalo, en todo el mundo dientes como los suyos, blancos como la leche, y tan iguales y bonitos que se emboba uno mirándolos... Por arriba y por abajo de las dos hiladas veía yo un poco de los labios... y nada más.

—Eso es que sonreía. Buena señal. ¿Y una sola vez lo viste?

—Más de veinte, y hoy también como unas ocho veces.

—Aunque aquí estamos muy bien, es lástima que las obligaciones militares nos separen de la divina Marcela.»

Díjole Nelet que, desde antes de ir a la Cenia, era tal su anhelo de verla y hablarle, que había discurrido establecer comunicación con ella. Tanto tiempo ausente del ser que adoraba, era peor desgracia que la muerte. Habiendo tenido la suerte de encontrar a un pastor viejo, muy conocedor de aquellos montes y cañadas, devoto de Marcela, a quien como santa miraba, le dio el encargo de rastrearla y descubrir sus guaridas. Al segundo día de estar en Benifazá, le había traído el pastor razones satisfactorias. Marcela habitaba con preferencia en las alturas, como las águilas, y en los santuarios de más devoción del país. Había morado algún tiempo en la Muela de Ares, después pasó a la cueva de la Balma, de allí a la Virgen de los Ángeles, cerca de San Mateo, y en aquellos días se hallaba en el santuario de la Traiguera, entre Chert y Vinaroz. Como preguntara don Beltrán si había recibido carta en prosa o verso, replicó que las razones de que había sido mensajero el pastor eran verbales. Marcela enviaba un cordial saludo a sus dos amigos, asegurando que en todas sus oraciones pedía al Señor y a la Virgen que les diera salud y buenas ideas. A Nelet, particularmente, le enviaba nuevas expresiones de su agradecimiento, y la promesa de acudir al punto que él designara, si algo tenía que decirle.

«¡Oh! Magnífico... No repugna acudir a la cita. Vamos bien, querido Nelet, pero muy bien... ¡Ay! es triste cosa que ni yo por prisionero, ni tú por militar, esclavo de la ordenanza, podamos trasladarnos a donde nos llama nuestro deseo.

—En eso pienso, señor mío —dijo Santapau caviloso—. Y harto ya de la esclavitud del servicio, estoy decidido a pedir mi licencia por enfermo, instalándome donde ella esté, aunque para esto tenga que hacer vida de penitente.»

Aseguró Urdaneta, suspirando y casi lloroso, que él haría lo mismo si pudiese, agregándose a los enterradores que escoltaban a la divina mujer, y dedicándose con ellos al manejo de la pala y azadón donde fuese menester remover la tierra. Añadió Nelet que para la comunicación con la monja había encontrado mensajero más rápido que el pastor, y era una mujercita del barranco de Vallivana, a quien llamaban *Malaena*, también con cariz de penitente o mendiga errante, envejecida por los trabajos, la miseria y los sufrimientos. Madre fue de dos hijos que andaban en la partida de Pertegaz, y cogido por Nogueras uno de ellos con un parte del *Serrador*, le fusilaron; al otro le aplicó Boil la misma pena en Concud, cerca de Teruel. Sin parientes ni habientes, viviendo de arrancar leña y vender teas, era *Malaena* un puro espíritu, pues entre sus huesos y su piel no encontrara el escalpelo más diligente una hebra de carne. Frecuentaba los bosques; sabía escoger hierbas oficinales; comía raíces y mendrugos de pan, reblandecidos en el agua. En ligereza para pasar de un valle a otro, salvando las más altas muelas, y los puertos pedregosos, no la igualaban más que los pájaros. Aunque en algunos caseríos de Salvasoria la tenían por bruja y la recibían a pedradas, era una pobre y santa mujer, sencilla, inocente y fiel. Al escogerla Santapau para embajadora, vio en ella un ave discreta y solícita; y para tenerla en su gracia, empezó por regalarle una saya nueva, pañuelos, y todas las alpargatas que para sus montaraces correrías necesitase. Estas fueron inauguradas por un mensaje amoroso, en que puso Nelet sus cinco sentidos, consultándolo con don Beltrán, el cual hizo varias enmiendas, más para templar que para encender el ardor pasional del desgraciado joven.

Si la guerra vino de improviso a perturbar estos planes, tan distintos de la contienda entre Isabel y Carlos, luego los favoreció, como se verá más adelante. El 4 de mayo avanzó el general Oraa desde Vinaroz contra Cabrera y el *Serrador*, que ocupaban la Cenia y Rosell. En una y otra parte les atacó con brío, desalojándoles después de reñido combate. La fuerza de Benifazá acudió en apoyo del *Serrador*, y tanto este como Cabrera hubieron de buscar refugio en la sierra de Bel. Dos días estuvieron tiroteándose en aquellas alturas las guerrillas de uno y otro bando, hasta que Oraa, falto de provisiones, hubo de retirarse a Vinaroz, y Cabrera y el *Serrador* volvieron a ocupar la Cenia y Rosell. Tal era la guerra del Maestrazgo, un tomar y dejar posiciones y un perseguirse y sorprenderse, sin ventaja de los liberales, que no podían abandonar largo tiempo su base de operaciones; el juego solo aprovechaba a los carlistas, que estaban en su casa, y, desalojados de la sala, se metían en la cocina; perseguidos en esta, se escabullían por el cañón de la chimenea, y desde el tejado seguían combatiendo.

El ejército cristino, como se ha dicho, tuvo que bajar a Vinaroz: comió y volvió a subir, custodiando un convoy de víveres para socorrer a Morella, algo apurada de bucólica en aquellos días. Queriendo cortarle el paso, apostó Cabrera su gente en Chert; pero el *lobo cano* anduvo más listo; conocida la jugada, dispuso sus tropas con arte y burló la astucia del *leopardo*. Trabose batalla, en que el *lobo* llevó la mejor parte, ganando sin dificultad el paso de Vallivana y entrando en Morella sin grave tropiezo. Repitiose a la vuelta la jugada, con mayor gasto de cartuchos y algunas bajas; pero el *lobo* pasó, rodeando las alturas de Catí, mientras su rival, desconcertado por este hábil movimiento, bajó a esperarle en el valle de San Mateo, donde la caballería cristina le hizo frente, obligándole a volverse a las alturas. Poco afortunado

Cabrera en aquellos lances, dividió de nuevo su ejército, y dejando a Llangostera en el Maestrazgo, se corrió con el *Serrador* y el *Fraile Esperanza* hacia Murviedro, donde esperó inútilmente sorprender a Nogueras, y de allí le veremos volver pronto hacia el Norte con la celeridad del rayo, para sitiar a Gandesa.

En el tiempo invertido en estas operaciones, que solo por el cansancio que producían al enemigo eran al carlismo provechosas, pasó el buen Urdaneta días de ansiedad amarguísima, confinado primero en Chert, luego en la Jana, deplorando la ausencia de su amigo, de quien nada sabía; oyendo sin cesar el vivo tiroteo que por esta y la otra encañada, de este y el otro monte venía; ignorante de quién perdiera o ganara en aquellos combates, a su parecer fantásticos y aéreos, sostenidos en las alturas o en los desfiladeros por bandadas de aves, más que por hombres. Eran las guerras de fábula, entre animales de pluma o pelo, veloces, y que prontamente corrían de un punto a otro, sin dejar rastro. Recluido en la impedimenta de Llangostena, que escoltaban pocos infantes y caballos, sufrió el hombre tristezas, hambres y tratos groseros, hasta que puestas en marcha las acémilas, cuando ya toda la rambla de Cervera y pasos de Vallivana estaban libres de cristinos, tuvo la satisfacción de ver a Nelet, que al frente de un corto destacamento de soldados venía de San Mateo, y lo primero que hizo el joven guerrero fue correr a abrazarle cariñoso. Poco le faltó a don Beltrán para echarse a llorar del gusto que aquel encuentro le daba, y antes que pudieran comunicarse sus afectos, hubo de notar Urdaneta que el rostro de su amigo, demacrado y macilento, revelaba enfermedad honda o turbaciones del ánimo. No quiso el comandante entretenerse en explicaciones, dejándolas para cuando llegasen al poblacho donde habían de dormir. Solo dijo que sintiéndose mal de salud, había pedido permiso a Cabrera para reponerse con algunos días de descanso, y para cumplir un voto a la Santísima Virgen de Vallivana. Como se condoliera el maestro de no poder acompañarle ni en el descanso ni en la piadosa peregrinación, díjole Nelet que pues en Catí encontraría a Cabañero, bien se podía esperar que el bravo aragonés, deudor de don Beltrán por beneficios recibidos, le mostraría su gratitud en aquella ocasión sin faltar a sus deberes militares. Consolado con esta idea, recobró el noble señor su tranquilidad, ya que no su alegría, y charlando de los sucesos recientes, se

encaminaron uno y otro a Catí, venciendo trabajosamente la subida asperí-
sima que a tan enriscada posición conduce.

Lo primero de que se ocupó en el pueblo Santapau fue de ver a Cabañero,
que con su legión zaragozana y oscense allí estaba desde el día anterior, y
hablarle del desgraciado prócer a cuya generosidad debía el jefe aragonés
los primeros zapatos que se puso en su vida. Así lo reconoció el tal, manifes-
tándose muy sorprendido de que en pasos tan desdichados se viera el noble
señor de Albalate y Olid. Corrió a verle, y, besándole afectuoso las manos,
oyó de don Beltrán las explicaciones que este quiso darle de los motivos por
que había venido a ser cautivo de Cabrera, y de hallarse en rehenes, la más
aflictiva situación de un hombre ¡ay! en tiempos tan calamitosos. Compadecido Cabañero, y expresando su voluntad sincera de influir con el jefe para
libertarle, le convidó a su mesa, harto pobre en verdad; pero aceptable en
tales circunstancias. Tocado por Nelet el punto delicado de la escapadita
a Vallivana para cumplir el voto que *los dos habían hecho* de visitar a la
Santísima Virgen, accedió Cabañero a que el prisionero se ausentase del
ejército por dos días no más, dejándole una garantía más valiosa que todos
los rehenes o *prendas vivas*. «Mi palabra de honor, ¿no es eso? —dijo don
Beltrán alargando su mano flaca—. Pues la tienes.» Respondió el aragonés
con gallarda confianza que la palabra de tan insigne caballero le bastaba
para tener bien cubierta su responsabilidad, y no se habló más del asunto.

Vierais, pues, a la mañanita siguiente a Manuel Santapau y al señor de
Urdaneta salir de Catí, solos, a pie, cada cual amparado de un nudoso
garrote: el uno inerme, el otro armado de pistolas y un cuchillo de monte.
Llevaba de añadidura Nelet provisión de pan y otras cosillas de sustancia
liadas en un pañuelo. En el descenso de la montaña, por senderos de ovejas
que sorteaban la pendiente con ángulos y curvas dilatadas, pudiendo apreciar el grandioso panorama que a su vista se ofrecía; belleza incomparable
de que también gozó don Beltrán, pues si no apreciaba las menudencias y
tonos medios del paisaje, percibía claramente las grandes masas rocosas,
que por su coronamiento romo y achatado, en aquella formación geoló-
gica, son llamadas *muelas*. Las vertientes cubiertas de verde espesura son
en algunos puntos suaves; en otros caen rápidamente, querenciosas de la
vertical: todas de imponente majestad y hermosura. En una de las revueltas

vieron el alto de la Virgen de la Salud, cerca de San Mateo, coronado por el santuario eminente; en otra revuelta, hacia el Oeste, la Muela de Ares, cima chata en la sierra de la Higuera. Hacia el Norte distinguían el oscuro monte de Vallivana cubierto de verdor, y más allá asomaban el Castell de Cabres, la Moleta del Cid y los montes de la Cenia. Ningún ser humano encontraron en el camino. Llegado que hubieron a un ameno grupo de alisos entre peñas, se sentaron a descansar y a reponerse con un frugal almuerzo, y tumbados allí, en medio de la paz y quietud más deliciosas, Nelet empezó a desembuchar las noticias y peregrinos hechos que ansiaba someter al consejo de su amigo.

XX

Sin ociosos preámbulos refirió que había pasado noches horribles de insomnio y terror, pues al llegar a Calig, después de haberse batido en guerrillas un día entero con las guerrillas de Oraa, le cogieron por su cuenta como media docena de espíritus, a quienes primero tuvo por ángeles, y luego hubo de reconocerlos por demonios efectivos, de la familia o casta de bellacos y maleantes, pues se le presentaron en un puesto de cantina, y convidándole a beber copas, invitáronle a dar un paseo. Vestían de paño colorado, como oficiales de un ejército extranjero; y cuando ya se hallaron solos con él en lugar apartado, trocáronse por ensalmo en clérigos, y le dijeron que le casarían al instante con la hermosa Marcela. Quiso huir Nelet; mas le cogieron, y de un vuelo rapidísimo fue llevado al castillo de San Mateo, entrando por la plataforma de la torre más alta.

«Nelet, si es sueño —dijo don Beltrán bondadoso—, cuéntamelo como sueño, y con la importancia que a tales figuraciones de nuestro cerebro debemos dar.

—Lo cuento como me pasó y como lo sentí. Preste usted atención, y verá si es sueño o qué es. Pues, señor... El que parecía jefe de la infernal comparsa me cogió por el brazo y me dio un rápido paseo por el interior del castillo, arrastrados él y yo de un furioso ventarrón que por todos los huecos entraba y salía, llevando consigo alimañas mil volanderas y un polvo que cegaba. Y con las propias voces del aire y los chillidos de las alimañas, mi demonio me hablaba. De todo lo que me dijo, solo saqué en limpio que el amor que Marcela tenía a las cosas divinas se le había trocado, por arte maléfica, en afición a hombre, a mí, en una palabra; que en aquel momento hallábase en el santuario de Traiguera engañando a la Virgen para que la relevara de la obligación de sus votos. Debí de manifestar al maldito diablo mi afán de trasladarme a Traiguera... No estoy seguro de ello... Solo sé que llevándome a un gran sótano que hay bajo la sala de armas del castillo, me mostró un agujero al modo de escotillón, de donde arrancan escalones hacia lo profundo... Como polvo, como humo se desvaneció mi acompañante, dejando tras sí un olor muy malo, y yo, precipitándome por aquella abertura, me vi dentro de un angosto callejón labrado en la roca, y por él me lancé, en la seguridad de salir a Traiguera. Una luz tristísima, que yo no sabía de dónde demonios podía venir, me alumbraba en tan feo camino. Seguí, seguí toda la noche andando; toda la noche, señor, y al ser de día, o cuando a mí me parecía que alumbraba el Sol en la región externa de la tierra, oí ruido de aguas que manaban de aquellas peñas y corrían por grietas y sumideros, haciendo unas como gárgaras muy imponentes... Halléme por fin en una caverna, cuyo techo parecía la bóveda de una catedral; en el fondo de ella varios hombres cavaban la tierra... Acerqueme, y les vi sacar del suelo un objeto largo y pesado de color de tierra. "¿Es eso una momia, amigos?", les pregunté. Y ellos respondieron: "Mojama es de un muerto de metales, que agora sacamos y resucitamos por orden de la sacra señora, para mayor grandeza de Dios e de su religión". Sin parar mientes en lo que hacían, les pregunté por dónde saldría más pronto a Traiguera, y su respuesta fue señalarme uno de los conductos que desde allí partían, abiertos en la roca. Por él me metí, y a las seis horas de camino, por mi cuenta, salí a la luz, y me encontré, no en Traiguera, sino en el castillo de Cervera del Maestre.

—Para, querido Nelet, para —le dijo Don Beltrán—, y reconoce que todo eso es un desatinado sueño.

—Lo reconoceré si usted se empeña en ello. Pero hay algo aquí que no comprenderé si usted con su universal conocimiento de las cosas no me lo explica, y es que al salir a Cervera del Maestre, encontréme tan molido como si me hubieran dado carreras de baqueta; mis pies sangraban; en mi cuerpo no cabían ya más cardenales... Y otra duda: si ello fue sueño y me dormí en Calig, ¿cómo desperté en Cervera?

—¿Estás bien seguro de no haber ido a Cervera... por tu pie?

—Segurísimo. ¿Y cómo, sin creer en los poderes ocultos, se explica que al bajar yo del castillo al pueblo de Cervera me encontré a *Malaena*, que muy sentadita en una piedra me esperaba? ¿Cómo sabía ella que allí estaba yo, habiéndole advertido que fuera a buscarme a Calig?

—Pues será bruja, como dicen... Y en suma, ¿qué recado te traía la mensajera?

—Que había visto a Marcela en el castillo de San Jorge, más abajo de Traiguera, ocupada con dos viejos en apisonar la tierra de una sepultura recién abierta y cerrada. Apisonaban dando pataditas encima los tres, marcando el compás, como de baile, con una oración entre rezada y cantada. Luego que acabaron, Marcela dijo a mi embajadora que si yo quería verla pasase el jueves (por hoy) a Vallivana.

—Y por eso estamos aquí, y por eso vamos allá. Muy bien.

—La despaché enseguida con nuevo mensaje escrito, y hoy ha de traerme la contestación. Me espera en Salvasoria, que es aquella aldeíta que blanquea allá lejos, en el fondo de este valle, y que desde aquí parece un hato de ovejas sesteando entre los matorros verdes.»

Siguieron; y como don Beltrán intentara quitarle de la cabeza la pueril creencia de los caminos subterráneos, obra de la Edad feudal, dijo Nelet que a la tradición debía tal creencia y otras análogas, como la parte fundamental que toman en nuestra vida las potencias invisibles, ora sean ángeles, ora demonios. Replicó el anciano que la tradición era una vieja loca, que había sido poetisa; pero que ya con la edad chocheaba; y Santapau contó que su madre, natural de Ares del Maestre, el riñón del Maestrazgo, hablaba de las galerías secretas entre los castillos de la Orden de Montesa y los monasterios de frailes y monjas, como si las hubiera visto y reconocido de punta a punta. Tomó la palabra Urdaneta para denegar tales absurdos, asegurando que si había pasadizos bajo tierra, eran cortos, y solo servían para unir los castillos con algún reducto cercano, caminos naturales del arte antiguo de la fortificación. Respecto a la Orden de Montesa, de quien fue propiedad aquel territorio que veían, y otros mayores en grandísima extensión por todo el reino alto de Valencia, dijo que él era caballero de dicho Hábito; pero que ya tales caballerías eran una ficción de vanidad, porque todo lo sustancial de ellas se lo había tragado el tiempo insaciable, que va devorando, devorando, y no siempre crea cosas nuevas con que sustituir a las pasadas. En la antigua ciudad de Olite, patria de su madre, y en la casa solar de Urdaneta, en las Cinco Villas, subsistían no pocos retratos de esclarecidos caballeros de San Jorge de Alfama, Orden que se refundió en la de Montesa. Esta trocó su cruz negra flordelisada por la roja y sencilla de San Jorge, que es la que aún dura. Uno de sus remotos abuelos, según constaba en pergaminos de la casa, don Gilaberto de Monsoria, fue Gran Maestre de Montesa, y con esta dignidad murió en la villa de San Mateo, donde seguramente se conservaría su sepulcro. «Otro ascendiente mío por la línea materna, frey don Pedro Luis de Garcerán de Borja, fue Comendador mayor, y poseía por tal dignidad las

134

villas y pueblos de Cuevas de Vinromá, Albocácer, Tirig, Torre den Dumenje, y otras más que no recuerdo ahora. Clavero fue el hermano del fundador de mi Señorío de Albalate; frey don Guillén de Corbera, almirante... Pues si las mudanzas de los tiempos y las revoluciones no hubieran hecho escombros de todo aquel orden social, tu amigo don Beltrán de Urdaneta sería hoy quizás Gran Maestre, y dueño, por tanto, de las villas y lugares de San Mateo, Traiguera, Chert, La Jana y algunos más. Figúrate... Nadie nos tosía en estos valles y montes; con mi gente armada y esta red de castillos y fortalezas, haríamos aquí lo que nos diera la gana: a ti te nombraría bailío para que me gobernaras todo mi territorio; elegiríamos prior a un clérigo sumiso que a nuestro gusto nos gobernara todo lo espiritual; a las monjas de nuestra jurisdicción las obligaríamos a proporcionarnos todos los milagros que fueran menester; haríamos excavaciones para sacar tesoros escondidos y... Pero despertemos a la realidad, y caigamos innoblemente en este lodazal de miseria, de esclavitud y vulgaridad. Veamos nuestros castillos en ruinas, poblados de lagartos y murciélagos; nuestro poder desvanecido como el humo; veámonos tan impotentes que sobre nadie tenemos autoridad, y a nosotros nos mandan cuatro canallas groseros y estúpidos. ¿Qué somos? Unos pobres peregrinos que van tras de una monja suelta, de quien esperamos, tú una limosna de amor, yo una limosna de pan... Ya ves... ¡qué triste despertar!... ¡Oh tiempos, oh fin de fines!...»

Callaron largo trecho: antes de llegar a Salvasoria, se les apareció *Malaena* saliendo de un matojo, y Nelet se detuvo un instante con ella para recibir razones de su embajada. Don Beltrán distinguía de la mensajera una figurilla delgada y ágil, brazos y manos ennegrecidos, con rostro muy semejante en color y arrugas a una pasa, con ojos ratoniles. No hablaba más que valenciano, dulce y lacónico, apoyando con sus flacas manos los dichos, cual si quisiera estamparlos en el aire. *Pos hara* —le dijo Nelet—, *adelantat y espéranos en la font, al peu del mont. Allí pasarem la nit. Arreplega lleña y fes una bona fogata. Pren estas provisions, y si pots conseguir unes criailles, fetnos un bon guisado.*

En breve desapareció delante de los peregrinos la diligente pájara, y ellos siguieron taciturnos: Nelet mirando al suelo, recitando entre dientes algo que no se sabía si era oración o algún conjuro contra diablos entrometidos y enredadores; don Beltrán mirando al monte, recreándose en aquella plácida soledad de sagrado bosque propicio a los misterios. Sentíase el noble viejo a mil leguas de la sociedad y de sus afanes; diríase que ni la guerra, ni la política, ni ninguna lucha de humanos, habían de extender hasta allí su tumulto y vocerío. Por no ver seres vivos, ni aun cabras veían. Era la soledad de los lugares no estrenados aún por la historia y la leyenda... La imaginación del primer habitante los poblaba de seres invisibles, escondidos en el silencio.

Oyendo suspirar a Nelet, su maestro le dijo: «Muy caviloso te veo. ¿Eso que entre dientes hablas, es rezo o un ensayo de lo que quieres decir a tu amada en la entrevista de esta tarde?

—No la veré esta tarde, sino mañana al amanecer, que así acaba de anunciármelo *Malaena*; y en cuanto a lo que mascullo, sepa usted que es la contestación que debo dar a unos versos que hace días me envió Marcela... Mi plan es glosarlos estrofa por estrofa, devolviéndole el discurso y dándole un giro peregrino, que al propio tiempo que exprese mis afectos, sea muestra gallarda de un buen razonar... Compongo de memoria algunas de mis estrofas para que usted me las corrija, y en eso vengo trabajando con los sesos bien afinados y calientes.

—Ante todo, léeme o recita los versos de esa prodigiosa mujer, pues sin conocer la proposición poética, mal podré yo juzgar si en la conclusión rivaliza tu ingenio con el suyo.

XXI

—Recitaré a usted las primeras estrofas de ellas, que estampadas con letras de fuego, como todas las demás, llevo en mi memoria. Dicen así:

> Es Dios la original circunferencia
> De todas las esféricas figuras,
> Pues cercos, orbes, círculos y alturas
> En el centro se incluyen de su esencia.
> De este infinito centro de la ciencia
> Salen inmensas líneas de criaturas,
> Centellas vivas de las luces puras
> De aquella inaccesible omnipotencia.

—Enrevesadillo es... pero no está mal. Yo que tú, me limitaría a contestarle en prosa llana que la quieres, que ahorque el sayo de peregrina, y se deje de ensueños y se case contigo, para que deis a Dios y a la sociedad, ella robusta, tú también, una *inmensa línea de criaturas...* Pero sin perjuicio de este consejo, veamos cómo se compone tu cacumen para devolver esas estrofas.

—Pues verá usted... yo le digo:

> ¡Oh, Marcela! Si es Dios circunferencia
> De la divina esencia,
> Explana de los orbes el abismo
> En líneas, cercos, círculos y...

Al llegar aquí, la ley del maldito consonante me obliga a buscar el modo de meter la palabra *profundas*, para poder rematar con el concepto:

> Tú que de amor y gloria te circundas,
> Eres del centro de Dios mismo.»

Apretándose los ijares, rompió don Beltrán en una tan fuerte risa, que el bueno de Nelet, desconcertado, cortó la vena poética. «¿Qué, señor? —le dijo—: ¿es que no están bien hilvanados, o que no hay bastante sutileza y delgadez de razonamiento?

—Por San Jorge de Alfama y por el nombre que llevo —replicó don Beltrán llorando de risa—, te juro que desde que hay poesía no se han compuesto versos peores... Hijo mío, vuelve en ti; acógete a la opinión leal y a la experiencia del viejo Urdaneta, y abandona un camino por donde vas, no a la conquista, sino a la total perdición de la plaza que quieres sitiar. Ven acá, y en un abrazo de amigo te comunicaré las ideas que deben curarte de esa enfermedad que padeces. Los demonios y los versitos son dos síntomas de un mismo mal: el mal de tontería, Nelet...

—Por Dios, que voy creyendo que tiene razón —dijo el discípulo dejándose abrazar.

—¡Que si tengo razón!... Como que a no cambiar de sistema, Marcela se reirá de ti y acabarás por volverte loco. De un mal semejante al tuyo padece ella, y no has de curárselo sino con la aplicación de la medicina que produzca humor contrario a esas simplezas. Vuelve en ti; levántate de ese terreno, verdadero corral de pavos, en que te has caído. Ten presente que Marcela no ha de quererte por pavo, sino por hombre. No seas con ella poeta huero, sé gallardo, fuerte, enamorado, siempre varonil; antes que ñoño y quejumbroso, sé atrevido y jovial. No hagas caso de duendes, que son muy mala compañía, ni te calientes los cascos componiendo endechas, que, aun siendo superiores, no agradarían a tu señora tanto como un buen poema de amor, sentido y expresado en los hechos, no en las palabras.

—¡Es verdad, sí, sí! ¡Viva don Beltrán! —exclamó Nelet entusiasmado, abrazándole más fuerte—. Lo veo claro... Hay que ser hombre, galán, fuerte, apasionado, dispuesto para todo...

—Sí: que vea y entienda la grandeza y el ardor de tu pasión; que en ti admire el tipo del caballero amante, de corazón fogoso y voluntad firme; que te tema un poco, pues es bueno una chispita de miedo para encender amor; vea también que a todos infundes respeto; que eres bravo, verdadero gallo en guerras y amores. Esta es mi opinión. Si no haces esto, no cuentes conmigo... Que te aconsejen los demonios y te amparen los versitos.

—No; no hay consejero como usted, ni quien sepa más de cosas de mundo y mujeres. A mi don Beltrán me atengo... Fuera demonios, fuera ensueños, fuera poesía, que no es tal poesía, sino lo que usted dice... Cosa de pavos... Fuera los quejiditos y el no comer, y el miedo ridículo... El cuento es que cuando yo enamoraba a tantas sin quererlas, sabía cumplir de palabra y obra; y a lo bruto... porque yo era un bruto... Me desenvolvía muy bien... Pero con esta no soy lo que fui, ni acierto a enamorarla... Y es que me tiene prendada toda el alma, y el seso completamente sorbido... y todo mi ser como derretido en ella y transformado...

—Acógete a mi doctrina, hijo, y adelante. Ganarás, ganaremos la partida, porque algo me ha de tocar a mí como maestro: la satisfacción de ver coronados tus deseos, de verle feliz, contento, padre de familia... ¡Y que no se alegrará poco este viejo de ver en ti y en Marcela florecer nueva rama de la honradísima familia de Luco! Así se redondeará todo, y evitaremos que el caudal de mi amigo vaya a parar a manos muertas... Con él constituiremos una gran familia tronco de numerosa prole; y en esa familia prosperará la agricultura, la industria, y resplandecerá la moral, la... Ya ves, ya ves cómo discurro y voy atando cabos. Hay que estar en todo, hijo mío.

—Venga otro abrazo —dijo Nelet con efusión, sintiendo que al mágico influjo de aquella palabra persuasiva, el alma se le vigorizaba, y se le inundaba el entendimiento de vivísima luz—; ya lo veo, ya lo veo. ¡Vaya un talento macho!... Adelante: soy hombre; no creo en duendes; quédense los versitos para barberos y estudiantes... Apresurémonos ya, que aún estamos distantes del sitio en que hemos de pasar la noche.»

Grandemente excitado, don Beltrán fue charlando todo el camino, y el otro escuchaba gozoso las explanaciones que hizo de su pensamiento, y los ejemplos admirables que refirió en corroboración de sus teorías. Con esto se les pasó la tarde, y ya anochecía cuando llegaron al borde de la barranquera que les separaba del monte de Vallivana. Para dar descanso al viejo pararon allí, recreándose los dos en el paisaje que a sus ojos se ofrecía: soledad en lo hondo, quietud en las alturas, la majestad de la Naturaleza campando en su silencio augusto. Con precaución descendieron hacia el río profundo, que fácilmente se vadeaba, y paso a paso emprendieron la subida de la vertiente opuesta, guiados por *Malaena*; que sin este auxilio no habrían podido encontrar el escalonado sendero entre la peña cubierta de vegetación. Llegaron por fin a la meseta, donde había una fuente de agua cristalina dentro de un nicho de variadas florecillas. En una gruta cercana descansaron. La noche se les pasó en coloquios muy entretenidos y en ratos de tranquilo sueño, después de una cena frugal. Al amanecer, previo lavatorio de cara y manos en la fuente, emprendieron la marcha hacia el santuario. Según los informes de la vieja, allí encontrarían a Marcela, que había llegado la noche anterior traspasando la sierra de Bel.

En efecto, serían las siete cuando, vencida ya gran parte del fragoso camino, vieron descender por entre matojos la figura mística de la monja Luco, seguida de los viejos. Estos se quedaron atrás, y avanzó sola entre el verdor de los jarales con lento paso de procesión: traía en la mano una rama de espino florecido. Cuando estuvo casi al habla saludó a sus amigos con grave sonrisa y un movimiento de la mano en que tenía el ramo, y se sentó en una peña. No lejos de ella, otra peña baja y extensa parecía puesta allí para que se sentaran los caballeros. Esmerádose había la Naturaleza en la hechura de aquel estrado, para pláticas de novios o para honestas reuniones. Se miraron los tres un instante. Rompió el silencio Marcela con palabras de relleno: «¿Verdad, señor don Beltrán, que es agria la subidita? Siéntese aquí, a este lado mío. Tú, Nelet, enfrente.

—La más penosa cuesta —dijo el anciano con refinada galantería—, se vuelve ligera y fácil cuando al término de ella estás tú.

—Es lisonja, Señor... No le quiero tan lisonjero.

—Es la verdad —afirmó Nelet, que ya se enojaba de permanecer mudo—. Por ti, Marcela, subo yo a este monte y a otros más altos; y cuanto más te subas tú, más gozo yo elevándome hasta donde estés: que es obligación de lo humano remontarse a lo divino.

—¡Jesús mío! —exclamó la monja risueña, santiguándose—. ¡Cuán desatinados vienen hoy los dos!

—Alto ahí —dijo don Beltrán, tomando pie de las últimas palabras de Nelet—: si divina es Marcela, y como a tal la adoramos, no ocultemos que ahora la quisiéramos humana, sin menoscabo de su divinidad, pues a mi entender, lo divino y lo humano deben compenetrarse, constituyendo el mejor estado dentro de la Naturaleza...

—Alto ahí, digo yo ahora, y a fe de Marcela sostengo que no soy divina, aunque a la divinidad aspira mi pobre humanidad baja, y la compenetración de lo humano y lo divino ha de ser por el modo que la propia divinidad señala cuando quiere hacer suyo lo humano.»

Si Marcela gozaba en este torneo conceptuoso, Nelet sufría de verse en tales laberintos, donde se perdía su intellectus. Así, con gallardo arranque llevó la cuestión al terreno de la sinceridad y llaneza: «No sé si es humano o es divino el sentimiento que aquí me trae, Marcela, sentimiento por el cual iría yo tras de ti hasta el fin del mundo. Lo que te he dicho en mis cartas, ahora lo repito con el apoyo de mi buen amigo: y es que te quiero. Dios encendió en mí una llama que me devora y consume. Si me niegas el amor que te pido, creeré que este fuego es un pedazo del infierno metido en mí.

—¡Oh! eso no —dijo Marcela prontamente—, que el amor viene siempre de Dios. Fuego del Cielo es lo que te quema el alma, Nelet; mas no has de pretender que yo rompa mis votos para darte la tranquilidad. El amor, nacido en el alma, puede en ella tener su remedio, pues como divino, con divinos medios se modera y aplaca.

—Eso no —dijo el anciano—: con perdón de la ciencia, el amor como sentimiento de pura humanidad, solo en la esfera humana encuentra su remedio.

—Perdóneme el señor don Beltrán; déjeme concluir. Ha dicho Séneca que el afecto de amor no se rige por la razón. Es sabido que el demasiado amor es muy peligroso y acarrea desastres y muertes. Y así, yo repito ahora el dicho de Chilon Lacedemonio: «No amarás ni desearás nada demasiadamente.» Y de que el amor no se rige por la razón, tenemos en la antigüedad ejemplos mil. Pigmalión y Alcidas Rodio amaron estatuas; Pasifae reina amó a un toro; Semíramis a un caballo; Jerjes Rey a un árbol plátano; Hortensio Orador amó a una murena pescado; Cipariso a una cierva, y muerta la cierva, murió él también de pesar...

—Pero yo no amo a una estatua, ni a un pez, ni a un árbol —dijo Nelet con viveza—, sino a una mujer, a un ser vivo y hermoso, en quien Dios puso todas las perfecciones...

—Déjame acabar mi argumento.

—Dejarla... Sí, dejarla —indicó don Beltrán, que notaba en Marcela un gran gusto de hablar de amor, y el empeño de disimularlo con frialdades eruditas.

—Hemos sentado que el amor no se rige por la razón —prosiguió la santa—. Y ahora, tratando de penetrar en la esencia de ese sentimiento, digo que lo que mueve el amor del hombre es toda perfección de Naturaleza...

—Muy bien.

—Admirable.

—No lo digo yo: lo dice Aristóteles. Las cosas que incitan y mueven el amor en el hombre son: sapiencia, hermosura, eutrapelia, que es como decir buena conversación... Pues apartando el alma de estas perfecciones de Naturaleza, a que llamo perfecciones imperfectas, y embebiéndola en la única perfección perfecta, que es Dios, el amor humano se extingue, y el alma se ve purificada, gozosa y satisfecha en el verdadero amor.

—Todo eso es muy sabio —dijo Nelet en pie, impaciente, decidido a llevar las cosas por lo humano, pues tanta divinidad y sutileza de palabra le enfadaban—; pero a mí no me traigas ese cuento de que el amor de Dios quita el amor de mujer... No: a Dios se le quiere como Dios y a la mujer como mujer. Hombre soy, mujer tú. ¿Por qué no hemos de amarnos y ser felices? ¿Para qué nos ha criado Dios? ¿Para que nos aborrezcamos uno a otro y le queramos a Él? No, Marcela... Eso es un disparate, aunque lo digan Séneca, Aristóteles o San Simplicio. En cuestión de amor sé yo tanto como esos y más, más... Si quieres darme una razón para no amarme, deja a Dios y a los santos en el Cielo, y háblame como se habla entre criatura y criatura. Dime que no te agrado, que no soy de tu gusto, y ante este argumento, que no es sabio ni está en latín, no tendré más remedio que callarme y devorar mi amargura y morirme de pena. Sí, Marcela, porque tu desprecio es mi sentencia de muerte...

—Bien, muy bien, Nelet —gritó don Beltrán radiante de satisfacción—. Así habla un hombre, y así te quiero, hijo mío.

—Hemos venido a pedirte una contestación a lo que de palabra y por escrito te he dicho. Yo estoy loco por ti. Desde antes de conocerle te amaba, y antes de verte te veía, y tan llena de ti tengo mi alma, que no hay en ella intención ni pensamiento que no sean tuyos... De lo que se sigue que has de escoger entre quererme y que yo acabe mi vida. Esto es quererte a ti y querer también a Dios. Pero no me pidas, ¡ay! que quiera a Dios solo sin dejar nada para lo humano, porque eso es imposible.»

Marcela mordía un palito de la rama del espino, sin fijar los ojos en ninguno de los caballeros, perdida su mirada en vagos espacios. Don Beltrán se aproximó a ella para observar su rostro, en el cual creía notar cierta turbación o pugna de sentimientos, y aprovechando estado tan ventajoso, hizo seña a Nelet de que callase, dejándola un rato en aquel solemne careo consigo misma.

XXII

«No me negarás —dijo don Beltrán, poniendo suavemente su mano en la rodilla de la santa—, que el hombre en cuyo corazón has encendido fuego de amor tan grande, es merecedor de tu cariño. Caballero leal en todas sus acciones, será para ti el mejor compañero que Dios podría depararte. ¿Lo niegas?...

—No señor —replicó Marcela mirando al suelo—; no puedo negar lo que es verdad: reconozco sus buenas partes, y por su rendimiento y constancia me veo precisada a tenerle estimación; la estimación que permiten mis estrechos votos...

—Por algo se empieza, hija mía. Y ahora te digo que a Dios no podría ofenderle que trocaras la vida religiosa por la que llamamos mundana. Dios hizo el mundo, hizo la humanidad para que en él viviese y de él gozara, y creó el amor para que la humanidad se prolongase hasta lo infinito, de padres a hijos...

—Y no sé yo —dijo Nelet con bárbara lógica—, que hiciera Dios conventos, ni mandase a hombres y mujeres que se apartaran de la existencia material... porque la existencia material es el fundamento de toda vida y hasta del amor de Dios; porque para amar a Dios tenemos que vivir, y para vivir tenemos que nacer, y para nacer...

—Aunque me ven ustedes silenciosa —indicó la penitente dando un suspiro—, no crean que me faltan razones para contestar a lo que uno y otro me dicen.

—¡Oh! Ya sabemos que silogismos y citas sagradas y profanas, no han de faltarte... Pero ahora nos harás el favor de guardar a todos los sabios en el archivo de tu memoria, y no consultar más texto que el de tu corazón. ¿Qué te dice este? ¿Que desprecies a Nelet?

—No me dice que le desprecie —replicó la monja sin mirar al interesado—; pero me persuade a no cambiar la vida de penitencia por otra vida.

—Pues yo he leído en no sé qué autor —dijo Nelet altanero—, que la primera penitencia es el matrimonio, y la mayor gloria humana criar una familia. Y si te decides a permanecer en el siglo, donde me encontrarás amante, esclavo fiel, no te pesará, Marcela, y verás cómo Dios te quiere más y te bendice... pues la vida que llevas no es vida de persona racional, ni Dios nuestro Criador puede querer eso.

—No creáis —repitió Marcela, inquieta y como azorada, sin mirarles, mascando el palito—, que porque callo me faltan razones... Mas no quisiera que las razones que se me ocurren las tomara Nelet a desprecio... No, no: desprecio no es... Y... No sé cómo decirlo... Es que aunque yo me propusiera arrancar de mí el amor de la vida religiosa y el gusto grandísimo de cumplir mis votos, no podría, no podría... Es más fuerte que yo mi devoción... Pero el afianzarme en ella no significa desprecio... No... Considero lo que Nelet merece... y yo pediría al Señor que le concediese, en criatura mejor que yo, la satisfacción de su fina voluntad... Que las hay mejores, sí, mejores que yo, de superior mérito físico y moral, así por la presencia como por las virtudes...

—No, no hay quien te supere —exclamó Nelet levantándose con furor de abrazarla—, ni siquiera quien te iguale. Marcela, en dos letras pronunciadas por tu boca está la ventura y la salvación de un hombre. Pronúncialas. Fácil, como el respirar, es decir *sí*... El *no* es sentencia de muerte, y tus labios divinos no me condenarán.»

Levantose Marcela, y poniendo en su rostro y en su acento una severidad que el menos lince habría tenido por afectada, dijo a los caballeros: «Con su venia subiremos a la iglesia, que yo tengo que rezar, y ustedes también, pues han venido a cumplir una promesa.»

Sin esperar respuesta, echó a andar hacia arriba con grave paso, echándose al hombro la rama de espino que decoraba graciosamente su gallardo busto. Quiso Nelet avanzar tras ella para proseguir el coloquio interrumpido; pero don Beltrán le detuvo vigorosamente por un brazo, y aguardando a que la santa se alejara, le dijo: «Tonto, ¿no has comprendido? Es nuestra, es tuya.

—Me ha parecido que su espíritu no es insensible al amor de hombre.

—Calla, hijo... Desde que comenzó a soltar filosofías y citas de autores, observé que viene transformada. ¿Qué eran aquellas sutilezas más que un coqueteo de arte mayor? Es mujer, es mujer; hemos triunfado.

—¡Mujer! —repitió Nelet como en éxtasis.

—Pero ¿no ves esos andares?... ¿No ves cómo se recoge la saya para andar cuesta arriba? ¿Y esa manera de llevar la rama florecida?... No es mala sofoquina la que le hemos dado con nuestro razonar irrebatible. Mírala, hombre, y dime si eso no es una mujer disfrazada de santa... El cuento es que está guapa de veras... La he visto muy de cerca; me he fijado bien. Los dientes son ideales; no extraño que hayas soñado con ellos. ¡Y qué perfil el de su cara! ¿Pues y los ojos?... Nelet, dame un abrazo... Estás de enhorabuena... Yo no la distingo ya más que como un bulto. ¿Va muy lejos? ¿No mira para atrás?

—Todavía no ha mirado.

—Ya, ya la veo. Allá va. Pues bien, Nelet, yo te apuesto lo que quieras a que antes de llegar a aquel peñasco negro... ¿No hay allí un peñasco?

—Es una encina.

—Pues te apuesto a que antes de llegar a la encina, se para y nos mira... A ver si la seguimos. No, no te muevas.»

Resultó, en efecto, lo que el ladino viejo decía. Parose la penitente, y agitó la rama como diciendo con ella: «¿Pero qué hacen que no suben?»

Como el tardo paso de don Beltrán no permitía la ascensión rápida, Marcela se adelantó largo trecho. De rato en rato miraba, y Nelet le hacía señas de que se detuviese; mas no hacía caso, y cuando los caballeros llegaron al santuario, ya la monja y sus viejos rezaban ante el altar con gran recogimiento. Arrodilláronse no lejos de la puerta, a distancia de Marcela, para poder hablar a su gusto. «Trastornadita y blanda la tienes ya —decía Urdaneta—. Y no debes atribuir esta mudanza a la constancia de tus manifestaciones amorosas. Obra es del contacto continuo con la Naturaleza, de la vida al aire libre, de la libertad, el campo, las montañas, los bosques sombríos y las fuentes cristalinas. Ya conocían el paño los que establecieron para penitencia de hombres y mujeres los recintos cerrados. La sociedad es gran conductora de amor; lo es también la Naturaleza... Por más que aún se defiende con sus sabidurías acartonadas, se ve que está vencida, tocada del mal de amor. En los andares lo conozco, en el metal de voz. A mí no me engaña queriendo hacer papeles de teóloga. Para rendir por completo su voluntad, y que nos largue un *sí* tan grande como esta iglesia, hemos de proceder con tino. Mucho cuidado, Nelet, con lo que ahora le digas...»

Nelet rezaba; el prócer hizo lo mismo, pidiendo a la Virgen que le mejorara la vista y que le sacara del cautiverio que tan injustamente sufría. Examinaron luego la iglesia, conducidos por la santera, pues allí no había sacristán ni hombre alguno; vieron también el camarín y la imagen, y se salieron al atrio a pasearse y fumar un cigarrillo... Marcela, terminados los rezos, apareció al fin, tras larga espera, y tomando de la mano a don Beltrán, guió a los dos caballeros a un lugar abrigado junto a la hospedería, al pie de copudos robles. Sentados los tres sobre la hierba, continuaron su coloquio, siendo ella la que rompió con estas palabras: «He pedido a Dios y a la Virgen con todo fervor que me iluminen. No siento aún desgana de mis votos benditos, ni sombra de afición a otra vida. También he pedido al Señor que derrame alguna frialdad sobre ese fogoso afecto de Nelet, y espero que...

—Esto no lo enfría Dios —dijo el enamorado—. Lo que hace es avivar la lumbre, y cuanto más te miro, más me enciendo, Marcela. Yo he pedido a Dios que de este fuego que a mí me sobra te dé a ti algunas ascuas, infundiéndote el gusto de familia, de vida doméstica...

—Sí, hija mía: si te incitara Nelet a cosas impuras y pecaminosas, tus escrúpulos serían muy justificados; pero te propone, y yo con él, la unión bendita y santa ante el altar. ¿Qué sacas de esta vida errante? ¿A quién haces feliz con tus penitencias? ¿No es más cristiano y caritativo que libres de la muerte a un hombre honrado, y trueques sus martirios en dulzura, su infierno en cielo?

—¡Vive Dios —exclamó Nelet con insana vehemencia—, que lo ha expresado don Beltrán como el mismo Evangelio! Quisiera yo ver a Dios, como os estoy viendo a vosotros, para preguntarle delante de ti: «Dios, ¿no es verdad que tengo razón y ella no la tiene?»

—Cálmate, Manuel —dijo don Beltrán, alarmado de tanto ardor—. Yo veo en el mirar dulce de este ángel, que nuestras razones han ganado su entendimiento, que Dios pone el dedo en su voluntad y le dice: «Hija bendita, levántate y sigue a tu esposo.»

Pausa. Nelet, pálido como un difunto, miraba al suelo, y con su temblorosa mano se agarraba los mechones menos cortos de su cabello. Marcela tenía el rostro encendido, la respiración anhelante. Dejando caer a un lado su cabeza en actitud de Dolorosa, arqueando las cejas y bajando los párpados, pronunció estas palabras, sin autorizarlas con sentencias de santos ni de filósofos: «Uno y otro, despiadados, me ponen en grande suplicio. Yo quiero ver a mi lado el bien y veo el mal; por causa mía inocente, enferma Nelet de la peor dolencia, de aquella para que no hay consuelo ni medicina, como no sea ella misma y las punzadas de su propio dolor; esto veo y no puedo remediarlo, que si en mi mano estuviera, pronto lo haría. Así, les ruego que no me atormenten más y me dejen partir.

—¡Partir! —exclamó Nelet suspenso, echando de sus ojos un siniestro rayo—. ¡Partir y dejarme en esta ansiedad! ¿Partir tú y no conmigo? ¿Es que no quieres verme más? Marcela, por Dios, no me lo digas; no quieras verme trocado de hombre en fiera... No ofendas a Dios convirtiendo en monstruo a una de sus criaturas... Si por otra causa o razón no te decides a quererme, hazlo por la santa obra de salvar un alma... ¿No te convenzo al fin?

—Si con que yo te vea y te hable, tu alma se sostiene en Dios —dijo la santa, bondadosa—, te veré siempre que gustes y haya buena ocasión de ello. Al decir que me dejarais partir, no quería, no, alejarme de ti para siempre... Decía que es hora de que por hoy nos separemos. Y en esta ausencia, ofrezco yo a Nelet con toda lealtad que seguiré pensando en el grave caso, y pidiendo a Dios fervorosamente que me ilumine para resolverlo.

—Yo te aseguro —declaró Santapau con acento en que se revelaba el propósito de una resuelta acción—, que si al decir que partías lo hubieras hecho en son de despedida para siempre, antes de que te fueras me habrías visto arrojarme por aquel despeñadero que da al barranco de Vallivana.

—Hijo mío, Marcela te promete volver, y volverá —indicó Urdaneta conciliando voluntades con frase cariñosa—. Yo quedo de fiador. Tendremos otra entrevista dentro de pocos días, en el sitio que designaremos...

—Y no solo he de consultar con Dios —agregó la beata—, sino con mi hermano Francisco; que es bien le dé cuenta de esta terrible novedad... De aquí me iré en busca de un confesor, a quien manifestaré las turbaciones hondísimas que han levantado en mí las palabras tentadoras de uno y otro; luego iré en busca de mi hermano, y hecho todo esto, les avisaré por *Malaena* para que nos reunamos.

—Y me des respuesta de vida o muerte —dijo el galán—. Está bien. Si me matas, mátame de un solo golpe. Si he de vivir, sépalo también pronto, para no vivir muriendo...»

Levantose Marcela, diciendo con gracia mujeril, que don Beltrán apreció como síntoma felicísimo: «Me dan permiso para retirarme?

—¿Tan pronto? —murmuró Nelet.

—Me equivoqué, señores míos —añadió ella con nueva emisión de gracia, acompañada de sonrisa un tanto picaresca—. No debí pedirles permiso para retirarme, sino para suplicarles que se retiren... Perdónenme. Y para que nadie se ofenda, ustedes y yo nos retiraremos al mismo tiempo, por distintos lados... Yo me voy monte arriba, a salir a Bel.

—Y nosotros barranco abajo a salir a donde Dios quiera —replicó don Beltrán—. ¿Ves?... Nelet no se conforma con que nos prives tan pronto de tu divina presencia... Pero yo le persuadiré a la resignación; descuida. Tiene en mí un aliviador de sus males de ánimo, y un atemperante de sus nervios.

—Me conformo, sí —dijo Nelet con noble ademán—. Propuesta por ti la separación con ese modo gracioso y... De mujer, la acepto... Más te quiero mujer que santa, y entre santa de todos y mujer mía, prefiero esto... porque la santidad no llega tan adentro del alma como el querer entre criaturas...

—Yo celebro verte en esa conformidad —afirmó ella, dando los primeros pasos hacia el sendero que había de seguir—. De las diferencias entre santicio y mujericio, mucho podría decirte; mas ahora no puede ser.

—¿Tardarás mucho en decírmelas?

—Dios es quien ha de fijar el cuándo. Él solo es el marcador de las ocasiones.

—Bueno: también me conformo. Esta mansedumbre que en mí ves no tiene otra causa que el haberte visto benigna... Has sonreído, Marcela, y solo con eso me desconozco, me siento mejor de lo que fui.

—Ahora... Como si lo viera... —dijo la penitente, sonriendo con más gracia y viveza que antes—, irán ustedes caminando despacito, y parándose a cada instante para mirar hacia atrás.

—¿Y tú no harás lo mismo? —observó Nelet más vivo que la pólvora.

—Si alguna vez vuelvo la cara —replicó ella conteniendo la risa—, será por observar la tontería de los hombres, y porque no crean que es desprecio el no mirar alguna vez... Vaya, en marcha. Nelet, don Beltrán, el Señor les acompañe.»

Se separaron lentamente, y como a diez pasos gritó don Beltrán: «Conste que no soy yo el que mira, sino este truhán, vicioso del mirar.

—Adiós», repitió la divina mujer.

A bastante distancia, hablaban así los dos caballeros: «¿Qué?... ¿Se detiene a mirarnos?

—Ahora... ¡Y que no haya tenido yo valor para darle un abrazo!

—Calma, hijo. Tiempo tienes. Y ahora, ¿vuelve la cara?

—Va despacito... Alza los ojos al cielo. Ya no la veo. Pasa detrás de un grupo de árboles... ¡Qué figura, qué aparición celestial!... Yo estoy loco.

—Calma... Repito que tiempo tienes. A punto de completa madurez la verás pronto.

—Ahora reaparece otra vez.

—¿Y mira?

—Sí señor... Se ha puesto en la boca una ramita de hinojo. ¡Ay, qué delicia de hinojo!...

—Tiempo tienes... Anda, anda...

—No, no es de este mundo esa mujer.

—De este mundo o del otro... tuya es.»

XXIII

Muy consolado el uno en sus fatigas amorosas, satisfecho el otro del buen giro que a su parecer tomaba el asunto en que como consejero intervenía, llegaron los dos caballeros a Catí. De lo que hablaron por el camino no se hace mención. Baste decir que a los recelos que manifestaba Nelet, como amante que con menos que la definitiva victoria no se satisface, oponía Urdaneta las seguridades optimistas, fundado en su conocimiento y larga práctica de negocios mujeriles. Para el anciano prócer era como tenerlo en la mano. De allí a las bendiciones matrimoniales poco trecho había que recorrer.

Hallaron en Catí la novedad de que Cabañero había salido con dos batallones, por orden del general, y en su lugar quedaba Llangostera, pronto también a partir con fuerza considerable hacia la frontera de Cataluña. A la mañana del siguiente día, pasó por allí Cabrera con su ejército en veloz marcha. Venía de cerca de Murviedro, donde se había batido con las tropas de Oraa, y a Gandesa se dirigía llevando algunos cañoneros para poner formal sitio a esta plaza. Grande fue la desazón del pobre Urdaneta cuando le despertó Santapau para decirle: «Mi querido viejo, la fatalidad, y en su nombre don Ramón Cabrera, ha decretado que nos separemos. Desde Salvasoria mandó aviso de que se incorporen sin dilación a su ejército el 3.º de Tortosa y tres compañías del 1.º de Valencia. Parece que vamos a sitiar a mi pueblo... No puedo, ni con pretexto de enfermedad ni con otra artimaña, librarme de la maldita obediencia al superior... Pero ya me canso, ya me canso de la esclavitud, y a la primera oportunidad pediré la absoluta. Imposible repicar y andar en la procesión que usted sabe. Amor y ordenanza no casan bien... Y no más, amigo mío. Le dejo bien recomendado a Llangostera, que se ha de situar en Rossell, para cortar el paso del Pla a las tropas que vayan en auxilio de Gandesa... Con que adiós... No siento más sino que venga *Malaena* y no me encuentre. Pero ya le advertí que en este caso se vea con usted... Con decirle dónde estoy, basta. Es buen sabueso; dará conmigo... No puedo detenerme ni un segundo más. Adiós.»

Muy triste se quedó el pobre caballero, señor de tantas torres; y su único consuelo fue que a poco de despedirse de Santapau le deparó Dios una antigua amistad, el capellán mosén Putxet, que dos días antes había llegado con destino al 1.º de Tortosa, de la división de Llangostera. Aunque no podía sustituir el clérigo la franca y ya entrañable amistad de Nelet, al menos le entretenía con su charla, y le prodigó no pocas atenciones, entre ellas el agenciarle una buena mula para el paso desde Catí a Rossell, que Llangostera, con seis batallones, efectuó en la noche del 15 de mayo y parte de la mañana del 16. Llegó don Beltrán molido y displicente por el duro trotar de la condenada bestia, y lo primero que solicitó de la bondad de su amigo fue que le metieran en cualquier mechinal, para poder estirar su esqueleto y darse algún descanso. En un aposento de la sacristía de la iglesia mayor le colocó Putxet, con gran satisfacción del noble, que no esperaba tan buen hospedaje. Lo que deseaba era que le dejasen allí, previo juramento solemne de no quebrantar su esclavitud y estar siempre a disposición de la autoridad carlista que le reclamase. Pero ¡ay! que si el cielo le concedió la quietud material que por el momento deseaba, no fue benigno con él en aquellos tristes días. El 18 muy temprano, cuando las claridades del alba despuntaban por Oriente, despertó el caballero con sobresalto, sin que nadie le llamase, por efecto de un súbdito golpetazo de su corazón.

«¿Quién está ahí? —dijo sin moverse, viendo avanzar hacia su lecho un bulto negro.

—Soy yo, querido don Beltrán —respondió al poco rato Putxet, pues no era otro acercándose más—. No venía a despertarle, sino a ver si dormía... Pero es temprano... Duerma una hora más... Aunque sean dos horas... todo lo que quiera.

—¿Qué sucede? ¿Tenemos que partir?

—No, no... Por ahora no... Es que... Sentiría mucho que usted se alterase... Calma, ilustre señor. Me voy, para que duerma otro poquito.

—Ya no podré dormir, caramba, pues esta entrada de usted a hora tan intempestiva, la turbación que noto en su acento, son para despabilar al sueño mismo. Me dice el corazón que tiene usted algo que... Comunicarme.

—No es tiempo aún... ¿Quiere usted que se le haga café?...

—¡Demonio! Tan pronto me dice que duerma como me ofrece café. Ea, señor Putxet, ¿qué le trae acá? No valen melindres conmigo.

—Pues sí —dijo el capellán, que en su tristeza y azoramiento, cuanto más hábil quería ser, más torpemente procedía—. Mejor será que se despabile y se levante... No se altere, señor, no pierda su aplomo y serenidad... A un hombre como usted, tan entero y... y que se hace cargo de las cosas... Se le puede decir... Nada, no es nada, señor; es que... ha ocurrido una gran desgracia.

—Acabe usted, acabe, hombre pusilánime, hombre enclenque, hombre femenino...

—Pues sepa el hombre fuerte, sepa el hombre valeroso y grande, que ayer, en un pueblecito llamado Belén, más allá de Tortosa, los infames cristinos fusilaron a don Alonso de Almela, hermano del conde de Catí.

—Y, en represalias de esta barbarie, los infames carlistas harán lo mismo con el noble don Beltrán de Urdaneta —gritó el anciano, poniéndose en pie, medio desnudo, sobre el camastro—. Bien, bien: aquí me tenéis, asesinos; aquí estoy dispuesto a morir. Noble por noble, como me dijo en Cheste el jefe de los matachines, Ramón Cabrera... ¡Y para anunciarme esto, señor Putxet, ha estado ahí tartamudeando y poco menos que haciendo pucheros!... Aguarde a que me vista; dispense que tarde en ello algún tiempo, pues acostumbrado a valerme de ayuda de cámara, soy algo torpe en estas operaciones matutinas... Pero si tienen mucha prisa por despacharme, ¡demonio! llévenme a medio vestir, que la muerte no ha de poner reparo. Por falta de ropa, ni he de ser menos animoso, ni vosotros menos viles y cobardes.

—Si no hay prisa, señor —dijo el capellán abrazándole—. De aquí a las nueve nos sobra tiempo... Y pues tiene la costumbre del ayuda de cámara, yo soy bastante humilde para prestarle ese servicio.

—Gracias, no pretendía yo tanto —replicó don Beltrán sentándose en el lecho, mientras el otro le traía las botas, el pantalón, disponiéndose a vestirle—. Y pues con tanta generosidad mis verdugos me conceden estas horas, sepa que no renuncio al café que me ha ofrecido...

—Al momento mandaré que se lo preparen. ¡Pues no faltaba más! Sería una desconsideración imperdonable privarle de alimento.

—Bien, hijo, bien: se agradece... ¡Con qué destreza me ayuda a vestirme! Parece que en toda su vida no ha hecho usted otra cosa.

—Fui paje del ilustrísimo señor don Víctor Sáez, obispo de Tortosa.

—¡Sáez, el ministro del absolutismo! ¡El que ayudó a Fernando VII en su tarea de ahorcar a medio mundo! Bien, hombre, bien. Pues ya que usted tiene la bondad de ser por un instante mi criado, no vacilará, si es tan humilde, en prestarme todos los servicios que necesita un hombre como yo... Adelante... Tenga usted cuidado con esta pierna. Trátela con miramiento, que está reumática... Ahora el chaleco... Este me lo dio don Ramón, y me ha hecho un gran servicio. Bueno, bueno... No corra usted tanto... Le recordaré el dicho de nuestro gran tirano, el ahorcador de gentes, Fernando el Deseado... Contra una esquina... Ya sabe usted que él fue quien dijo: "Vísteme despacio, que estoy deprisa". Ahora, hágame el favor de pedir el café...

—Lo tendrá usted a punto. Sabe Dios cuánta pena me causa tener que notificarle... Anoche me llamó Llangostera, que entre paréntesis, está muy afligido por verse en el duro trance de...

—¡Pobrecito! Si está tan afligido, le compadezco...

—Pero el deber...

—Claro, el deber... En estas guerras salvajes, trastornadas las conciencias, aplicáis a los crímenes palabras santas que se inventaron para expresar la virtud, y asesináis en nombre de la justicia, que es como poner al diablo en los altares... Bien... que sea pronto.

—Suplícome el señor Llangostera que me encargase... y con gran sentimiento acepté comisión tan triste... Era yo el más significado para este paso, por la amistad... De que me honro.

—La honra es mía. No sea usted tan modesto...

—Y encargome al propio tiempo que le preparase... Si usted se dignaba elegirme entre los cuatro señores capellanes que estamos hoy en Rossell.

—Hijo, sí, por elegido... Lo mismo me da.

—Mi amistad atribulada —dijo el capellán buscando una bonita expresión retórica—, se consuela con esta preferencia que el noble caballero se digna concederme.

—Mi confesión no será larga —indicó Don Beltrán paseándose por la habitación—, y si usted quiere, ahora mismo...

—Antes haré que se le sirva el café... No hay en ello inconveniente, pues no tendremos comunión... y no por culpa mía. El párroco del pueblo nos ha hecho la jugada de abandonar su iglesia para unirse a la partida del *Organista*. Está el hombre furioso desde que los liberales le mataron al sobrino...»

No necesitó el capellán separarse de su amigo para la diligencia del café, pues el oficial de guardia en la estancia próxima, interesado también por don Beltrán, y de su desgracia compadecido, había dado las órdenes para que se le llevase pronto aquella tónica bebida. Dio el anciano las gracias a los que se la sirvieron, mostrándose con todos muy afable. Tomado el café, que por singular merced no estaba mal hecho, volvió al capítulo de su confesión, diciendo con animado lenguaje:

—Pues sí: mi conciencia ve su luz y su sombra perfectamente deslindadas, y no vacila al señalarlas... No hay en mí casos dudosos, enigmáticos, oscuros. Soy claro y bien definido... En esta crítica hora, mi memoria se aviva, y no habrá nada que se me quede en el tintero, llamando tintero al antro del olvido. Lo que Dios sabe, yo lo digo sin rebozo y con facilidad al sacerdote que me auxilia, a cuantos quieran oírlo, pues la vida de Beltrán de Urdaneta es pública, su carácter, bien diáfano, y sería en mí ridículo melindre el hacer un misterio de lo que sabe todo el mundo, todo Aragón... Soy público en Aragón; soy popular, mejor dicho...

Y observando que oficiales y soldados, de guardia en la estancia próxima, se asomaban a la puerta movidos de curiosidad, les dijo: «Entren si gustan, y oigan; que los pecados que declara mi boca no son tales que produzcan espanto, y refiriendo mis maldades, puedo decir que el que se encuentre limpio de ellas, tire la primera piedra. No es que yo deje de creerlas vituperables; al contrario, en esta hora clara de la conciencia, veo y reconozco cuánto he ofendido al Señor, y qué mal uso hice de las cualidades que se dignó poner en mi alma. Siempre fui religioso, creyente ciego de cuanto su Iglesia nos enseña, aunque muy perezoso y descuidado en cumplir los preceptos que se nos dieron para conservar y enaltecer el nombre de cristianos. He faltado en esto gravemente, más que por desamor de Dios, por la continua distracción en que me tenía el bullicio vano del mundo, y las frivolidades con que la sociedad noble embelesa nuestros sentidos. Siempre fui más devoto de los placeres que de las abstinencias, y más gustoso de la buena vida que de las mortificaciones, sin llegar nunca a la embriaguez ni a la glotonería, y no porque ambos excesos son pecados, sino porque siempre les creí de mal gusto... He sido vanidoso, amante de la ostentación y de la lisonja, mirando siempre a que lo mío fuese superior a lo ajeno, a que ninguno me igualara en grandeza y lujo; y cuando veía por alguna parte algo que me oscureciese, sufría mal de tristeza, y me lo curaba con nuevos esfuerzos para extremar la presunción y humillar a los demás... Pero también digo que jamás cometí vileza contra nadie, y que conservé la dignidad que mi raza y mi nombre me imponían, mostrándome siempre caballero noble, con los iguales cortés, afable y cariñoso con los inferiores... Mi pecado mayor, manantial inagotable, en vida tan larga, de innumerables errores, ha sido mi locura, que así la llamo, de galantear y ser grato al bello sexo. Mi goce más vivo fue en todo tiempo el trato de damas altas, bajas o medianas, y llamo damas a cuanto se comprende dentro de la muchedumbre femenina. Mi desatino ha sido tal, que todo lo he pospuesto a la satisfacción de mis gustos. Verdad que dentro del fuero del amor no he cometido vilezas; pero sepan que ese fuero es puro artificio inventado para nuestro uso por los galanteadores, y que no vale ante la ordenanza del Decálogo. Yo, pues, he pecado gravísimamente, y al declararlo, reconozco sin atenuaciones ni disculpas todo el mal que hice, añadiendo que mis infamias no tuvieron término por severidad de mi conciencia, sino porque el desmayo de la naturaleza les puso freno, contraviniendo mi liviandad y hábitos viciosos. De esto me acuso, y reconociendo mi error, me encomiendo a la Misericordia divina.

»También es pecado grave el poco o ningún cuidado que puse en el manejo de mi hacienda; que la riqueza, Dios nos la da para que la usemos con templanza y la transmitamos a nuestros hijos. Yo he sido una mano verdaderamente horadada. Ciertamente que algo atenúa este pecado mi generosidad sin límites, pues todo se ha de decir: yo hacía partícipes de mi bien a cuantos me rodeaban o se me acercaban en demanda de auxilio. Yo he remediado muchas miserias, enjugado no pocas lágrimas. Ningún colono ni sirviente mío puede decir que le oprimí; y si esto se lleva como litigio a tribunal divino para fallar sobre mi alma, tengo por cierto que innumerables seres depondrán en favor mío. Váyase lo uno por lo otro, que si largamente derroché, con no menor largueza di mi mano a los miserables para que se agarraran... Defecto capital mío ha sido el amor a ese resorte de vida material que llamamos dinero, despreciado por los filósofos, vilipendiado por la religión, pero del cual no podemos prescindir dentro de la sociedad a que pertenecemos, porque su empleo y distribución se ha hecho ley que a todos nos sujeta, so pena de volvernos salvajes o ermitaños, lo que no digo que sea peor ni mejor que el estado social. Solo afirmo que mis apetitos, mi presunción, me han espoleado siempre para proveerme de ese metal, que no llamaré precioso ni vil, dejándole en esta ocasión sin ningún título ni apodo. Pero bien sabe Dios que en las situaciones aflictivas a que me condujo el afán de prolongar mis goces y conservar mi fama de rumboso y señoril, jamás tomé nada que no viniese a mí por caminos legítimos, aunque ruinosos. Sobre mi conciencia pesan muchos pecados, muchos; pero no pesa ni un solo maravedí que pueda llamarse ajeno. Si alguna vez me rebajé al empleo de resortes que humillaban un tanto mi dignidad, nunca me movió el intento de traer a mí lo perteneciente a otro... Eso nunca. Limpio estoy de esa clase de manchas... No puedo decir, ¡ay de mí! que de todas esté limpio, pues pecador fui, por pecador me tengo, y como pecador empedernido me confieso en la hora de mi muerte. Ya lo habéis oído; ya veis, señores, la conciencia de don Beltrán de Urdaneta, a quien todo Aragón llamó en otro tiempo *don Beltrán el Grande*. Ni cosa mala he callado, ni cosa buena hay fuera de lo manifiesto. Si algo se me olvida, quiera Dios ordenar mi memoria de modo que los olvidos sean de cosas y hechos favorables, y que nada de lo malo se me quede escondido en la mente. Creo que no... Tal como fui y como soy, a vosotros, a mi confesor y amigo me presento; y sumiso, pesaroso de haber menospreciado la divina ley, entrego mi alma a Dios, infinitamente Justiciero, infinitamente Misericordioso.»

XXIV

Cuantos vieron y oyeron al infortunado caballero aragonés, quedaron maravillados de su sinceridad y presencia de ánimo. Del grupo de oficiales y soldados que en la puerta se arremolinaban, se destacó uno, al parecer teniente, que adelantándose hacia el prócer y besándole la mano, le dijo: «Señor, cuando esté usted en el Cielo, acuérdese de un servidor, Nicasio Pulpis, que tiene sobre su conciencia los mismos pecados de usted y no sus virtudes.

—Bien, hijo —replicó don Beltrán abrazándole—. Que mis desgracias y fin desastroso te sirvan de espejo para que en él te mires y procures enmendarte.»

Putxet, en tanto, inconsolable, expresaba su consternación en estos y parecidos términos: «Una y otra vez he dicho al señor Llangostera que hoy no es día hábil para ejecuciones. Figúrese usted: domingo, y por añadidura Pascua de Pentecostés... ¡Cuando la Iglesia conmemora nada menos que el grandiosísimo misterio de la venida del Espíritu santo en forma de lenguas de fuego sobre las cabezas de los Apóstoles, para infundirles la divina ciencia!... ¡cuando tal festividad augusta y solemne celebramos, tener que consumar un cruento sacrificio, por más que las leyes de guerra, ¡malditas leyes! lo autoricen y sancionen...! No, no puede ser: protesto... y he de insistir, pidiendo que se deje para mañana. Me parece que corriendo a mi cargo la dirección espiritual del regimiento, tengo derecho a que se me oiga... No estamos aquí los capellanes solo para confesar deprisa y corriendo... Vea usted, por no hacerme caso, hoy no puedo celebrar: no tenemos formas... Es inconcebible este descuido... ¡Pues cartuchos no faltarán! Todo lo de guerra está corriente, eso sí... y lo espiritual, nada... Así anda ello.

—No se sulfure, amigo Putxet —le dijo don Beltrán, que se había sentado y quería meditar—. Y no se apure por el aplazamiento de mi... Sacrificio. ¿Qué más da un día que otro? Si el día es solemne, no importa. Bien sabe Dios que andan ustedes algo atropellados, y no pueden acomodar sus acciones al almanaque. En la guerra, ya se sabe, todo es permitido. Como si se presentara hoy buena coyuntura para una batalla... ¿iban ustedes a dejar de aprovecharla por ser Pentecostés? No; y en Pentecostés matarían unos y otros gran número de cristianos. Si admitimos como lógico y razonable el dar a nuestro padre celestial el nombre de *Dios de las Batallas*, que usan los capellanes en sus sermones y los generales en sus proclamas a la tropa; si Dios es, como dicen ustedes, capitán general o generalísimo, ya pueden contar con su indulgencia por aplicar leyes de guerra en días de solemnidad litúrgica... Por mí, no deseo el aplazamiento, pues aunque me encuentro tranquilo y resignado, no respondo de que en esas veinticuatro horas se me conserve la resignación y tranquilidad. Somos hombres, y el morir violentamente, en acto preparado y ceremonioso, agobia... Sí señor... Mátenme de una vez, y no pongan a prueba mi fortaleza.»

No se dio por convencido el terco capellán, y perseverando en su idea, dijo al infeliz prócer: «Quiero dar un nuevo ataque al jefe. Enseguida vuelvo; de paso mandaré que le sirvan a usted un par de huevos fritos... He visto que hay tomate... y si usted quiere...

—Bien, hijo, bien; lo mismo da... Gracias por todo... Haga usted lo que quiera. Yo no tengo voluntad... Quiero convencerme de que ya no vivo.»

En el rato que estuvo solo, el pobre condenado cayó en reflexiones tristísimas, buscando el por qué de su tragedia; que en tales trances y en otros menos lastimosos propendemos a escudriñar los orígenes o el móvil inicial de todo suceso que nos afecta. «Ello es de toda evidencia —pensaba—, que Dios me envía mi muerte en forma tan terrible para castigarme de mi enormísimo pecado de estos días. He prestado a Nelet ayuda insidiosa para la seducción de la monja Marcela; y aunque desde el primer momento le señalé forma y fines de matrimonio, cosa es muy grave, y si se quiere sacrílega, el inducir a una esposa de Cristo al rompimiento de sus votos. Y lo peor es que con malicia instruí al enamorado y le aconsejé, dándole por norma las inicuas reglas que yo he ido sacando de la experiencia de mi vida libertina... ¡Ah, bien merecido me está lo que ahora me pasa! ¡En ello veo tu mano, Dios de justicia!... Hice muy mal en tomar a mi cuidado las desazones del pobre Nelet. ¿Quién me mete a mí a zurcidor de voluntades guerrilleras y monjiles? ¿Qué voy yo ganando con que una tarasca y un endemoniado se casen o dejen de casarse? ¡Ah, en el fondo oscuro de mis intenciones veo la maldita codicia y el afán de allegar recursos! No fue otra la causa de mi metimiento en tan feo negocio. Y que la monja andariega, por las reglas infames que di a Nelet, se ha trastornado y siente el veneno de amor en su sangre, no puede ponerse en duda. Por culpa mía y de mi sabiduría pérfida, romperá sus votos y ofenderá a Dios... Me ha movido el villano interés, la idea de que, casándose, me habían de entregar lo que para mí designó Juan Luco... Mal pensé, mal hice, y Dios, en pago de mi perversidad, permite que estos bribones me den cuatro tiros... ¡Ay de mí!»

Interrumpiole Putxet con la noticia de que, oídas las razones canónicas expuestas por el capellán, que amenazó con poner el caso en conocimiento del Vicario general, había decretado Llangostera aplazar el acto hasta el día próximo de madrugada. No supo Urdaneta si la resolución del jefe le causaba tristeza o alegría. Si fue esto último, era una alegría triste. Almorzó con mediano apetito, departiendo con el capellán y el teniente Pulpis, que le custodiaba en la capilla. Por la tarde, su tristeza se exacerbó en grado sumo, y la compañía de aquellos señores le causaba enojos. Y pues no le dejaban solo, echose en un camastro como intentando dormir; mas lo que hacía era sumergirse en la contemplación de lo pasado, y en traer al pensamiento su familia, su casa de Cintruénigo... «¡Ah! si Rodrigo y Juana Teresa me vieran en esta horrenda situación, qué amargo llanto derramarían... Sí, sí: porque me quieren, aunque riñamos y nos enemistemos por tonterías que, vistas desde aquí, son de una insignificancia que mueve a risa y desprecio. ¡Dios mío, qué lección me das al fin de mi vida! Paréceme que estoy ya en la eternidad, donde presumo que hemos de ver todas las cosas del mundo en su natural pequeñez. Me quieren, sí, me quieren, y yo también quiero a mi nieto y a la madre de mi nieto, que es la esposa de mi hijo... Las contrariedades, que en mi necedad estimé graves ofensas, ahora las perdono de todo corazón. Y cuando ellos sepan ¡ay de mí! cómo ha concluido don Beltrán *el Grande*, también me perdonarán los agravios que les hice, mis malas palabras, mis actos rencorosos. ¡Pues poco que se condolerán de mi suerte! Rezarán por mí, pedirán a Dios que me acoja en su seno, y harán sufragios por mi alma. Ya estoy viendo a todo el clero de Cintruénigo atareado por largo espacio de días en misas, funerales y responsos... Confío sobre todo en la eficacia de mi arrepentimiento. Pésame, Señor, de todo corazón el haberte ultrajado sistemáticamente, empleando tan mal la vida larguísima que me has dado. Pésame también el rencor que sentí hacia los míos, y el regocijo que tuve al ver descompuesta la proyectada boda de mi nieto con la mayorazga de

Castro-Amézaga. Pésanme mis bravatas, mi orgullo, mi disipación, mi ansia de coger dinero para presumir y disimular mi ruina... Pésame todo el daño que hice, y esta última travesura de querer arrancar a Marcela de la vida religiosa para satisfacer el liviano amor de Nelet...» Consagró también tristes pensamientos a su hija y yerno de Villarcayo, perdonándoles sus últimos desaires; besó mentalmente a sus nietos, y de todos se despidió con efusión de lágrimas y suspiros. Sus amigos fueron pasando después por su mente, uno tras otro, en melancólica y pausada procesión, siendo de los últimos Fernando Calpena, por quien sentía paternal cariño. Condolíase de que en Bilbao le hubieran birlado la novia. Si pudiera en aquel instante, ya no se atrevería, no, a inducirle a solicitar bodas con Demetria... No, no: guarda, Pablo. Demetria debería ser para el marqués de Sariñán. Que Doña María Tirgo y Juana Teresa rehicieran los descompuestos planes. Buscara Calpena otra mayorazga, que buenos partidos no habían de faltarle... Hasta del pobre *Mero* se acordó y de Saloma, deseándoles vida, salud, felicidades y rápidos ascensos... ¿Y qué sería de Tomé?... ¿Y del caballo ganado a Calpena, qué se habría hecho? En Alcañiz habían quedado también su breve equipaje y el reloj, magnífica repetición que no llevó consigo al salir en busca de Marcela, porque roto el espiral a poco de partir de Cintruénigo, para nada le servía. Guardado con unos pocos duros y pesetas quedó en una bolsa de vejiga que antes usara para el tabaco...

La primera parte de la noche la pasó inquietísimo, hablando sin fatigarse horas enteras, y ya refería sucesos de su vida, ya dictaba disposiciones para que Putxet recogiera en Alcañiz su equipaje y caballo, remitiéndolo todo, con la noticia y relato de su muerte, a la villa de Cintruénigo. Hizo intención de escribir a su nieto y a su hija; mas sintiendo muy desvanecida la cabeza y el pulso tembloroso, no trazó más que unas seis líneas con la declaración de su inocencia y de su trágico fin. Moría como caballero cristiano, dolorido del mal que había hecho, y a todos perdonaba, sin excluir a los que inicuamente le quitaban la vida. Esmerose en la firma, trazándola con todo el vigor y claridad que le fue posible. Después dijo: «Quisiera que ahora mismo acabáramos. Las horas que faltan pesan sobre mí como siglos futuros que se convirtieran en presentes.» Repetida y ampliada la confesión con piadoso recogimiento, incitole Putxet a dormir. Negose a ello don Beltrán, y estuvieron departiendo hasta la madrugada. Viendo cercana la hora, llamó el reo a los oficiales del piquete para despedirse de ellos. Formando rueda en torno a la mesa, oyeron esta manifestación tan sencilla como sustanciosa:

«Amigos, les agradezco la simpatía y delicadeza que en esta ocasión me han manifestado. Son ustedes caballeros; yo también lo soy. Como tal quiero morir; como tales se conducirán ustedes en el trance final, acabando mi vida con rapidez y sin martirizarme inútilmente. Yo les perdono de todo corazón. Y si me es permitido, por el fuero de ancianidad, dirigirles algunos consejos, allá voy; y esto que ahora les diga, sea para ustedes de autoridad, como expresión postrera del pensamiento de un moribundo. Condenado sin culpa, no diré palabra injuriosa ni vengativa contra el bando político que me arranca la vida, ni contra vuestro ejército... Todas estas cosas quedan para mí en un término lejano. Sin vituperar esta causa ni la otra, sin enaltecer a ninguna de las dos, os digo que no derraméis más sangre de españoles. Guardad esta sangre para mejores y más altas empresas. No defendáis con tesón tan extraordinario derechos de príncipes o princesas, pues voy entendiendo yo que tanto valen unos como otros, y que cuando la cuestión se dilucide y haya un vencedor definitivo, habréis desgarrado a vuestra patria, que es la legítima poseedora de todos los derechos. Mientras ponéis en claro, a tiros, cuál es el verídico dueño de la corona, negáis a la nación su derecho a la vida, porque le estáis matando todos sus hijos, y le destruís sus ciudades y le arrasáis sus campos. Será muy triste que cuando de vuestras querellas salgan triunfantes un trono y un altar, no tengáis suelo firme en que ponerlos. ¿Para qué queréis altar y trono, si luego han de cojear como esos muebles a que falta una pata? Allanad y afirmad el suelo ante todo, y esto lo haréis con las artes de la paz, no con guerras y trapisondas. Haced un país donde haya todo lo contrario de lo que unos y otros, a quienes no sé si llamar guerreros o bandidos, representáis; haced un país donde sea verdad la justicia, donde sea efectiva la propiedad, eficaz el mérito, fecundo el trabajo, y dejaos de quitar y poner tronos... Lo que va a resultar es que, cualquiera que sea el resultado, estáis fabricando una nación de bandolerismo, que en mucho tiempo, gane quien gane, ha de seguir siendo bandolera, es decir, que tendrá por leyes la violencia, la injusticia, el favor, la holgazanería, el pillaje y la desvergüenza. En un pueblo a que dais tal educación, cualquier trono que pongáis será un trono figurado, de cuatro tablas frágiles y cuatro mal pintados lienzos.

»Quizás vosotros, llenos de vida y de ilusiones, no veáis esto como lo veo yo, viejo y moribundo. Creéis que toda la vida vais a estar guerreando, con miras de gloria y ascensos; creéis que España ha de ser patrimonio y casa de guerreros, los cuales en la paz tendrían que ser empleados. ¿Empleados de qué? ¿Guerreros para qué? Sois muchos a comer rancho; sois muchos a vivir de distinciones, de cintajos y signos categóricos. Y yo os pregunto: ¿quién trabaja? ¿De dónde sale el rancho, el sueldo, la ropita con galones? Esto es absurdo: estáis matando el país y haciendo de él un magnífico cementerio poblado por maniquís, que ostentarán su presunción paseándose entre las sepulturas... Y ahora, puesto que me oís con tanta atención, me permitiré daros consejos de otro orden. No es tan gran autoridad el virtuoso que nunca ha pecado como el pecador que reconoce, aunque tarde, sus yerros. Y puesto que conocéis mi vida, os incito a no imitarme en la parte corrompida de ella. No seáis pródigos; adoptad con discreta medida las prácticas de los miserables, llevando cuenta y razón de lo que tenéis y consumís, para que nunca os salga la necesidad más larga que su remedio, ni la sábana más corta que la pierna. Entre la sordidez y la excesiva largueza, preferid lo primero, que os hará antipáticos, pero no infelices. La generosidad practicada sin medida puede ser viciosa, porque muchas veces la dicta la presunción antes que el verdadero espíritu de caridad... Y tocando, por fin, el punto más sensible, no me atrevo a deciros que no seáis enamorados, porque esto sería contravenir una gran ley de Naturaleza; pero sí os recomiendo que lo seáis sin apartaros de las leyes eternas, y que evitéis toda empresa de amor en que veáis probable daño de tercero. Esto es muy malo, hijos míos, y os lo asegura quien, por seguir la regla contraria, ha tocado en la experiencia sus perniciosos efectos. En todo caso, sed respetuosos y veraces con las mujeres. Es más conforme a Naturaleza dejarles a ellas el uso del engaño, arma con que compensan su debilidad, y tomar el hombre para sí el uso continuo de la lealtad, que es la fuerza; y los riesgos que de esto se ocasionen, cada cual los sortee como pueda, buscando siempre el bien. Que las alabéis y las obsequiéis con flores del ingenio, no es cosa mala, pues muchas con esto solo quedan satisfechas, y vosotros nada perdéis en ello. Los que sean casados, harán bien en guardar la fidelidad matrimonial, aunque les haya tocado un culebrón... Por eso, conviene mirarlo despacio, y enterarse antes de contraer esos vínculos que duran toda la vida. Sostened siempre la paz dentro de la familia que os resulte del nacimiento y de las uniones, y si hay en ella caracteres ásperos, procurad haceros a sus asperezas para que los demás contemporicen con las vuestras, que de seguro las tendréis. Espinas sufrimos, espinas tenemos, y el que crea que no las tiene y se duela de que le pinchen, es tonto de remate. Y ya no me queda que deciros sino que seáis trabajadores, que os procuréis un modo de vivir independiente del Estado, ya en la labranza de tanta tierra inculta, ya en cualquiera ocupación de artes liberales, oficios o comercio, pues si así no lo hacéis y os dedicáis todos a *figurar*, no formaréis una nación, sino una plaga, y acabaréis por tener que devoraros los unos a los otros en guerras y revoluciones sin fin... Sed cultos, bien educados, y emplead las buenas formas así en el lenguaje como en las acciones, que la grosería es causante de terribles males privados y públicos. La rudeza y los procederes ordinarios han sido aquí, bien lo veis, semilla de discordias entre los pueblos, y por esa falta de formas se hacen interminables las guerras, pues la grosería engendra el odio, y el odio nos lleva al salvajismo y a la barbarie... Y basta ya: no lloréis por mí, ni tengáis demasiada lástima de mi muerte, pues soy muy viejo y no sirvo ya para nada. A nadie soy útil, a nadie hago falta; mis días son de absoluta esterilidad; ya he vivido bastante, y al quitarme de en medio, casi casi no cometéis crueldad, pues no hacéis más que arrancar un tronco añoso y seco, que estorba el nacimiento de nuevos árboles... A todos ruego que me perdonen, y yo en los presentes perdono a cuantas personas de este y el otro bando hayan podido causarme algún agravio... Entereza no me falta, ya lo veis: confío en la Misericordia divina, a quien entrego mi alma, abominando de mis culpas sin pedir un galardón que no merezco, y deseando solo la indulgencia que Dios no niega al último pecador. Les ruego, además, que entierren mi cuerpo en lugar decoroso, designando mi sepultura con una cruz y alguna inscripción, pues mi familia pretenderá seguramente transportar estos tristes despojos al panteón de Cintruénigo... Por mí, los dejaría en cualquier parte; pero los Idiáquez no lo consentirán... Ea: ya he concluido, y perdonen que haya sido hablador prolijo en este trance. Acabemos pronto, y cumplan ustedes su deber, que es matarme, como yo cumplo el mío muriendo en paz con Dios y con los hombres.»

XXV

Uno tras otro le fueron abrazando, admirados no solo de su entereza, sino de su talento y gracia. Algunos minutos habían pasado ya de la hora designada para el suplicio, y don Beltrán, impaciente, dijo con buena sombra: «¿Pero qué hacemos, señores? Estamos perdiendo un tiempo precioso...»

El Sol entraba por la ventana anunciando un esplendente día primaveral. Suspiró Urdaneta próximo a la ventana, y dirigiendo miradas de tristeza hacia el campo verde y risueño, vio en primer término unas cabras; junto a ellas, un burro viejo, amarrado por las patas. «¡Pobre animal!... le harían ustedes un gran favor sacrificándole conmigo... Pero él no querrá, naturalmente. Aunque viejo y con los dientes gastados, aún le gusta la hierba... ¡glorioso!... ¿Con que vamos... O qué?»

Entró Pulpis a decir que el jefe había mandado un recado urgente... ¡Que aguardaran...! Sin duda querría despedirse del señor don Beltrán...

«Pues, hombre —dijo este, suspenso y ansioso—, que venga de una vez... ¿Viene ya?»

Dos minutos de cruel expectación transcurrieron hasta la entrada de Llangostera en la estancia. Su rostro de clérigo afligido, si algo expresaba, era la premura y el diligente afán del puntual servicio. «Siéntese, señor —dijo al reo, sin más saludo—. No tenemos prisa. ¿Qué tal le han dado de comer?

—¡Comer yo! ¿Para qué?... No como nunca tan temprano.

—Que le traigan algo... Hay cordero asado, que quedó de anoche.

—Gracias; no tomo nada entre horas.

—Pues ocurre... Nada, que tenemos otro aplazamiento. Perdone usted: bien sé que es molestísimo...

—Sí, señor: eso digo... De modo que... un día más —murmuró don Beltrán mirando al campo y al Sol.

—¿Un día?... ¡Qué sé yo cuántos días serán!... Este Ramón ni descansa, ni deja descansar a nadie. Hace una hora que ha llegado de Gandesa la partida del *Arcipreste*. Recibo por ella este parte *(mostrándolo)* en que se me dice, entre varias cosas que no son del caso, que...

—Que me atormenten un poco más.

—No, señor: que antes de fusilarle... Naturalmente... Vamos, que no le fusilemos, y que hoy mismo se te mande a Gandesa. Quiere interrogarle sobre cosas que solo usted puede saber.

—¡Yo!... ¡Cosas!... ¿Estoy soñando?

—Presumo lo que será... No es que él me lo haya dicho. Pero el que más y el que menos, todos aquí sabemos por dónde va el agua... No se devane el caletre. A Gandesa hoy mismo, dentro de dos horas, con dos compañías del 3.º y los pocos caballos que aquí tengo. Lo que Ramón le preguntará es cosa de política... De lo que pasa por allá...

—¿En la corte celestial?

—O en otras de más abajo... En fin, allá ustedes.

—Pues, señor —dijo don Beltrán levantándose como un niño entumecido que quiere correr—, vamos a Gandesa, y hablemos de cortes y cortijos o de lo que quiera don Ramón. Yo no sé una palabra... O tal vez lo sepa sin saberlo, sin enterarme de que lo sé... Sí, sí... Algo podré decirle de grandísimo interés... Señor de Llangostera, si esto es una forma de indulto, Dios se lo pague, que alguna parte habrá usted tenido en ello.

—Yo no; si no viene esta orden, ya estaría usted gozando de Dios. Con que... Sea enhorabuena.

—Gracias... Viva usted mil años, señor Casa de Val, *alias* Llangostera... Y acordándome ahora de su gallardo ofrecimiento, que me traigan el cordero asado. Se me despierta un apetito horroroso.

—Pues que aproveche... No descuidarse: a las ocho, en marcha.»

Apenas traspasó la puerta el cabecilla, arrancose Putxet a dar a su amigo un abrazo tan fuerte, que a poco más le ahoga. «A mí, a mí me debe usted su salvación, nobilísimo señor, pues sin la tremenda batalla que ayer di, por ser Pentecostés, la orden de Don Ramón le habría alcanzado a usted en la sepultura... Y lo hice, puede creérmelo, más que por ser Pentecostés, *¡pacho!*, porque me dio la corazonada de que ganando un día, salvábamos al hombre. Acerté... Ya sabía yo que anda Cabrera muy caviloso estos días con chismes que le han traído del Cuartel Real...

—¡Pero si yo estoy tan enterado de las cosas del Cuartel Real como de lo que pasa en la Luna!

—Quia... Eso no puede ser... Por algo se fija don Ramón en usted, y espera que le aclare lo que ignora...

—Juro que...

—Y en todo caso, si usted no lo sabe, invéntelo, *¡pacho!*... Para mí, ya está usted indultado, y puede que muy pronto libre...

—Sea lo que Dios quiera, amigo Putxet. He visto la muerte tan de cerca, que no podré desechar la idea de que vivo de milagro. Cúmplase la voluntad de Dios. Pronto estoy a todo, a vivir y a morir.»

A la hora designada salió de Rossell el gran aristócrata con las tropas que marchaban a Gandesa, y todo le fue lisonjero aquel día: se le facilitó un buen caballo, y para colmo de felicidad iban con él Putxet, capellán del 3.º, y el teniente Pulpis, que en el corto tiempo de conocimiento mostraba hacia el aragonés gran simpatía y cordialidad. Por montes y laderas departían los tres de diversas cosas humanas y divinas, hallándose don Beltrán tan inspirado aquel día y con su inteligencia tan despierta, que los otros no se hartaban de oírle. Refirió sucesos interesantísimos de su vida y de la vida general, o sea Historia, con sin igual donaire y expresión justa, ingeniosa, contestando sin fatiga a cuanto le preguntaban. Y entre párrafo y párrafo introducía, a guisa de estribillo, ponderaciones de los espectáculos de la Naturaleza que contemplaba. Todo le parecía bello, aun lo que no lo era. «¿Y no saben ustedes una cosa, amigos míos? Pues estoy asombrado de ver... que veo mejor que antes... No sé a qué atribuirlo. Pero no hay duda: se me aclara considerable mente la vista. No sé si será porque... *¡pacho!* como estuve casi dentro del reino de la muerte, mis ojos se preparaban para ver lo que aquí tenemos por invisible, y se afinaron... Aprendieron algo nuevo en el arte de la visión... No sé...»

Todo el día y parte de la noche emplearon en el paso de los puertos de Beceite, pernoctando en la bajada de Monte Caro. Al amanecer se les agregaron varias partidas, y avanzando cautelosos con buenos guías y precavidos de espionaje, evitaron el encuentro con las fuerzas cristinas que operaban en aquella zona. Al caer de la tarde supieron que don Ramón, atacado por Nogueras ante los muros de Gandesa, había tenido que levantar el sitio de esta plaza retirándose a Bot. A este punto se dirigieron a marchas forzadas, y a media noche encontraron a sus compañeros, acampados al raso, en árida y polvorosa colina junto al río Seco. La temperatura era ardiente; la tierra, caldeada por el Sol, apenas se refrescaba en la segunda mitad de la noche. Escaseaba el agua, y los soldados abrían pozos buscando con qué aplacar su sed. En una mala tienda hallábase Cabrera, desvelado, inquieto, en un grado de biliosa displicencia que hacía temblar a cuantos para asuntos del servicio se le acercaban. No bien se enteró de que habían llegado las fuerzas pedidas a Rossell, mandó llamar al viejo Urdaneta, sin darle punto de reposo: tal era su avidez de interrogarle. Muerto de cansancio y de sueño, llegó a la tienda el buen aragonés, y con el saludo pidió al *leopardo* que le permitiese echarse en el suelo, pues ya no podía tenerse en pie: antes de obtener la venia, se desplomó. Dos sillas de tijera había en la tienda: en una se sentaba el general, envuelto en su capa blanca, pues tenía frío a pesar del tiempo bochornoso; en la otra, convertida en mesa, había papeles, un tintero de cuerno y un farol. El secretario se sentaba en el suelo en postura turquesca.

«Póngase usted a su comodidad —dijo Cabrera al prócer—. Aquí no guardamos etiquetas... Yo voy a hacer lo mismo, pues el dolor de riñones no me deja estar sentado.» Hizo una seña al secretario para que se largara, y se tendió frente a don Beltrán, apoyando la cabeza en un rollo de mantas. No era hombre que se resignaba a perder el tiempo: los minutos eran para él preciosos, y aborrecía las vanas palabras. Sin preguntar al prisionero cosa alguna referente a su viaje ni a su interrumpido suplicio en Rossell, abordó el asunto, que sin duda le inquietaba hondamente.

«Con que... va usted a responderme con claridad, con precisión, y sobre todo con verdad, a lo que le pregunte, señor de Urdaneta. No piense usted en engañarme, porque a Ramón Ca...brera nadie le ha engañado todavía, ni guarde reserva sobre punto alguno de mi interrogación... porque se arrepentirá de ello. Lo que me oculte, yo he de saberlo después... y le pediré cuenta de su silencio; lo que me diga con falsedad, lo descubriré al oírlo, porque Dios me ha dado el don de distinguir lo falso de lo verdadero en lo que me dicen... Y si algo de lo que me manifieste es de carácter delicado, quedará entre los dos; yo sé callar como nadie... pero como nadie sé oír y aprender.

—Sepa yo pronto de qué se trata, general —replicó don Beltrán—, que, por Dios, ni aun sospecho cuál puede ser el asunto de mi conocimiento que a usted interese.

—Ahora lo veremos. Prepárese a responder con cla...ridad, y sobre todo con exactitud. En febrero de este año pasó usted por Fuentes de Ebro, camino hacia Caspe y Alcañiz. En el parador de Viscarrués comió usted y habló largamente con un sujeto italiano, su amigo, llamado Rapella, que iba en seguimiento de Borso, y venía del Cuartel Real del Norte.»

Después de asentir con la cabeza a los primeros conceptos del *leopardo*, manifestole don Beltrán con acento sincero que, en efecto, había hablado con Rapella; pero que no era amigo suyo, y en Fuentes de Ebro le vio y trató por primera vez. Por cierto que, movido de la curiosidad y sin ningún interés positivo en ello, había intentado tirarle de la lengua, para sorprender la clave de sus continuas viajatas diplomáticas entre Cortes borbónicas; mas nada pudo obtener, como no fuera la certidumbre de la cerrada discreción del siciliano.

Mostrose Cabrera incrédulo de esta declaración, y en tono agrio le dijo: «Veo que es usted de la misma escuela. No me sirven los diplomáticos, y usted tampoco quiere servirme...

—He dicho a usted, mi general, que ni una palabra pude sacarle... Pero no he dicho que ignore los líos que se trae ese señor...

—Pues si lo sabe...

—Es que usted, general, debió empezar por decirme: "Urdaneta, ¿qué sabe usted de esto?", y no interrogarme al modo capcioso, como se hace con los espías enemigos.

—Tiene usted razón —dijo Cabrera, rindiéndose a la noble actitud del aragonés—. Perdóneme; no supe distinguir. ¡La costumbre de tratar con canallas...! Es usted un caballero, y lo que sepa acerca de este asunto, me lo dirá... Como de amigo a amigo.

—A ello voy. No sirvo a ninguna causa; no vendo ningún secreto; referiré lo que sepa, para mí falto de interés, para usted quizás no...»

Minucioso y elegante narrador, maestro en el arte de dar interés al relato más sencillo, don Beltrán expuso gallardamente lo que sabía y opinaba; que no todo fue relación de hechos, pues hubo también un disertar gracioso sobre cosas políticas hondas, de las que rara vez salen a la superficie. Habiendo trabado amistad, en su viaje desde La Guardia a Villarcayo, con un joven madrileño muy simpático que el verano anterior había visitado la Corte de Oñate en compañía de Rapella, pudo conocer el carácter de este, sin más datos que las referencias de aquel joven. Era el siciliano muy astuto, corrido en intrigas de mujeres y en diplomacia menuda de gabinetes secretos, de combinaciones políticas a hurtadillas de los ministros o cancilleres. Pintó Urdaneta la Corte de don Carlos, repitiendo lo que le había contado su amigo, y por cierto que no escatimó las tintas burlescas en la pintura, sin que por ello se escandalizara el que le oía. Diole noticias de la amistad del siciliano con el Infante don Sebastián, con quien al parecer no se había entendido en las negociaciones o enredos que llevaba. Lo que resultó de las conferencias del tal embajador con don Carlos en Durango, su amigo no lo sabía, pues un accidente inesperado le separó de él el día mismo de la evacuación de Oñate a consecuencia de la toma de Arlabán. Presumía que la base del proyectado convenio para poner fin a la guerra era la reconciliación de las dos ramas borbónicas por medio de un casamiento; mas como este no había de efectuarse hasta que la reina Isabel y el hijo de don Carlos llegasen a edad de matrimonio, tal proyecto era un sueño; y para celebrar la paz y que se abrazaran los dos ejércitos, se buscaban otras fórmulas de transacción y avenencia.

Levantose Cabrera de un salto, nervioso y colérico, exclamando: «Yo no me abrazo con nadie... ¡Abrazos a mí!... ¡Transacción!... Juro que no... No saben quién es Cabrera... Ni por un puñado de oro, ni por grados y ventajas en la carrera, me cubro yo de vilipendio entregándome a los cristinos. Si Don Carlos cede, allá se las haya... Él en su casa y yo en la mía... ¡No quiero, no quiero!... ¡Matrimonios de príncipes!... ¿Se casa la luz con las tinieblas?... ¿Se casa la justicia con la injusticia, la razón con la sinrazón? Pues si se casan, con su pan se lo coman. Yo no me caso con nadie. Ramón Cabrera no se casa.»

XXVI

Volviendo a ocupar su silla, acarició con movimiento maquinal los papeles que en la otra tenía, alumbrados por el mustio farol. Don Beltrán, sin cambiar de postura, flemático y perezoso, siguió manifestando al caudillo apreciaciones que creía interesantes. Por lo que había oído en Medina y Villarcayo, por algo que pudo descubrir conversando con su grande amigo don Baldomero Espartero, los tratos para buscar fórmula de paz no habían cesado desde el principio de la guerra. Proposiciones se hicieron a Zumalacárregui, proposiciones a Maroto, y el mismo Cabrera no habría estado libre de que en su oído se murmuraran palabras tentadoras...

«A mí no, a mí no —dijo prontamente el *leopardo*—. Ya saben que mandaría fusilar al que me trajera recaditos de Doña Cristina o del Rey napolitano.

—Del Rey de Nápoles, a quien entiendo yo que no debemos la invención de la pólvora, es agente oficioso el tal Rapella. Anda también en estos tratos y trotes un legitimista francés, marqués de no sé cuántos.

—No es marqués, sino barón... y ha entrado en España con el supuesto apellido de Neuillet. Me da en la nariz que el nombre de Rapella es también falso, y que bajo él se esconde un correveidile de Cristina, maestro en intrigas, que en Madrid era conocido por marqués de Lagrua.»

Insistió Urdaneta en que no podía dar ninguna luz sobre esto, pues no se había echado a la cara al tal don Aníbal hasta su paso por Fuentes de Ebro, y de él no tenía más noticias que las anteriormente comunicadas. Asimismo ignoraba si el siciliano se había visto con Borso; pero Cabrera te sacó de dudas, afirmando que tres días permaneció aquel en Castellón en compañía del general y de un italiano llamado Cialdini, embarcándose después para Marsella.

«Le tengo a usted por un caballero —añadió don Ramón con cierta solemnidad, después de larga meditación—, y estoy con... vencido de que me ha dicho todo lo que sabe. Sus opiniones parécenme muy bien fundadas.»

Algo más dijo el leopardo; pero don Beltrán, que ya venía dando fuertes cabezadas, hundió al fin la barba en el pecho, y cogió un sueño profundo, que por causa de la mala postura había de ser breve.

«Sí, sí: duérmase usted, amigo mío —murmuró el general con lástima—, que bien necesitado está de descanso. Le envidio su facilidad para el sueño.»

Y cogió de la mesa-silla, ávido de nueva lectura, la carta que desde Sangüesa le había escrito Arias Teijeiro. De aquellas apretadas líneas de menuda letra española, provenían sus inquietudes y desvelos. Informábale con prolijas referencias su amigo, principal figura en la camarilla del Pretendiente, de que la magna expedición al mando del propio Rey había partido de Navarra el 17 con dieciséis batallones, nueve escuadrones, el estandarte de la generalísima y su lucida escolta, y un inmenso bagaje, como correspondía al sinnúmero de funcionarios de Corte y Administración que acompañar debían a la Real persona.

«Le tengo por un gran farsante —dijo Don Beltrán despertando súbitamente—. ¡Ah... Mi general! ¿No me pregunta usted su opinión sobre ese Rapella? Opino que el ir a Marsella es para ganar más fácilmente la frontera de Navarra y agregarse al llamado Cuartel Real.

—Así es, en efecto. Viene en la expedición magna.

—Pero ¿qué es eso? ¿Se lanza don Carlos a una correría como las de Gómez, Batanero y don Basilio?

—No sé... Eso se dice... Allá veremos.»

Siguió pensando el *leopardo* en lo que la carta decía y comentando con interno juicio las noticias de ella. Traducida con la posible fidelidad de expresión muda de su pensamiento en valenciano, resulta *mutatis mutandis*: «¡*Pacho*, con la impedimenta que nos traen! La caterva de empleaduchos, la taifa de gente allegadiza que quiere comer a costa nuestra! ¡Vaya una plaga, *pacho*! Aquí nos vemos y nos deseamos para poder vivir... El país esquilmado... Apenas hay raciones para mal comer... y ahora nos viene encima esa nube. Tenemos un Rey que sabe tanto de guerra como yo de afeitar ranas. ¿Por qué no se estará quietecito en su Corte esperando a que le hagamos Rey de todas las Españas?... ¡Y que se trae unos consejeros y unos ministros que no tienen precio para ayudar a misa, para pegar botones o cepillar la ropa! Vendrán de generales el tontaina de Don Sebastián, el buey cansino de González Moreno y el bribón de Gómez, a quien yo pondría de capataz de un presidio, que es lo único para que sirve... Duérmase de una vez, don Beltrán, que aquí no gastamos etiquetas. Me da pena verle luchar con el sueño.

—Es que... verá usted... Decía yo que indudablemente hay tratos y contubernios entre *Palacio* y ese... ¿cómo le llaman? Ya no me acuerdo... El Rey, hombre... Felipe V... Digo, Carlos... La reina, que no perdona lo de la Granja, parece que no quiere nada con liberales... Luis Felipe desea que se acabe la guerra de cualquier modo, por creerla un peligro... y la cuádruple alianza... Sí señor, la cuádruple...

—A dormir... Tenga usted este lío de mantas para que descanse la cabeza.

—Muchas gracias, querido Nelet... Digo, no, señor don Ramón V... El sueño me rinde, me trastorna... Gracias.»

Sin poder apartar de su mente las ideas que le atormentaban, Cabrera se paseó en el estrecho espacio de la tienda, embozado en su capa blanca. No se conformaba con que el Ejército Real, mal organizado y pésimamente dirigido, viniese a compartir con él el dominio en la región valenciana. Recordaba sus desavenencias con Gómez, por cuál mandaba más. Cierto que al Rey no podía disputársele la supremacía. Aunque incapaz para la guerra y para el Gobierno, era el Rey, por divino mandato, la sacra bandera, el símbolo de la Causa; y de la regia persona, absolutamente inepta para todo, provenía la fuerza moral de las cohortes del absolutismo. No había, pues, más remedio que cargar con el ídolo, aunque este fuera una de las obras más burdas del fetichismo dominante. ¡Y por semejante figurón, hecho al modo de las imágenes vestidas, que por dentro no son más que una armazón de madera tosca, se peleaban tantos hombres valientes, y se vertían ríos de noble sangre!... Claro que todo se hacía por *la idea*. El grosero ídolo era una idea. Por ella combatían fieramente los de acá, mientras los defensores de la idea contraria cifraban su valor en la adoración de una linda muñeca... En suma: lo que ponía en grande irritación al caudillo del Maestrazgo era que se había de convertir en auxiliar y mequetrefe del Ejército Real en cuanto este pasase el Ebro. Las operaciones ya no serían suyas: tendría que subordinarlas a lo que dispusiese cualquiera de los reverendos sacristanes que venían agregados al santón del absolutismo...

Verdad que la carta de Arias Teijeiro no escatimaba las lisonjas al héroe del Maestrazgo. En el Cuartel Real se le tenía por un estratégico de primer orden, firme columna de la Causa, y el Soberano deseaba ocasión de mostrarle personalmente su Real aprecio. Pero tras estos inciensos venían anuncios de resoluciones que desagradaban al *leopardo*. La expedición Real, a la que se uniría Cabrera para engrosarla y fortalecerla, llegaría con la ayuda de Dios hasta el propio Madrid, y entraría en la capital de la Monarquía *sin disparar un tiro*.

Esto de rematar la campaña *sin combatir* sacaba de quicio al ardiente Cabrera. Todo lo que no fuese ganar a sangre y fuego el triunfo de la Causa, pugnaba con su temperamento batallador, con su corazón fiero y ¿por qué no decirlo? noble. Los arreglos por concesiones recíprocas de mercedes, o por casorios y pactos de familia, le olían a podredumbre. Tan viles eran los unos como los otros si a ello se prestaban. Uno de los dos rivales debía perecer: eso de que vivieran y triunfaran los dos, partiéndose la torta disputada, no se acomodaba a su lógica ruda, ni a su primitivo y elemental criterio de cosas políticas. ¡Entrar en Madrid unos y otros con *sus manos lavadas*! ¡Ah, *pacho*, y reconocer a Doña Cristina y a don Carlos como *Reyes padres*, los dos en igual categoría dinástica... y ver a los nenes asistidos de un consejo mixto, y apoyados por un ejército mixto o mestizo!... Y en tanto, ¿qué se haría de las ideas? Pues juntarlas todas en una redoma para sacar otra mezcla indecente, que no serviría para nada. ¡Libertad y absolutismo desleídos en agua, *según arte*! ¡Rey y pueblo abrazaditos...! ¡Religión y ateísmo en una pieza, *pacho*!

Colmaba la indignación del general esta frasecilla de la carta: «Aún no puedo ser muy explícito, mi querido don Ramón. Solo me permitiré anticiparle que las bases de un arreglo decoroso están sentadas por manos muy peritas, y que no veo lejano el día glorioso en que podamos descansar de nuestra ruda campaña, viendo triunfante lo más esencial de nuestra doctrina.» ¡Descansar! ¡Si él no quería más descanso que reventar combatiendo!... La gentuza civil, la patulea de holgazanes y vividores que acudían a la Causa como las moscas al panal, era la que anhelaba el descanso de la paz, para chupar a sus anchas, repartiéndose el momio de los destinos. Ese descanso de lo civil era el militar vilipendio, y él no... él no quería descanso sin honra, sino honra con cansancio.

A esto llegaba, cuando despertó el noble caballero sobresaltado, con ahogos de pesadilla. Soñó que le sacaban al cuadro para fusilarle, que le ponían de rodillas y le vendaban los ojos... «¡Al corazón, hijos míos, al corazón! No me hagáis padecer», murmuraba sin abrir los ojos; y cuando los abrió, reconociéndose despierto, pidió perdón al general: «No me haga usted caso. Estoy fatigadísimo, y si aquí molesto, me saldré a dormir en campo raso.

—No, no; quédese aquí. Le diré, para su tranquilidad, que ya está libre de la sentencia de rehenes. Aunque allá fusilen media aristocracia, la vida de usted en mi poder no corre peligro. Rehenes por gente civil, no me convienen.

—No sé con qué palabras expresar a usted mi agradecimiento por su magnanimidad —dijo Urdaneta conmovido—. ¿De modo que estoy libre...?

—Libre no. Aún será usted mi prisionero por una temporada. Puede que te necesite, por su gran conocimiento de cortesanías y politiquerías de Madrid... y de toda la morralla civil. Tenga un poco de paciencia, y por de pronto duerma en mi tienda todo lo que el cuerpo le pida.

—Me pide mucho, general... Traigo un atraso horroroso en el dormir. Lo menos me debe a mí el sueño cuatro noches. Figúrese... A mi edad.»

Ayudado de aquel sosiego que las últimas palabras de Cabrera dieron a su espíritu, cogió don Beltrán el sueño, quedándose en él con profunda quietud hasta muy avanzado el día; pero cuando ya su cuerpo hubo recibido la reparación de que estaba tan necesitado, el cerebro se solivantó, dándose a los sueños extravagantes. Después de mil visiones vagas, indefinibles, viose atormentado por seres malignos y traviesos que le traían y llevaban sin ningún respeto a su nobleza y ancianidad. Eran, sin duda, los familiares demonios de Nelet, que por contagio de la amistad, pasado se habían del joven al viejo, del creyente al incrédulo. En medio de la turbación del soñar, su razón siempre vigilante le decía: «De esto tiene la culpa Santapau, por contarte sus diabólicas aventuras con tantos pelos y señales.» Ello es que la infernal cuadrilla cogió por su cuenta al señor de Albalate, y de un vuelo me le transportó a Cintruénigo, donde vio a Doña Juana Teresa echando trigo, y a Rodriguito con la pluma tras la oreja, contando los garbanzos que se habían de echar al puchero. Visto esto, volvieron los diablillos a cogerle por los sobacos o por el cogote (no estaba bien seguro), y le llevaron a la cima del Moncayo; de allí a Veruela, y metiéndole por un subterráneo, le arrastraron hasta salir al castillo de Loarre en tierra de Huesca. Entretuviéronse en jugar con él a la pelota, lanzándole de un torreón a otro, y después te llevaron, cogido por las orejas, a la sierra de Guara, desde cuyas cumbres le mostraron todo el territorio del antiguo reino de Sobrarbe, diciéndole... Pero de lo que decían no pudo enterarse bien. Despertó con el cuello dolorido, y, viendo la necedad de su ilusión, requirió nuevamente el sueño, tomando mejor postura.

No debía despertar el noble señor sin que su turbado cerebro se lanzara a mayores travesuras, sucediendo a las imágenes de un orden bufonesco otras de carácter lúgubre y penoso. Tan claramente como se ven cosas y personas en la realidad, vio a Nelet, que, asistido de unos cuantos facciosos con rabo (por donde se colegía su calidad demoníaca), crucificaba a un hombre, clavándole en un largo madero. El hombre, que debía de ser un bendito, se dejaba crucificar risueño, diciendo a su verdugo: «¡Pacho!, no sabes lo que haces.» Largo tiempo, si es que la lentitud o rapidez de este son apreciables en una pesadilla, atormentó al soñador la visión espantosa, que terminaba y se reproducía como el ensayo de una escena teatral. El propio don Beltrán, angustiado, quiso más de una vez gritar a su discípulo: «¡Pacho!, no sabes lo que haces.» Pero no podía... ¡Vive Dios, que no podía!... Las palabras se le pegaban al cielo de la boca cual si fueran obleas.

XXVII

Horrorizado y tembloroso despertó el anciano, y lo primero que vio fue a Cabrera durmiendo, tendido en el suelo boca arriba sobre una manta, envuelto en su capa blanca y roja, la boina sobre los ojos para resguardarlos de la luz. El secretario, con violenta postura, escribía en la silla de tijera, y un ayudante que hacía cigarrillos sentado en la tierra, indicó a don Beltrán con un signo que evitase el ruido para no turbar el descanso del general, que se había dormido después de salir el Sol. A poco entró un ordenanza, y en voz muy baja dijo al prócer que fuera le esperaba desde el amanecer un señor comandante amigo suyo. Echose de la tienda don Beltrán, andando poco menos que a gatas por la gran debilidad que sentía, y encontrose a Nelet sentadito en una piedra, la cabeza entre las manos, el espinazo en violenta curva, imagen de la melancolía negra o de la desesperación. Después de tocarle en el hombro, el desmayado viejo encaminose a una cercana tienda, de donde un penetrante olor de fritangas le llamaba con reclamo irresistible. Tuvo la suerte de tropezarse allí con el teniente Pulpis, que inspeccionaba las sartenes; pidió que le dieran de comer, aunque solo fuera pan y cebolla, y obtenido algo más confortativo y suculento, se puso a devorarlo mientras hablaba con Santapau, que se le arrimó al instante con apetito de conversación.

«Hijo mío, te encuentro muy desmedrado. ¿Estás herido? ¿Has perdido tu preciosa sangre en las acciones de estos días frente a los muros de Gandesa?... ¿O es que te sobrevino algún disgusto, quizás otra jarana con los *chicos de Lucifer*?

—No... A esos no les temo ya. Curado estoy del mal de demonios —replicó Nelet suspirando, agobiado de tristeza—. Un saludador de mi pueblo me ha dejado las cámaras interiores bien limpias de esas alimañas, con un bebedizo que, por lo amargo, debe de estar hecho con la hiel de Judas. Al decir de ese médico, los diablos huyen ahora de mí y se albergan en los cuerpos de mis amigos.

—Cierto debe de ser eso —dijo Urdaneta haciendo por la vida con ansia fisiológica—, porque anoche se han dignado visitarme esos mequetrefes, y en ellos reconocí a los que contigo se divertían. Pues que ya desalojaron tu interior, haz que abandonen también el de tu maestro, que no gusto de

178

tales inquilinos... Entiendo, por la murria que noto en ti, que el desahucio no ha sido completo, y que algún intruso se quedó trasconejado dentro de tu pobre humanidad.

—No es murria de diablura la que tengo, sino de conciencia, y tan grave y honda, que anoche faltó poco para que pusiera fin a mi vida. Suspendí el dispararme por esperar a consulta con usted acerca del caso que me anonada, caso tremendo de los que no tienen solución.

—¿Qué sabes tú si yo la encontraré? Déjame que coma un poco más de este guisado de cabra que me da la vida, y me fortalece el magín para evacuar consultas... Come algo, hijo, que del alimento corpóreo se nutre también y conforta lo más espiritual de nuestro ser: la conciencia.

—Las hambres de la conciencia no se aplacan sino echándole la propia carne para que se la coma...

—Cuéntame, cuéntame pronto, y veré la causa de tu aflicción.

—Acabe usted y salgamos de aquí. Vámonos a donde no haya personas que vean y oigan. El oído y el ver humanos me dan tanto enojo, que a todo el mundo dejaría ciego y mudo. Solo Dios debe ver, y solo deben sonar las tempestades, que son su voz.

—Hijo, poético estás y lúgubremente metafórico... Solo que tus imágenes son de un cuño que está ya mandado recoger por anticuado y candoroso. Ea, terminé mi almuerzo, que por el hambre que tenía me ha resultado opíparo. Vamos a donde quieras.

Llevole Nelet a un ejido donde estaban herrando caballos, y allí, entre relinchos, aún mejor sonantes que las palabrotas de mariscales y soldados, refirió el caso que tan hondamente le perturbaba. «La malhadada acción de Gandesa —dijo—, la perdimos porque, en lo mejor del combate, muchos de nuestros hombres fueron atacados repentinamente de un mal de estómago, por haber bebido en charcos corruptos, y con fieros retortijones caían muertos. Mi regimiento fue de los que más sufrieron de este maleficio. Creían mis soldados que el enemigo había envenenado las aguas... les entró el pánico... Entre el físico y yo quisimos convencerles de que la ponzoña era natural en aquellas estancadas lagunas... Para abreviar: enfermos y desalentados nos batimos en guerrillas en todo el flanco derecho. Nogueras embistió el centro. Vi que flaqueaban; apretamos más y más, perdiendo gente y ganando terreno; hice lo que pude, más de lo que podíamos y debíamos, hasta que Cabrera nos mandó retirar. Hícelo yo con un orden perfecto, pues conozco como los dedos de mis manos todos los caminos, atajos y veredas que rodean al pueblo donde nací. Ninguna fuerza cristina me atacó en mi retirada, que hice vadeando el río y tomando la vuelta de Algás. No habíamos andado legua y media, cuando sorprendimos y copamos unos veinte hombres cristinos que al parecer habían salido de descubierta. Tan torpes andaban y tan ignorantes del terreno, que se nos vinieron a la mano en sitio donde no podían escapar. Algunos, arrojando las armas, emprendieron la fuga con pies ligeros; pero mis tiradores no tardaron en cazarles: solo dos piezas perdimos. Los otros se nos entregaron como borregos atontados, pidiéndonos misericordia. «¿Qué hacemos, mi comandante? ¿Les fusilamos, o qué? Nos da el corazón que estos andaban por aquí envenenando todo el río...» Respondí que bueno... Yo me sentía un poco emponzoñado... Estaba furioso... Echaba fuego de todo mi cuerpo... Por ahorrar cartuchos, mi gente les iba despachando a bayonetazos... Yo no sé, amigo don Beltrán, por qué me entró aquel día tal furor de matanza. Demonios no llevaba dentro de mí; pero sí un amargor que me irritaba, que me volvía feroz. Por la mañana había tomado el brebaje de que antes hablé... Me escocía horriblemente el cuerpo. Las moscas que se cebaban en mi pobre caballo, me tenían loco con sus furiosas picaduras. Y además, yo sudaba... ¿cómo diré? a mares, un sudor amargo y venenoso, según creo, y mosca que me picaba, moría. Mas eran tantas, que hube de apearme por huir de ellas... Mientras mis soldados exterminaban hombres, yo daba vueltas a pie por entre vivos, muertos y a medio morir; y en esto vi a un cristino tumbado contra un árbol, herido ya... No sé por qué me dio el arrechucho de atravesarle con mi espada... le tomé por una mosca, o por el padre de todas las moscas... Apenas retiraba de su costado izquierdo mi espada, me asaltó una idea... Sí, era una idea. ¿Qué vi yo en la cara y en los ojos de aquel hombre? ¿Qué vi para lanzar un alarido, pues alarido de rabia y dolor fue la pregunta que le hice? «¿Eres tú Francisco Luco?» Lo pregunté dos veces, y él respondió que sí con la cabeza, moviéndola de golpe... Así... Con la cabeza dijo que sí, y también con los ojos al mirarme; mas con la boca no dijo nada, porque entre el intento y la palabra se metió la muerte.

—¡Dios nos tenga de su mano! —exclamó Urdaneta, desahogando su pena con un gran suspiro.

—Dígame usted ahora si habiendo dado muerte con tan estúpida crueldad al hermano de la que adoro, puede haber consuelo para mí. ¿No debo desear que se abra la tierra y me trague? ¿Para qué está ya Manuel Santapau en el mundo?

—Poco a poco... No hay que perder la serenidad. Primero, pudo haber error. Al dar el hombre esa fuerte cabezada, como dices, quizás no fue su ánimo responder a tu pregunta... Aquel movimiento debió de ser la tensión de músculos propia del morir...

—¿Y la semejanza con su hermana? ¡Si era su propio rostro! Los ojos, en la mirada que me echó, pareciéronme los ojos de Marcela.

—Tampoco eso prueba nada. O pudo ser un parecido casual, o no había tal semejanza más que en tu imaginación excitada por el combate, por las preocupaciones, por el brebaje, y... por las moscas. ¡Y quién sabe, quién sabe, querido Nelet, si en esa tragedia habrán tenido alguna parte *los chicos de Luzbel*, valiéndose de un cubileteo, de una simulación de rostros para trastornarte! Aquí donde me ves, influido sin duda por el ambiente que respiro, por el aspecto romántico del país, voy creyendo en la realidad de las travesuras diabólicas, de que antes me reía... Y ¡qué diantre! atenúa mucho tu responsabilidad el haber sido cosa repentina, imprevista, como accidente de una batalla... La ocasión, la ley de represalias, que no puedes eludir como subordinado de Cabrera, te disculpa en cierto modo...

—No, no: mi conciencia no lo cree así... Mi conciencia se ha vuelto muy rígida, muy exigente y escrupulosa... Natural es que el amigo y maestro quiera consolarme... Pero no hay consuelo para mí. He cometido un verdadero parricidio. El querer matarme ahora, ¿qué es, señor mío, más que el afán de huir de mí, por el horror que me causo?

—Calma, juicio, reflexión... —dijo el maestro desalentado, mas queriendo disimular su pesadumbre—. Repentino y fulminante parece tu mal de conciencia; pero no faltará remedio para él: yo te lo fío, yo te lo aseguro... Has de prometerme no tomar ninguna resolución airada, y oírme y consultarme en todo, que si experto soy en amores, no me faltan luces ni conocimientos para los casos más graves de conciencia turbada. Déjalo a mi cargo. Descansa en mi autoridad, triste ciencia de los años...»

Como a continuación expresara el ladino viejo la idea de que bien podía Marcela ignorar siempre quién había sido el matador de su hermano, se remontó Nelet de la tristeza lúgubre a la ira, diciendo: «¿Cree usted que con esta cara puedo yo presentarme a ella y guardar el secreto de mi crimen? En el estado de mi conciencia, es imposible el disimulo, porque mi cara, mis ojos llevan retratado el crimen que cometí. En mis pupilas verá Marcela la imagen de su hermano moribundo, respondiéndome *sí* con la cabeza. Si usted me aconseja que le oculte la verdad, no es usted tan completo caballero como creí: no, no lo es.

—Te perdono tus dudas acerca de mi caballerosidad. Tú no estás bueno, querido Nelet... En cuanto a que declares, a que confieses tu crimen, admito y apruebo que lo hagas; pero solo en el tribunal de la penitencia. No veo por qué motivo ha de ser Marcela tu confesor...

—Sí lo es... Debe serlo, y yo quiero que lo sea —gritó Nelet.

—No grites, por Dios...

—O me mato para callar, o vivo para confesarme con ella.

—Pues colocada la cuestión entre los términos de ese terrible dilema, decido, ea, que vivas y confieses.

—¡A ella! Este fuego que ahora prende en mi conciencia y que me está quemando cuerpo y alma, no se aplaca más que con la verdad... Luego, que sea de mí lo que Dios quiera.»

Con la idea de calmarle, fingió don Beltrán asentir a lo que Santapau decía: confiaba que el descanso, el sueño, las obligaciones militares, el roce con sus compañeros, le traerían pronto a la vida normal y al equilibrio de su mente. Procuró distraerle, hablándole de diversos asuntos, y después de contarle con pintoresco estilo, no exento de gracejo, la escena de su interrumpido suplicio en Rossell, le notificó que Cabrera, con benignidad increíble, le había levantado la sentencia de rehenes, y que confiaba obtener pronto su libertad.

Tuvo esta palabra la virtud de animar un poco al atribulado Nelet. «¡Libertad! —exclamó—. Yo también quiero ser libre... ¡Muerte y libertad! ¿No es cierto que la conciencia oprime? Pues hay que matar al déspota, como dicen los patriotas y jacobinos... Matar al tirano para ser libre. Por eso digo yo: «Muramos, libertémonos.»

XXVIII

Con sutil ingenio trató de hacerle ver don Beltrán lo disparatado de aquel conceptismo, dando su verdadero valor a las ideas de libertad y muerte, harto graves ambas para ser tratadas en estilo de madrigal, y en estas y otras charlas llegó la hora de partida, dispuesta repentinamente por Cabrera cuando con más descuido saboreaban todos el descanso después de tantas fatigas. ¡En marcha! ¡A correr, a combatir! ¿A dónde iban? Cabrera no acostumbraba decirlo, y marchando al frente de sus tropas les señalaba el camino. Agregose don Beltrán en un caballejo que le proporcionó su amigo Putxet, y entre este, que hablaba por los codos, y Santapau, que parecía privado del don de la palabra, emprendió la caminata por un sendero ingrato y polvoroso. Y por Dios, que ya se cansaba el buen señor de tanto ajetreo; sus huesos le pedían descanso; quizás en el nuevo estilo de Nelet, le decían: «Libertad, muerte.» Gracias a su vigorosa fibra, a su carácter jovial y un tanto aventurero, podía resistir los molimientos y privaciones inherentes a la vida militar; y cuando el cansancio físico parecía irresistible, su imaginación, reverdecida en lo juvenil, le deparaba algún nuevo estímulo para proseguir en la carrera. Por dicha suya, o por desgracia, que esto es dudoso, ante su vejez declinante no se cerraban nunca los horizontes.

Grande fue el disgusto del prócer en aquel camino, viendo que Nelet, sin mejorar de su desazón espiritual, decaía visiblemente, como atacado de un mal físico grave. A media tarde observó su amigo en él fiebre intensísima; al anochecer, entrando en Arenys de Lledó, cayose el comandante del caballo. Recogiéronle como cuerpo muerto y le arrimaron a una pared, en tanto que Urdaneta, consternado de ver a su discípulo en tan mala disposición, se determinó a manifestar al general la imposibilidad en que aquel se hallaba de continuar su marcha. En la casa del cura, donde tenía su alojamiento, recibiole Cabrera malhumorado, revelando en su ceñudo rostro que no se había podido escoger peor ocasión para pedirle favores. Mas el intrépido aragonés, a quien no acobardaban entrecejos, no solo pidió que Santapau fuera dado de baja por enfermo grave, y quedase hasta su restablecimiento en aquel pueblo, donde tenía familia, sino que se arrancó a solicitar que a él se le permitiese también permanecer allí para asistirle. Observando en Cabrera el centelleo de los ojos, el bilioso color tirando a verde, y la inquietud *leopardina* con que se paseaba de un ángulo a otro de la jaula, creyó que a cajas destempladas le despediría, sin acceder a sus peticiones. Mas no fue así: como un hombre afanado que aparta su atención de las cosas menudas para aplicarla por entero a las grandes, Cabrera le manifestó que tanto él (don Beltrán) como Santapau se fueran... A cualquier parte, o *mucho con Dios*, pues ninguno de los dos le hacía falta para nada. «Usted, señor de Urdaneta —le dijo, plantándose ante él—, está libre, y puede volverse a sus estados de Aragón. Para rehenes no me dan juego los aristócratas, y para prisioneros me convienen los que trabajan y toman las armas. No es desprecio, señor... En cuanto a Santapau, que se me presente así que esté curado, y si no cura y se muere, Dios le perdone... Puede usted retirarse. Quizás no nos veamos más, porque usted es muy viejo, y yo, aunque joven, moriré pronto... De un berrinche... Adiós.»

Retirose agradecido el señor de Albalate, y Cabrera celebró Consejo, para someter a la deliberación de unos cuantos individuos, clérigos la mayor parte, el asunto que revestir quería de autoridad consultiva, conforme a las fórmulas de gobierno impuestas por don Carlos. No estorbaba tal trámite al caudillo del Maestrazgo, que sabía cubrir el expediente de *oír* a los señores, y afectando respeto a sus dictámenes, hacía después lo que le daba la gana. Los consejeros quedaban muy satisfechos, creyéndose ruedas indispensables de la máquina administrativa, y si algunos pudieron entrever que en el gobierno de aquella región no eran más que figuras de adorno, churrigueresco por añadidura, se consolaban con la risueña esperanza de obtener plaza en *la audiencia de ministros* de Valencia, o en el Consejo y Cámara de Castilla, el día del triunfo. Al salir de la visita al general, se cruzó don Beltrán con los consejeros que entraban, y, sin dársele un ardite de aquella farsa, no pensó más que en la obligación de alojar a su amigo enfermo, para lo cual lo primero que hizo fue buscar a los parientes que tenía Nelet en Lledó; pero como estos no parecían ni nadie daba razón de dónde habían ido a parar, no hubo más remedio que acomodarse en alguna de las casas donde, mediante pago, se les brindaba regular albergue. Eligió don Beltrán, por despejado y saludable, un *mas* a la entrada del pueblo, con casa vieja y grandona entre arboledas. El *masovero* era un viejo catalán, asistido de dos nietas guapas, la una más que la otra, y ambas obsequiosas, atentas, un poquito redichas y algo coquetas, razón por la cual la tal familia se le entró a don Beltrán por el ojo derecho. Dieron al enfermo un cuarto alto de la casa, con mediano lecho, y al caballero anciano otro contiguo, donde había simientes y colgaderos de hierbas en manojos puestas a secar. No le pareció mal su residencia, a pesar de la dureza de la cama, que a las piedras igualaba, y habría vivido allí muy gozoso, si el mal cariz de la dolencia de su amigo no le tuviera en tan grande sobresalto.

Pasó Nelet la primera noche en un estado que a su maestro le pareció gravísimo, con fiebre muy alta, delirio y agotamiento de fuerzas. Al día siguiente amaneció con una fuerte erupción en toda la cara y parte del cuerpo, como si le hubieran picado abejas. Don Beltrán no se apartaba de su lecho ni de día ni de noche, atento a cuidarle con ayuda del *masovero*, hombre tan bondadoso como amañado, y de sus nietas, más amañadas aún para todo lo doméstico. Como en el pueblo no había médico, ni siquiera albéitar, entre don Beltrán y *Chimeta* (que así se llamaba la mayor de las muchachas, y al propio tiempo la más bonita y dispuesta), celebrando frecuentes consultas, diagnosticaron y prescribieron lo que les dio la gana, determinándose por el sistema expectante, el más fácil y barato, y tal vez el más científico. Quietud, limpieza y frecuentes tomas de agua bien endulzada, fueron la única terapéutica en los ocho días que duró la gravedad de Nelet, y en que los brotes de la cara tomaron un aspecto por demás alarmante. Según el *masovero*, no era caso de viruelas, que él conocía muy bien por haberlas visto más de una vez en su familia; era tan solo un hervor de sangre motivado de *berrinche suspenso*, es decir, de una sofoquina que por prudencia no había salido del cuerpo. Decía que no hay cosa más mala que enfadarse en día de calor y no desfogar la rabia con palos o bofetones. El que tal hace, lo paga con la salud y a veces con la vida. Sucedieron a los ochos días de gravedad otros ocho en que cedió la erupción, resolviéndose en muda de la epidermis; desapareció la fiebre, y el enfermo pudo tomar alimento, aunque siempre con repugnancia. Su inteligencia, completamente oscurecida en aquel período, revelaba una honda crisis: su palabra era torpe, cansada, regañona. Tanto don Beltrán como *Chimeta*, persistiendo en la puntual asistencia, se confirmaron en la superioridad incontestable del tratamiento acuático, sin mezcla de ninguna droga, y proclamáronse curanderos de primer orden, capaces de ejercer el arte con no poca fama y provecho. Era *Chimeta* muy graciosa, y a don Beltrán se le caía la baba oyéndola bromear y reír por cualquier fútil motivo. En su aturdimiento senil, olvidado ya del trance terrible de Rossell y de los actos de arrepentimiento con que allí limpió su conciencia, se le reverdecieron las aficiones de toda la vida, y su habitual culto del bello sexo encontraba ante aquella sencilla y tosca ninfa ocasiones de gran lucimiento. Para ella era un deleite novísimo oír los galanteos refinados, y hasta cierto punto paternales, del señor de Urdaneta, y a él se le refrescaba el alma, se le avispaba el entendimiento, se le aliviaba el peso de los años. Todo era inocente, madrigalesco, puro juego de frases agudas untaditas de miel: sobresalían en él las buenas maneras y el propósito, casi siempre logrado, de no caer en lo ridículo; en ella se veía la mujercita exuberante de vida que quiere adquirir soltura en la esgrima y en el lenguaje de la lucha pasional.

Mas ¡ay! cuando *Chimeta*, llamada de sus obligaciones, dejaba de acudir al enfermo, y con este se encontraba solo don Beltrán, ya no podía el hombre librarse de la tristeza. Cierto que había recobrado la libertad, inapreciable don; pero el asunto que le trajo a tierra de Teruel continuaba sin resolver. No creía ofender a Dios deseando que viniera a sus manos lo que estimaba de su legítima pertenencia; y sin apartarse del orden de sentimientos que el angustioso paso de Rossell despertara en su alma, se condolía de tener que volver a Cintruénigo en situación desairada y con las manos vacías. Las esperanzas de remedio que había concebido se disipaban ya, pues Nelet tenía trazas de quedarse idiota: no razonaba; sus conceptos eran incoherentes o de una simplicidad rayana en la estupidez. Para mayor desdicha, nada se sabía de la monja vagabunda y enterradora de caudales. No aportaba por allí *Malaena* ni para traer ni para llevar sus velocísimas embajadas, sin que esta ausencia pudiera achacarse a ignorancia del lugar donde los caballeros residían, pues por los oficiales del 3.º de Tortosa, a quienes se dejaron instrucciones muy precisas, debía tener conocimiento de la enfermedad de Nelet y de su forzosa estancia en Lledó. «Aunque no sea más que para decirnos que nada sabe de la hija de Luco —pensaba Don Beltrán en sus soledades tristes—, la mensajera tiene que venir.» Y tanto deseó a la mujercilla ratonil, y con tanta fuerza la reclamaba su voluntad, repitiendo el *vendrá, tiene que venir*, que una mañana, como por virtud de conjuro, apareció la vieja. *¡Hosannah!* Veinte días llevaba ya de enfermedad el pobre Santapau, y su entendimiento despertaba perezoso, tratando de cobrar con lenta cacería las ideas dispersas, fugitivas, descarriadas.

En la huerta del *mas* recibió don Beltrán a la embajadora loco de contento, y este subió de punto al saber que Marcela no andaba lejos de allí, pues sabedora de la muerte de su hermano, se encaminaba con los viejos a Gandesa por el Monte Caro, con el fin de recoger el cadáver y darle sepultura. No quiso el buen caballero que *Malaena* se presentase a Nelet, pues aún no estaba este en disposición de recibir emociones vivas, que podrían retrasarle en su penosa convalecencia; y dando de comer a la mensajera, y aposentándola en la cuadra con comodidades para ella desconocidas, la interrogó prolijamente, tratando de indagar, no solo los propósitos, sino el estado de ánimo de la santa mujer. Poco pudo informarle *Malaena* de estos particulares. La última vez que vio a Marcela fue cerca de un castillo que hay a la bajada de Monte Caro para ir hacia Pauls. Iban ella y los viejos cuesta arriba, llevando una olla muy pesada, tan pesada, que se relevaban para cargarla.

«¿Les viste saliendo del castillo o entrando en él? —preguntó don Beltrán con afectada indiferencia.

—Hacia él iban, señor —replicó la vieja en valenciano, que el caballero tradujo fácilmente—; mas no sé si llegaron o siguieron de largo, pues la sacra señora, dándome pan y queso, me mandó que me retirara, y yo me retiré comiendo, sin mirar para atrás.»

Eran estas referencias como una mano blanda y tentadora que en el alma del noble anciano revolvía, y con sus halagos despertaba la codicia, sierpe aletargada desde las efusiones cristianas del terrible día de Pentecostés. Se argumentaba para calmar su conciencia, diciéndose que desear lo suyo y perseguirlo no era desatino grave, sino intención equitativa; pero entre el desear y el temer, ello es que perdía el sueño, y su espíritu se distrajo de las alegrías que el trato de *Chimeta* le daba, alegrías tras de las cuales se ocultaba con senil rubor una honesta adoración, un sentimiento que casi no era más que estético goce.

XXIX

Viendo muy mejorado a Nelet, diole cuenta de la reaparición de *Malaena* y de lo que habían hablado; excitose el enfermo, recobrando de golpe su locuacidad, y a las primeras palabras hubo de comprender don Beltrán que se renovaba en toda su intensidad el enfadoso mal de conciencia; no vaciló el maestro en atacarlo con brío diciendo: «Entrégate a mí, pues no estás en disposición de resolver por ti mismo cosa tan grave. Yo lo arreglaré con tan buena maña como pura honradez. Tus escrúpulos se disiparán, y Marcela será tu esposa. Tu delicadeza es ya locura. Conviene que moderemos hasta nuestras virtudes... Y si te encuentras en disposición de caminar, no será malo que salgamos en seguimiento de la divina mujer.» Accedió Santapau, y se convino en esperar dos días para mayor acopio de fuerzas, pues no teniendo caballos ni posibilidades de adquirirlos, era forzoso emprender a pie la dura caminata.

Llegado el día de la marcha, salieron, y fue un paso triste para don Beltrán el separarse de la linda *Chimeta*, que con sus donaires y risotadas se le había metido en el hueco preferente del viejo corazón. No digamos que le turbaban pretensiones absurdas respecto a la muchacha: no era sino que le dolía separarse de ella, como duele el arrancarnos cualquiera raicilla que penetra en el alma, y la de don Beltrán tenía un terruño muy propicio al arraigo de toda hierba. ¡Nunca más ¡ay! volvería a ver a la ninfa tosca de Lledó! Era un adiós en la puerta de la eternidad, adiós dado al bello sexo, a la humana belleza, a las únicas flores que alegran este valle de lágrimas. Casi con ellas en los ojos, realmente conmovido, se despidió el señor de tantas Torres, besando la mano áspera y gordezuela de *Chimeta*. Le deseó un buen novio para hacer de él un buen marido, y le recordó los consejos que le había dado para dominar a los hombres y hacerse querer locamente de ellos. Agradecida la ninfa, así como su hermana y abuelo, a las bondades de los dos señores, les vieron partir con pena, pidiendo a Dios para ellos salud y prosperidades.

Acompañados de *Malaena* se metieron por los atajos y recodos que conducen a Horta, donde pensaban terminar su primera jornada. Parecían dos pobres titiriteros, seguidos de un perrillo con faldas, o mejor, de un cuadrumano con cuyas monadas y brincos pedirían limosna de pueblo en pueblo. Iba Nelet vestido como en la facción, sin insignias, armado de cuchillo y pistolas; mas en la traza total de la cuadrilla, las armas, a primera vista, parecían trebejos para el arte de volatines o prestidigitación. Muy mal de ropa estaba el primer noble aragonés; pero aun así no se despintaba su empaque de persona principal. Andaban despacio, guardando silencio en largos trayectos, charlando a veces con lánguida conversación. Temerosos del encuentro con alguna columna cristina, mandaban a *Malaena* por delante, a la descubierta, para que ojeara toda emergencia de gente sospechosa en aquellos horizontes. En el descanso de Horta, albergados en una paridera a la entrada del pueblo, explayose Nelet a contar a su maestro *las cosas que le andaban por dentro del espíritu*, en verdad muy extrañas, y las visiones que desde los comienzos de su enfermedad le acosaban, alguna de las cuales tuvo poder bastante para oscurecer a las demás y resplandecer sola y continua en el campo luminoso de la óptica interna.

«Esto que voy a contarle —dijo Santapau, recostándose en el suelo junto a su amigo después de mal cenados—, lo vi muy claro la primera noche de mi enfermedad en Lledó; después se me fue apagando... lo veía turbio, desvanecido, mezclado con otras imágenes; pero al entrar en convalecencia, volví a verlo claro, cada noche más, y más... llegando a tanto su claridad, que ya lo veo también de día y con los ojos abiertos.

—Cuéntamelo pronto, que ya estoy ardiendo en curiosidad. No dudo que ello tendrá relación con el fin y empresa que mueven tu vida, y que la imagen de Marcela será centro de todas esas esferas y círculos de tu soñar loco...

—Pues oiga usted. Desde que *me entra*, ya me tiene usted corriendo a caballo tras de la monja de Sigena.

—¡Y ella... A patita! Poca ventaja te llevará.

—No puedo decir cómo va, pues no la ven mis ojos... Sé que va delante, la siento, la olfateo. Yo grito; ella no me oye.

—Y sigues, sigues... Arrimando espuela.

—No espoleo porque voy desnudo de arreos, de ropa y hasta de carne. Soy un esqueleto. Mi caballo es también esqueleto... De caballo, se entiende... y ni yo tengo más espuela que el hueso del carcañal, ni él tiene barriga en que yo pueda espolearlo... Mas no es preciso, porque corre, corre sin que yo le diga nada, haciendo con sus cuatro cascos un compás de música que no se aparta ya de mi oído. *Pataplás, parrataplás...* Siempre así.

—Sufrirás mucho corriendo tras un fantasma sin alcanzarlo nunca.

—Más que la persecución del fantasma, me hace padecer el *pataplás* de mi cabalgadura y los estragos que causa al sentar alternadamente los cuatro cascos como mazas de hierro... ¿Por dónde voy en esta carrera? Por un campo que parece árido y no lo es. Lo parece, porque en él no nace ningún árbol, ni mata, ni hierba; no lo es, porque está todo lleno de seres vivos, chiquitos, que nacen en él y por entero lo cubren... No se ve el suelo: no hay dónde poner una pieza de dos cuartos. ¿Qué son? dirá usted, ¿qué vidas son aquellas? Pues son niños, señor don Beltrán; no ángeles, que alas no tienen, sino criaturas como las de acá, como las del mundo, como nosotros cuando teníamos un año, dos años...

—Hombre, sí que es rara, estupenda visión... ¿Pero esos niños...?

—Nada, señor, niños. ¿No sabe usted lo que son niños, criaturas, o como dicen los gitanos, *churumbeles*? El campo absolutamente lleno de ellos. ¡Y qué lindos, qué graciosos! Gorjean, ríen con esa carcajada del chiquillo que se embelesa mirando una luz. ¿De dónde salen? De la tierra, pienso yo, apretados unos contra otros, como los tallos de la hierba... Desnuditos, rollizos, ligeros... Bueno: pues por este campo de niños paso yo a la carrera. Mi caballo les va destruyendo con sus patadas, y ellos vuelven a salir, vuelven a nacer, y a gorjear y a reír... Siempre chiquitos y monos; ya digo, de año y medio o dos años, y en número incalculable. En todo lo que alcanza mi vista, no se ve más que el campo lleno de nenes. Se agita el sin fin de cabecitas haciendo ondas, como un campo de trigo, y las ondas traen y llevan el gorjeo. Mi caballo recorre como el viento leguas y leguas, y siempre lo mismo, machacando criaturas, que vuelven a salir vivitas, alegres... Si le digo a usted que son cuatro mil cuatrillones, no digo nada, pues son más, más...

—¿Y su única voz es el gorjeo? ¿No has reparado sí dicen *papá* y *mamá*?

—No lo dicen; pero es como si quisieran decirlo.

—Está bien. ¿Y qué hace mi señora beata en el campo de niños?

—No sé... Allá lejos va... yo no la veo. Se me antoja que al golpe de sus pisadas brotan las criaturas.

—Hijo, visión más peregrina no atormentó jamás a ningún cristiano. Lo que no alcanzo es qué relación pueda tener ese campo infantil con tus cuitas, Nelet.

—Yo tampoco lo alcanzo... Pero ello es que la visión no me deja. Hasta de día y muy despierto la tengo ya. Los gorjeos también se agarran a mi oído. Y no miento si le digo a usted que a toda esa inmensa chiquillería la quiero ya... Ni más ni menos que si fueran mis hijos... ¿Lo serán? pienso yo. ¿Serán los que tuve o debí tener en cuatro mil cuatrillones de siglos que viví antes de esta vida?

—¡Demonio, echa siglos y generaciones!... ¿Sabes que tu fantástico sueño es para marear y confundir la cabeza más firme?

—La mía no puede ya con más confusión.

—Y eso es contagioso... Temo que me pegues tu mal. Cállate ya, por Dios, que yo voy a soñar también lo mismo... pisoteando nenes... quita allá... ¡qué atrocidad!... Cállate, que no quiero yo soñar eso, no quiero.»

Guardaron silencio, y a poco dormían ambos; mas se ignora lo que soñaron, y si fue un hecho el contagio que don Beltrán temía. A la mañana siguiente, que se presentó lluviosa, continuaron andando con no poca molestia, amparándose bajo los árboles cuando el llover arreciaba. El suelo arcilloso, lleno de charcos, les causaba grande enojo, y tan pronto se detenían ateridos al abrigo de un paredón, como aceleraban su anda-dura, afanosos de llegar pronto a poblado. Renegando de tales contra-tiempos y de las perversas condiciones en que viajaban, dijo Santapau a su amigo, guarecidos en una aldea mísera: «Ni usted ni yo nos resignamos a andar de camino como unos miserables titiriteros, careciendo de todo, mal vestidos, perdiendo la paciencia, el tiempo y la salud. Necesitamos caba-llos, vestidos, dinero. Puesto que estamos tan cerca de Cherta, donde tengo familia, amigos y un *mas*, cuya renta de doscientos ducados no he cobrado este año, nos llegaremos allá, o me llegaré yo solo, si usted no se halla muy dispuesto. Solo estaré el tiempo preciso para recoger todo el dinero que pueda y proporcionarme un par de caballos o mulas, o aunque sean borricos...» Parecióle de perlas a Don Beltrán este propósito; mas se declaró perezoso de acompañarle, pues se hallaba rendido, aspeado, lleno el cuerpo de dolores y con ganas de guardar sus huesos en abrigo media semana para repararlos de los efectos del último remojo. Convinieron en que iría solo Santapau al romper el día: conocía perfectamente todos los senderos y atajos, y no contaba emplear, andando sin sofocarse, arriba de tres horas. Don Beltrán se quedaría en la aldea, que era el barrio más lejano de Prat de Compte, al cuidado de *Malaena*, reponiéndose del quebranto producido por la caminata y la mojadura. Partió Nelet tempranito, agregado a una cuadrilla de mujeres que iban a Cherta con haces de leña, y el ilustre señor se quedó en un blando lecho de paja, arreglado por la que había venido a ser su camarera. En la memoria del buen viejo se reprodujo la noche pasada en Fuentes de Ebro, bien apañadito en montones de paja. ¡Pero qué diferencia entre la bella Saloma, tan graciosa y diligente, y aquella desmañada viejecilla de Vallivana, que no servía más que para correr de monte en monte! La compañía de la navarra, su excelente disposición y cháchara festiva, trocaban en palacios las cuadras de los mesones, mientras que *Malaena* todo lo afeaba y envilecía. Encargole don Beltrán unas sopas de ajo, y tan mal las hizo, que solo a fuerza de hambre pudo pasarlas el pobrecito viejo. Por su ineptitud para todo lo doméstico, por su salvajismo y suciedad, se le había hecho antipática, y le azoraba con su prurito de confianza y de palique cuando más deseaba él estar solo, callado y libre; el brillo y la continua vigilancia de sus ratoniles ojos le ponía nervioso; sus familiaridades llegaron a ser de una pesadez impertinente, como si desconociera el respeto que a tan alta persona debía guardarse. Creyérase que le tomaba por titiritero arruinado en el oficio. Sentadita frente a él sobre la paja, le dijo en dulce valenciano, que es forzoso traducir: «¡Qué hace ahí tan metido en su magín, cavilando maldades! *Vosté* no está ya más que para ponerse en paz con Dios.

—Pienso lo que me da la gana —replicó don Beltrán, esquivando la mirada de las cuentas de azabache que *Malaena* tenía por ojos—. ¿Quién te manda a ti meterte...? ¡vaya!

—Me meto por llamarle a Dios, que ya es tiempo. Más vejestorio es *vosté* que yo. Me da lástima de que la muerte le coja descuidado.

—¡La muerte! ¿Acaso estoy yo para morir?

—Yo no sé leer escrituras, pero leo la muerte en la cara de la persona.

—Vete al demonio... Te encargó Nelet que me acompañaras, no que me faltaras al respeto.

—No falto al respeto diciéndole a *vosté* que se muere. No me equivoco.

—¡Embustera, quítate de ahí! Aunque algo cansadito, me siento fuerte, y paréceme que aún tengo años por delante.

—Días tiene, y los dedos de una mano le sobran para contarlos.

—¡Lárgate pronto, condenada!», gritó Don Beltrán estirando violentamente una pierna contra la paja.

La vieja se fue. Y en su imperfecta vista creyó el pobre caballero que desaparecía como un ratón por entre los informes y oscuros objetos que llenaban la cuadra, revestidos de telarañas y polvo... Solo ya, meditaba. ¡Si tendría razón la maldita vieja! No, no: él no hacía caso. ¿Qué podría saber de vidas y muertes una pobre rústica, salvaje, casi idiota? ¡Vaya que estaba divertido! ¡Después de una mala noche, soñando con el campo de niños y oyendo sus gorjeos, un día de prisión junto a semejante sabandija, que no era, no, que no podía ser cosa buena...! Sintió un ruidillo de dientes sobre cosa dura, y a poco se le apareció *Malaena* royendo algo que llevaba de la mano a la boca con movimiento jimioso. Acercose a él y le observó, aproximando su rostro de pasa. Al verse mirado por los ojos ratoniles, don Beltrán sintió frío, miedo. «Vete —le dijo—. Me molestas.» Y ella: «Ya me voy. ¿Quiere estar solito para calentarse los cascos con sus malas ideas?... Diviértese *vosté* jugando con el pecado de la codicia, y piensa que le van a dar ollas de dinero...

—¡Calla, vete pronto!» gritó Urdaneta ronco, fuera de sí.

Y tan sobresaltado quedó el hombre para todo el día, que cuando *Malaena* se acercaba al lecho de paja, sentía el hombre verdadero pánico. Tomó el partido de cerrar los ojos y rodearse la cabeza con los brazos como para llamar el sueño; pero este no le favoreció, ni tampoco Nelet, regresando aquella tarde como había prometido. ¡Qué soledad, qué triste abandono! Pasó la noche agitadísimo, sintiendo que *Malaena* le tiraba de los pies para llevárselo... ¿Era bruja, era un diablo humanizado en la forma más odiosa? No hacía el pobre más que dar golpes en la paja, al modo de coces, murmurando: «Vete, demonio, vete; déjame.»

Pero ¡ay! mientras Santapau no volviese, ¿qué remedio tenía más que vivir resignado bajo el poder de la infernal bestiezuela de Vallivana? Dejábase cuidar de ella, y probaba con repugnancia los bodrios que le servía... Pasó todo el día entregado a las absurdas creencias. Él, que nunca fue supersticioso, ya creía en demonios aviesos, en asquerosas brujas y en trasgos maleantes. Y como a la segunda noche tampoco pareciese el bueno de Nelet, viose el señor de Albalate tan desamparado, que hubo de volver los ojos a Dios. Solo con esto se le fue del alma la superstición, y abominando de tales torpezas, se sintió profundamente religioso, como lo había sido en algunas ocasiones aflictivas de su cautiverio, y singularmente en el tremendo paso del día de la Pentecostés. Sobrevino, pues el estado de arrepentimiento y contrición, dolor de haber ofendido a Dios con una vida de libertinaje; sobrevino el desprecio de las riquezas, el espanto de las malas acciones, así pasadas como presentes. Al amanecer del tercer día llamó a su ratonil guardiana, y con buen modo le dijo que hablase a los dueños de la casa antes que salieran al campo, concertando con ellos que le llevaran un sacerdote, pues sentía vivísimo anhelo de confesarse. Cumplió la vieja el encargo con toda diligencia; mas como no había en el lugar ni en sus contornos clérigo alguno, hubo de quedarse el noble señor sin el consuelo y descanso que deseaba.

Enojosas fueron para él las horas de aquel día, pues sin que se calmara el infantil terror que la seca viejecita le inspiraba, le atormentó el tumulto de su alborotada conciencia. Veía muy clara su abominación, pues cuando Dios le conservó la vida en Rossell, en vez de mostrar gratitud conservando su alma en la pureza y descargo de su arrepentimiento, lo que hizo fue reincidir en sus antiguos vicios. No fue cosa grave el encandilarse un poquito con la gentil *Chimeta*; pero sí lo era el incurrir de nuevo en la fea codicia, afanándose por el legado de Juan Luco, y más aún la persistencia en agenciar con móvil egoísta el casorio de Nelet y Marcela. La situación moral había empeorado, pues al pecado antiguo de querer secularizar a una esposa de Cristo, se unía el propósito de engañarla, ocultándole que su galán o pretendiente era el matador de Francisco Luco. ¡Oh qué grande malicia, Señor! ¡Y de este modo y con intenciones tan protervas, pagaba la inmensa benignidad de Dios, que le había concedido la vida cuando ya casi apuntaban a su pecho los fusiles facciosos!

Encendida su alma en fuego de contrición, gritó llamando a su guardiana. «*Malaena*, ven. Ya no me inspiras miedo. ¿Verdad que no eres demonio ni bruja? Yo veía en ti el daño y corrupción que en mí propio llevaba. Perdóname. Eras para mí lo que para los niños el coco. Pero ¡ay! ya he visto que el coco dentro de mí lo tenía yo: era mi conciencia... Pues te digo que Dios me ha iluminado, y vuelvo al bien y a la virtud. Si me muero, que me muera. No más, no más pecar, no más pensamientos infames. Corra quien quiera tras un puñado de oro; yo no. No más supercherías con Marcela... Gobierne la santísima verdad los días que me restan, pocos o muchos. Quiero salvar mi alma. Mi alma merece salvarse...»

En esto sintieron ruido de gente y caballerías. Era Nelet que llegaba de Cherta.

XXX

No fue el gozo de don Beltrán, al abrazar a su amigo, proporcionado a una ausencia de tres días: fue como por ausencia de tres años, y de la fuerza del contento se le trastornó el sentido, viendo a Nelet más fuerte, más gallardo, restablecido de su reciente mal, la cara limpia del rojizo color de quemadura. Era ilusión del pobre viejo que veía lo que deseaba. Por su parte, Santapau encontró a su maestro más caduco, encorvado, jadeante, algo ido del cerebro, progreso de senectud excesivo para tres días. Mostrole muy satisfecho lo que traía: dos soberbios burros, pues caballos no los encontrara ni a peso de oro. Eran excelentes piezas, de cómoda andadura, y muy bien enjaezados. Traía también ropa para los dos, y un repuesto copioso de vituallas en una cesta barriguda. Despedido el criado del *masovero* que había venido en el segundo pollino con la cesta y equipaje, los dos caballeros pusiéronse a cenar. Tiempo hacía que Urdaneta no probaba cosas tan ricas: butifarras, diversas clases de suculentos embutidos, pollos asados, frutas escarchadas, chocolate, bollos de sartén... Más que en saborear aquellas viandas, gozaba don Beltrán viendo a *Malaena* devorar, con atrasadas hambres, comidas tan finas en increíbles dosis.

«Pues he tardado tres días —dijo Nelet—, porque las grandes novedades que encontré en Cherta, y el barullo de gente y amigos, me imposibilitaron el despacho de mis diligencias en el tiempo que yo creí.

—Oí que estos días ha pasado hacia allá mucha tropa de uno y otro ejército. ¿Qué ocurre?

—Sí... tropas de Isabel, tropas de don Carlos. Se ha batido bien el cobre... Vámonos pronto de aquí, antes que nos coja el paso de los míos, que ahora son en número mayor que antes. En una palabra: ya tenemos la expedición Real del lado acá del Ebro, en Cherta, gracias al talento militar de Ramón Cabrera y a su arrojo y prontitud. Está el hombre que no cabe en su pellejo de puro orgulloso... Sí, sí: no se asombre usted. Don Carlos ha pasado el Ebro. Yo le he visto... he visto al Rey, a nuestro ídolo, y le aseguro que me quedé como si hubiese visto a cualquiera que no fuese ídolo de nadie. Yo me figuraba otra cosa, otro empaque, otra representación de gran Monarca, hijo de reyes y ungido de Dios. De esta hecha, nuestro *leopardo*, como usted dice, ha puesto una pica en Flandes, porque gracias a su buen tino para ordenar las cosas, ha podido Don Carlos librarse de Borso y Nogueras, que le perseguían. Junto a Cherta dio Cabrera una batalla al señor de Borso, obligándole a retirarse. Nogueras cometió la mayor pifia que se puede cometer en la guerra, que es no llegar a tiempo. La guerra no es más que el arte de la oportunidad, y este lo posee don Ramón como nadie, y lo completa con su diligencia y conocimiento del terreno. Pasó Carlos V tranquilamente el gran río de España, en lanchas al caso preparadas, y los gritos de entusiasmo de las tropas competían en estruendo con el instrumental de las músicas. Enronquecieron gargantas y trombones. Ayer, la Sacra Majestad y todo su séquito mataron el hambre en Cherta, que la traían atrasadilla, porque la batalla que ganaron en Huesca les dio más prisioneros que bucólica. El comistraje que se les preparó era de lo más opíparo, y para que hubiera de todo, hasta helados hubo... Cabrera, el día del paso, que fue anteayer, estaba como loco, demacrado, los ojos del tamaño de toda la cara, echando rayos y centellas. Daba sus disposiciones ronco de tanto gritar, vestido con su peor ropa, pues ni para engalanarse como acostumbraba tuvo tiempo. Cuando se presentó al Rey en la orilla izquierda para pasarle acá, no le conocían, y los cortesanos se preguntaban asombrados: «¿Pero ese es Cabrera?... ¿ese?» El Soberano le manifestó su Real agrado. No serán flojas envidias las que van a salir ahora, pues corre la voz de que S. M. quiere nombrarle generalísimo, y poner bajo su mando todos los Reales ejércitos.

—Así tiene que ser, pues según tengo entendido, de los figurones que rodean al Infante, poco debe esperar este... Y dime otra cosa: ¿oíste o viste si con el Rey viene un italiano llamado Rapella, que es el correveidile entre cortes verdaderas y falsas para tratar de un arreglo por bodorrio?

—Creo haber oído algo de un italiano de campanillas, y de otros extranjeros que en la comitiva del Rey vienen, entre la turbamulta de empleados y gentileshombres. Pero como yo, por el estado de mi espíritu, no podía prestar a lo que allí veía una gran atención, no puedo asegurar nada de italianos ni correveidiles.

—¿Y qué se dice? ¿La expedición, con su Rey a cuestas, dirígese a Castilla o a Valencia? Puede que reforzada con Cabrera, y quizás mandada por este, no se detenga hasta Madrid. ¿Oíste algo?

—Oí, oí... No sé lo que oí —dijo Nelet aturdido—. ¿A usted le interesa saberlo?

—Absolutamente nada.

—Lo mismo que a mí. Que vayan, que vengan, que suban, que bajen. No me interesa ya más que un reino, el mío. Cada cual se arregle en su reino como pueda.

—Muy bien dicho. Peleáis por poner en el Trono a un buen hombre, cuya incapacidad es bien manifiesta. Si tus amigos triunfan, estableceréis un imperio caedizo, pues en los tronos disputados, el vencedor no lo será definitivamente si no posee estas cualidades: bravura, don de mando, ciencia militar. Gane quien gane en este pleito, querido Nelet, la Monarquía carecerá de fuerza y vivirá con vilipendio, entregada a las facciones. Ten presente que no se hace nada de provecho sin fuerza, entendiendo por esto, no el poder de las armas, sino una virtud eficaz y activa, que a veces reside en una persona, a veces en las leyes. Ni las leyes tienen aquí fuerza, o llámese energía gobernante, ni hay Rey o príncipe que tal posea. Puede que nazca algún día; mas yo te aseguro que a la fecha no ha nacido. De modo que paz, lo que se llama paz, no la veréis en mucho tiempo los que sois jóvenes, ni quizás lo vean vuestros hijos y nietos... Con que lo que tú dices: cada cual a su reino... y en el reino chico de cada uno, que no falte una ventanita para ver pasar la Historia.»

No prestaba Nelet a estos profundos juicios la debida atención, ni se extendió tampoco en pormenores de lo que presenciara en Cherta, porque sus impresiones eran confusas, como de quien ve muchas y abigarradas cosas en corto tiempo, sin interés ni recreo alguno de su ánimo. Mirando no más que a su reino, propuso que partieran a la mañana siguiente en busca de Marcela, pues por fidedignos informes que en Cherta adquirió, venía ya de vuelta de Gandesa, después de recoger el cuerpo de su desgraciado hermano y darle sepultura. Al capellán del 1.º de Tortosa, que la encontró una mañana junto al río Seco, dijo la monja que pensaba detenerse un día en el Santuario de San Salvador y encaminarse luego a Arenys de Lledó a visitar a un enfermo. Iba, pues, en busca de sus amigos, los cuales se apresurarían a salirle al encuentro. Para mayor seguridad, dispuso Nelet que partiera la embajadora aquella misma noche, con instrucción precisa de las etapas que los caballeros seguirían y puntos de descanso, y la consigna de que esperasen en Lledó los que primero llegaran.

Conforme con tan acertado plan, y admirando el tino con que Nelet lo concertaba, creyó don Beltrán llegada la oportunidad de manifestar al discípulo el estado de su ánimo, y sin más exordio le dijo: «Durante tu ausencia, hijo mío, no he cesado de reflexionar en el caso de Marcela, complicado ahora con la desastrosa muerte del pobre Francisco, y, discutiendo la solución que debemos darle, me sentí acometido del mal tuyo reciente, el mal de conciencia. Dios ha entrado en mí. Como avisos o presagios de la naturaleza flaca, procedieron a mi mal miedos supersticiosos, la idea de una muerte próxima. Era Dios que llamaba a la puerta de mi alma: no entendía yo su llamamiento, hasta que te vi entrar y me iluminó con su divina gracia. ¡Ay! querido Nelet, no quiero en mis postrimerías comprometer mi alma. ¿Amo a Dios, le temo? Amor y temor por igual me consuelan y sobrecogen; amor y temor me infunden el anhelo de ser bueno en lo que resta de vida, de sostener con una conducta ejemplar la paz, mejor será decir la salud de mi conciencia... Reniego ya de aquel propósito y consejo mío de ocultar a Marcela la verdad de tu culpa, pues si con ese artificio ganaríamos bienes terrenales, perderíamos seguramente los eternos. No, no, Nelet: tú estabas en lo cierto y yo en lo errado; tú en la verdad, yo en la mentira; tú procedías como cristiano caballero, yo como un hombre vil... Pero ya no... Ahora te digo que la ocultación, o siquiera disfraz de la verdad, es gran pecado; me paso a tu partido, y en él te fortalezco.

—Pienso, amigo mío —dijo Nelet con gravedad—, que esta concordia de la voluntad de usted con la mía es cosa muy feliz. No hay duda: Dios o los ángeles han andado en ello. Hoy como ayer considero felonía el negar a Marcela mi culpa; mas, no teniendo yo valor ni cara para confesarla ante ella, convendría que usted le hablase antes, y de la sentencia que se sirva dar depende mi destino.

—Muy juicioso me parece lo que has discurrido. Yo le hablaré antes, yo le diré... ¡Oh, si te perdonara reconociendo que fuiste víctima de un arrebato!... ¡qué triunfo, hijo! Me da el corazón que así será, pues los caminos de la verdad siempre llevan al bien.

—¡Perdonarme! —exclamó Nelet clavando sus miradas en el suelo—. ¡Pues si así fuera...! Pero lo dudo... Ya no veo la cabeza de Francisco Luco diciendo que sí con aquel movimiento fuertísimo... la veo diciendo que no... Así... Así... que es decirme: no hay perdón.

—Basta ya de visiones, hijo. Tus desvaríos me contagian, y estas noches he soñado que también yo cabalgaba por el campo de niños... Solo que mis nenes, los nenes que yo destruía, no volvían a nacer.

—Pues los míos... En las noches últimas... ya no reían, sino lloraban... Vi a Marcela cogiéndoles a puñados y metiéndoseles en el seno... Pero, lo que usted dice: basta ya... No duermo, no quiero dormir: pasaré la noche pensando en que ella viene en nuestra busca y en que le salimos al encuentro. Descanse usted, y yo le llamaré cuando sea hora de partir. Voy a despachar a *Malaena* y a dar un pienso a nuestros burros.»

Cumpliose con toda puntualidad lo que Santapau disponía, y antes del alba salieron ambos caballeros oprimiendo los lomos asnales, don Beltrán algo remediado de ropa, Nelet bien provisto de armas, pues ignoraban qué clase de gente encontrarían. Anduvieron toda la mañana sin ver alma viviente, entreteniendo las lentas horas con el inagotable y pavoroso tema: «¿Me perdonará?» Llegados al caer de la tarde a una ermita en la derecha margen del río Seco, que era el punto de cita con la embajadora, recibieron de boca de esta las deseadas noticias. Había dejado a Marcela con sus viejos en el convento abandonado de San Salvador, y allí pasaría la noche en rezos y meditaciones; al amanecer recalaría en el castillo de Horta, donde los señores podían reunirse con ella para seguir juntos a Lledó, o al punto que de acuerdo fijaran. Aumentose hasta lo increíble la ansiedad de Nelet. ¡Ya estaba cerca! Solo una noche y un breve espacio de terreno le separaban de la solución del temido enigma: «¿Me perdonará?» Incapaz de todo sosiego, acordó seguir hasta Horta, y en ello emplearon las primeras horas de la noche. Con no poco trabajo pudieron hallar albergue y pienso para los burros y *Malaena* en una reducida cuadra; descansó en el mismo recinto don Beltrán algunas horas, mientras Nelet se paseaba suspirando, a la luz de la Luna, en un próximo corral, como caballero que vela sus armas; y antes que fuera de día salieron los dos a pie hacia el castillo, distante solo del pueblo veinte minutos de marcha cómoda, y situado en un mogote de mediana elevación entre el río y el camino de Bot. Esqueleto de muros despedazados, recompuestos y vueltos a despedazar por sucesivas guerras, era el tal castillo, festoneado de hiedras y jaramagos, y conservando en algunas de sus gastadas piedras cruces y escudos de San Jorge de Alfama. Ponían el pie los dos caballeros en el primer cerco de ruinas, cuando Nelet, asaltado de súbito terror, se paró y dijo a su amigo: «Pienso, señor don Beltrán, que Marcela se nos habrá anticipado, llegando aquí por alguna galería subterránea que comunica esta fortaleza con el monasterio de San Salvador. La encontraremos más adentro, y es tal mi miedo de verla, o de que ella vea mi cara y mis ojos, que me clavo en tierra sin poder dar un paso hacia adelante.»

Trató Urdaneta de devolverle la tranquilidad, negando que hubiese tales conductos por donde pudiera la monja presentarse, al modo teatral y fantástico, y le indujo a no ser temeroso y afrontar con varonil aplomo la entrevista. Mas advirtiendo en él señales de mayor pánico, antes que de entereza, le dijo: «Y en suma, si no puedes vencer tu aprensión, y persistes en que le hable yo primero y explore su ánimo, manifestándole la verdad que tanto temes, retírate a Horta y déjame aquí en espera de la señora penitente y de los viejos Zaida y Alfajar. Pero ten la bondad de conducirme a un sitio donde pueda yo sentarme, que apenas veo, y no acierto a llevar mis pobres huesos por entre tanto pedrusco.» Condújole Nelet, evitando tropezones, a un lugar despejado con buen asiento, y más medroso cuanto más avanzaba, le faltó tiempo para escabullirse, diciendo a su amigo: «Parece que la siento ya... Como si subiera por un pozo... Me voy al pueblo. Allí espero mi sentencia... Adiós...»

XXXI

Quedose don Beltrán solito en las ruinas, lo que no era muy divertido para el pobre señor, pues el frío de la mañana le obligaba a requerir su abrigo, envolviéndose bien en el capote que le había traído Nelet. No menos de una hora estuvo rezando, atacado también de vagos temores, semejantes a los de Santapau, y a cada instante creía sentir blandos ruidos que le parecían el roce del sayal de la monja contra las piedras. «No —se decía—, no sentiré roce de vestidos ni de pisadas. Veré aparecer primero la cabeza, después los hombros, y sin hacer ruido alguno se me pondrá delante...» No veía nada el buen caballero; pero vio amanecer, y distinguió los telones de piedra desgarrados, en el centro de los cuales se encontraba; y cuando reconocía con su menguada vista la decoración, oyó voces efectivas, sílabas vibrantes de mujer y catarrosas de hombres, y... Era ella, sí, Marcela, seguida de los enterradores, que aparecían por un hueco de los muros... «Aquí estoy, hija mía», gritó el anciano gozoso, sin miedo ya. Ligera como una corza saltó la beata por entre las piedras, y fue a besarle la mano al prócer, que besó también la de ella. Entre beso y beso dijo la penitente: «¿Y Nelet?

—Hija mía, no te asustes —replicó don Beltrán, pesaroso de la mentira venial a que le obligaban las circunstancias—. Está bueno; pero tan delicado en su convalecencia, que no le he permitido abandonar el lecho antes del día. En Horta le dejé, y allá nos vamos en cuanto tú y yo descansemos. Como se fijó este lugar para nuestro encuentro, he venido yo solito para que no creyeras que faltábamos a la cita.

—Pudo usted mandar a *Malaena* y evitarse este madrugón, que no le sentará bien. A su edad, señor mío, no hay que jugar con la salud.

—Verdad, sí... pero... No mandamos a la vieja... porque... verás —dijo Urdaneta tartamudeando, pues se le atragantaba la nueva mentira venial que le exigía la situación—... *Malaena* se nos puso anoche mala de un cólico... De tanta butifarra como comió, la pobre... Pues descansemos y hablemos un poquito antes de bajar al pueblo... Siéntate a mi lado... Más cerca... Así. Desde Vallivana no te hemos visto. Hora es ya de que resuelvas. El pobre Nelet espera tu determinación. ¿Has pesado bien el pro y el contra?

—Se asombrará usted —dijo Marcela, vacilando en las primeras declaraciones—, y quizás me tache de ligera... pero no es ligereza, no señor...

Cuando me oiga... No sé cómo expresarlo... Pues bien: sabrá que han ahondado en mi ánimo las razones de mis dos amigos y el rendimiento y constancia del pobre Nelet.

—¡Ah, qué felicidad!... Yo esperaba... En efecto...

—Y a esta mudanza de mi voluntad, creo firmemente que no es extraña la voluntad de Dios... Divina es a mi parecer la voz que me incita a querer a Nelet, y a cambiar de vida y vocación... Por santo tengo el matrimonio... Sus votos severos y sus obligaciones nos llevan a una vida eficaz...

—Es cierto. ¿Y has consultado el caso con tu confesor?

—Sí señor, y me ha dicho que dedicando a una fundación religiosa parte del caudal de mi padre, si sentía honrada inclinación a la vida secular, la adoptase, previas las dispensas de Roma, teniendo en cuenta el trastorno que nos traen estas guerras y revoluciones.

—¿Y consultaste con tu hermano Francisco? Ante todo, sabrás que la noticia de su muerte me ha llegado al alma. Eres ya la única descendiente de Juan Luco, y este hecho debe pesar en tus resoluciones... ¿Tuviste tiempo de consultar con tu hermano el caso extrañísimo de tu cambio de vida?

—¡Ay! sí señor... y mi pobre hermano, que sabía desentrañar lo presente y lo futuro, me aconsejó que abrazase el nuevo estado, pues si grave es el quebrantamiento del voto, debíamos mirar también a la conservación de los bienes de nuestro padre, así raíces como en especie, recogiendo los que aún están esparcidos, y librándolos de la perdición. Díjome que él en las propias circunstancias que yo se encontraba, pues habiendo topado en término de Falset con una honesta, discretísima y bella joven, nacida de noble familia, y prendándose de ella, creía que este suceso era como aviso de Dios, con que le mandaba trocar una vocación por otra; y así, era su propósito no pensar más en vida de claustro, y adoptar las penitencias y dura regla de matrimonio con aquella bendita niña de Falset. Largamente hablamos de nuestro negocio, y él expuso ideas tan juiciosas, que parecen dictadas de la misma sabiduría. Pensaba que debíamos apartar un tercio del caudal específico de nuestro querido padre para consagrarlo a una fundación pía, y que con los otros dos tercios y los bienes raíces, equitativamente partidos, podríamos constituir dos familias cristianas, dedicadas a servir a Dios y a perpetuar el nombre y patrimonio de Luco. Declaró también que de estos dos tercios metálicos debíamos, en conciencia, retirar una suma para dar cumplimiento a la moral obligación contraída por mi padre con su grande amigo y protector don Beltrán de Urdaneta, fijando, de acuerdo con este, la cifra prudencial para tan sagrado objeto...

—¿Eso dijo?... ¡Oh Providencia, oh divina equidad! —exclamó el viejo, sintiendo que un rayo penetraba en su alma, trastornándola—. Bien, hija, bien... Pero dime otra cosa: ¿tenía Francisco conocimiento de la pasión que has inspirado a Nelet?

—Ya lo sabía, pues en los comienzos de nuestra conversación se lo dije. Su parecer fue que, si yo gustaba de Nelet, le aceptase, pues tiene fama de valiente y leal, aunque algo arrebatado, y posee bastante hacienda en Cherta y Cambrils.

—¡Eso te dijo!... ¿Estás segura de que tal era su pensamiento?»

A las manifestaciones afirmativas de la monja, contestó el anciano con nuevas alabanzas del poder de Dios. El pobre señor veía más claro; recobraba la vista, y en su turbación no sabía por qué caminos llevar la interesante conferencia. Por fin, salió del paso con esta pregunta: «¿Cuántos días antes de morir te dijo tu hermano lo que acabas de manifestarme?

—Dos días. Después, el pobrecito siguió a su ejército, y la tarde misma de la batalla de Gandesa, volviendo con otros veinte de cumplir una orden del general, fue sorprendido por una partida de facciosos en retirada, y le asesinaron con saña, vileza y cobardía.

—¡Oh, qué desgracia!... Y sabiendo su triste fin, sin duda por los compañeros suyos que lograron escapar, ¿cómo no supiste quién dispuso y consumó hazaña tan inicua?

—Dijéronme que un capitán o no sé qué, cabeza de aquellos sayones, traspasó a mi hermano con su espada.

—¿De modo que no sabes...?

—No, señor: no lo sé.

—Y si conocieras al matador, ¿le perdonarías?

—¡Oh! como cristiana tendría que perdonarle; como cristiana, señor... ¿Acaso lo que yo ignoro lo sabe mi don Beltrán...?»

Como anillo al dedo venía en aquel punto de la entrevista la temida, pavorosa revelación; mas el noble caballero, Señor de tantas torres, no se atrevió a sacarla del pensamiento a los labios. Era hombre: careció del valor necesario para un acto que requería verdadera santidad. Habíase propuesto ser bueno, purificar sus últimos días con virtuosas acciones; mas no era santo, no: no lo era.

«¿Lo sabe usted?», repitió Marcela espantada de su silencio.

Y don Beltrán, sintiéndose a cien mil leguas de la cristiana perfección, dijo en un grave suspiro: «Hija mía, no sé nada.»

Apareció en aquel instante Santapau por entre el hueco de unas altas piedras, y bajando de un brinco, como sillar desplomado con estruendo, gritó: «Sí lo sabe; mas no tiene valor para decirlo.» Marcela se levantó bruscamente como un ave que quiere emprender el vuelo, y saltando sobre piedras, se alejó despavorida.

«Ven, Marcela, ven... No huyas —dijo Nelet.

—¿Cómo vienes aquí?... —balbució la penitente con sílabas entrecortadas—. ¿Por qué vienes así, en esa forma, que más que de hombre es de demonio?

—Porque lo soy. Demonio del Infierno es quien dio villana muerte a Francisco Luco. Nuestro amigo no tiene valor para decirlo: lo tengo yo.»

Horrorizada, Marcela se llevó las manos a las sienes, volviendo la cabeza. Luego cayó de rodillas.

«Levántate —dijo Nelet acudiendo a ella—. Yo soy el que debe humillarse. Humillado te diré que, aunque no merezco tu perdón, lo solicito, lo quiero... Fue una ceguera, embriaguez de sangre... El maldito hábito de esta guerra, el matar por matar... por destruir vidas contrarias...

—¡Perdón, perdón! —exclamó don Beltrán, también de rodillas, llorando como un niño.

—¡Monstruo —dijo Marcela encorvada, las manos en la cabeza, mirando de soslayo torvamente al infortunado guerrero—, monstruo de maldad!... Como cristiana, te perdono. Pero huye, vete al fin de la tierra, o donde yo no te vea más... Condenado, no quiero condenarme contigo... tus miradas corrompen... Yo no quiero verte ni respirar el aire que respiras.

—¡Paz, paz!... —repetía el buen Urdaneta alargando sus flacos brazos—. Hijos míos... Sed cristianos... No habléis de condenaros. Salvaos, salvémonos todos.»

Huyó Marcela, y tras ella, saltando de piedra en piedra, corrió Nelet, como anhelante cazador.

«No te acerques a mí —gritaba la monja—. Condénate tú solo; yo no.»

Poseído de insano furor, Nelet dijo: «Solo no. No más soledad. Tú conmigo...» Y viendo a la desdichada mujer buscar refugio tras unas altas piedras, como res acosada que se esconde, allí la persiguió, y allí, antes que los atontados viejos pudieran acudir en defensa de su maestra y señora, le dio bárbara y pronta muerte. Retumbó el pistoletazo en la tristísima cavidad del castillo como si todas sus piedras de golpe se derrumbaran. Sobrecogido, exánime, el rostro contra el suelo, don Beltrán dijo: «Nelet, ¿qué haces?...» Pasados algunos segundos de pavoroso silencio, oyó el anciano la respuesta, que fue otro tiro no menos estruendoso y lúgubre que el primero.

Los pobres sepultureros, a quienes el estupor y su propia debilidad senil paralizaron en la fugaz duración de la tragedia, no supieron ni aun requerir sus azadones para impedirla. Al primer tiro, cayó Alfajar de espaldas con temblor epiléptico. Zaida, más animoso, blandió su herramienta de sepultar, abalanzándose hacia Nelet con móvil de venganza o justicia; mas no pudo anticiparse al criminal, que la hizo rápida y eficaz con su propia mano.

Transcurrido un lapso de tiempo, que ninguno de los tres ancianos apreciar podía, Zaida se llegó a don Beltrán, y tocándole en el hombro, con angustiada voz le dijo: «Señor, señor, ¿vivimos o morimos?

—No sé, amigo —replicó el caballero, despegando del suelo su rostro—. ¿Vives tú? ¿Qué es esto?... Dame la mano: probaré a levantarme... ¡Ay! la juventud perece... A sí misma se destruye. Nosotros, tristes despojos de la vida, aún respiramos... ¿Y para qué? El siglo no quiere soltarnos, ¡ay de mí!

—Señor, nuestro deber ahora no es otro que abrir dos hermosas sepulturas...

—Amigo, no: abramos una sola, hermosísima, y enterrémosles juntos.»

Todo el día permanecieron los tres ancianos en el lugar de la tragedia; y cuando se retiraban, al caer de la tarde, consternados y llorosos, oyeron lejano bullicio de clarines y tambores. A medida que iban venciendo con lento andar el camino de Lledó, arreciaba el marcial rumor. A la puesta del Sol, Zaida, que era de los tres el que gozaba de mejor vista, distinguió por Oriente, en las áridas colinas de la margen del río Seco, líneas de gente armada, las cuales avanzaban ondulando como serpientes en las curvas del terreno, mitad en sombra, mitad en luz. Eran las mesnadas de vanguardia de la expedición Real que marchaban hacia la frontera de Aragón.

Fin de La campaña del Maestrazgo
Santander (San Quintín), abril-mayo de 1889.

Libros a la carta

A la carta es un servicio especializado para

empresas,

librerías,

bibliotecas,

editoriales

y centros de enseñanza;

y permite confeccionar libros que, por su formato y concepción, sirven a los propósitos más específicos de estas instituciones.

Las empresas nos encargan ediciones personalizadas para marketing editorial o para regalos institucionales. Y los interesados solicitan, a título personal, ediciones antiguas, o no disponibles en el mercado; y las acompañan con notas y comentarios críticos.

Las ediciones tienen como apoyo un libro de estilo con todo tipo de referencias sobre los criterios de tratamiento tipográfico aplicados a nuestros libros que puede ser consultado en Linkgua-ediciones.com.

Linkgua edita por encargo diferentes versiones de una misma obra con distintos tratamientos ortotipográficos (actualizaciones de carácter divulgativo de un clásico, o versiones estrictamente fieles a la edición original de referencia).

Este servicio de ediciones a la carta le permitirá, si usted se dedica a la enseñanza, tener una forma de hacer pública su interpretación de un texto y, sobre una versión digitalizada «base», usted podrá introducir interpretaciones del texto fuente. Es un tópico que los profesores denuncien en clase los desmanes de una edición, o vayan comentando errores de interpretación de un texto y esta es una solución útil a esa necesidad del mundo académico.

Asimismo publicamos de manera sistemática, en un mismo catálogo, tesis doctorales y actas de congresos académicos, que son distribuidas a través de nuestra Web.

El servicio de «libros a la carta» funciona de dos formas.

1. Tenemos un fondo de libros digitalizados que usted puede personalizar en tiradas de al menos cinco ejemplares. Estas personalizaciones pueden ser de todo tipo: añadir notas de clase para uso de un grupo de estudiantes,

introducir logos corporativos para uso con fines de marketing empresarial, etc. etc.

2. Buscamos libros descatalogados de otras editoriales y los reeditamos en tiradas cortas a petición de un cliente.